U0106764

「牠」者再定義

人與動物關係的轉變

策劃・陳燕遐、潘淑華

導言

陳燕遐、潘淑華

在人類歷史的不同範疇，皆少不了動物的身影。動物是肉食來源（包括狩獵野生動物及各種家畜及家禽）、工作伙伴（如馬和耕牛）、宗教符號及圖騰（如古埃及人對貓神的膜拜、中國的瑤族人視狗為祖先），以及寵物／陪伴動物（如貓、狗）等。近二百年來，人與動物的關係經歷了深刻的變化，當中最重要的改變，是人們開始反省過去對待動物的方式，並且思考動物在人類社會應該佔有的法律和道德地位。這種變化由十七及十八世紀的西方啟蒙時代揭開序幕。

　　啟蒙時代崇尚理性與知識，肯定人的道德地位，同時也思考動物的位置。如英國啟蒙思想家洛克（John Locke, 1632–1704）認為習慣虐待動物會讓人變得冷酷無情，不易與人友善親近，因此從教育的角度著眼，認為應教導兒童不虐待或殺害任何生命，並善盡責任照顧自己的寵物。[1] 瑞士裔法國哲學家盧梭（Jean-Jacques Rousseau, 1712–1778）認為雖然禽獸沒有智慧和自由意志，但與人一樣有天賦的感性，是有感覺的生物，因此在對人無益的情況下，人不應虐待禽獸。[2] 蘇格蘭哲學家休謨（David Hume, 1711–1776）甚至認為動物和人一樣能從經驗中學習，推論出因果，因此在這層面上，動物和人具備相同的理性，而人的憐憫可以擴展到動物身上。[3] 德國哲學家康德（Immanuel Kant, 1724–1804）則認為動物不具理性，不能作出道德判斷，不是道德的主體，因此人對動物沒有直接義務，但他與洛克一樣反對殘酷對待動物，認為這樣會導致人殘酷對待同類，並指出令

動物受苦會損害人的道德，人應善待為我們工作的動物，屠宰動物時應盡量快速，不使其痛苦。(4) 儘管這些啟蒙思想家論及動物的著眼點其實是人類，善待動物目的在成就人的道德，然而他們畢竟嚴肅地討論動物在人類社會的地位，成為日後動物福利與權利的討論基礎，譬如英國效益主義哲學家邊沁（Jeremy Bentham, 1748–1832）在《道德與立法之原理》（*An Introduction to the Principles of Morals and Legislation*）一書中即直接回應康德的理性論：「問題不在於動物是否能理性思考，也不在於動物是否能言語，而在於動物是否能感受痛苦？」(5) 認為法律應保障所有有感知能力的生靈。

真正立法保障動物福利，要等到十九世紀始於英國的動物福利運動。關注動物福利能形成席捲歐洲以至全世界的運動，除了得力於上述的哲學討論基礎外，資本主義發展帶動城市發展與人口增長，工廠式密集飼養動物，宰殺方式激起厭惡與反感，城市新興資產階級對貴族生活方式如狩獵、鬥熊等活動的揚棄，科學實驗中廣泛使用動物，以及更多動物被利用作娛樂工具等，都促使人思考人與動物的關係。保護動物的聲音在英國愈來愈響亮，最終促成了保護動物法的制定，包括 1822 年通過的人類歷史上第一條《防止虐待與不當對待家畜法》（*An Act to Prevent the Cruel and Improper Treatment of Cattle*，又名「馬丁法案」），以及 1876 年針對實驗動物修正通過的《虐待動物法》（*Cruelty to Animals Act 1876*）。1824 年英國「防止虐待動物協

會」（Society for the Prevention of Cruelty to Animals，簡稱 SPCA）成立，是史上首個動物福利保護組織，其後歐洲多個國家紛紛仿效成立相同的組織，香港的「香港防止虐畜會」也在 1903 年成立（1997 年改名為「香港愛護動物協會」），致力教育及宣導保護動物觀念，推動政府制定動物福利政策。(6)

二戰之後，歐洲的動物福利發展影響更廣泛。1964 年哈里遜（Ruth Harrison）《動物機器》（*Animal Machines*）一書揭露了現代農場工業裏蛋雞、小肉牛和母豬飼養的不人道真相，促成了英國國會成立「布蘭貝爾委員會」調查各地農場，及後發表《布蘭貝爾報告》（*Brambell Report*），建議必須給予農場動物足夠的空間，能夠輕易轉身，整理毛髮，伸展四肢。1968 年英國通過《農業（雜項規定）法》（*The Agriculture (Miscellaneous Provisions) Act*），影響所及，歐洲理事會（European Council）也於 1976 年通過《歐洲農畜動物保護公約》（*European Convention for the Protection of Animals Kept for Farming Purposes*）。(7)

隨著社會思潮的發展及時代的變化，光是提倡動物福利（如防止虐待、合理使用、人道屠宰等）漸漸不能滿足關注動物權益的人。1971 年，牛津大學一組年輕哲學家和社會學家出版《動物、人和道德》（*Animals, Men and Morals*），(8) 多方面討論人與動物的關係，包括

養殖工廠、動物測試、醫藥實驗替代、毛皮與化妝品、食用屠宰等，正式提出物種歧視（speciesism）的觀念，明確倡議動物解放（animal liberation）與動物權（animal rights），把焦點由主要是同情與憐憫的動物「福利」轉向強調動物的「權利」，具劃時代意義，也造就了日後倡議動物解放的辛格（Peter Singer）的出場。

辛格有關《動物、人和道德》的書評 1973 年刊登於《紐約書評》（*The New York Review of Books*），(9) 促成了兩年後《動物解放》（*Animal Liberation*）(10) 的出版，成為動物權利的奠基作品。辛格在邊沁的效益主義基礎上，提出「動物解放」之說，認為有感知能力（sentience）是個體是否具有道德地位與道德考量的界線，動物既能感受痛苦，即有了利益（interest），在倫理判斷思考中，應給予同等考量。然而他也特別指出，動物和人的興趣與利益，內容並不完全相同，作利益考量時應該允許有合理的差異。辛格的觀點大抵是一種兼顧各方利益的效益主義思想，提出保障動物權益，是希望促進最大的善和最小的惡。(11)

美國動物倫理學家雷根（Tom Regan）則更進一步主張動物與人一樣，是具有與生俱來的價值（inherent value）的生命主體（subject-of-a-life），因此擁有道德權利，享有受尊重與不受傷害的權利，不應被視作工具與手段，不應為了人類的利益而受到宰制。這意味我

們必須全面廢止對動物的剝削與利用。他甚至認為不能因為整體利益（如物種利益）而傷害符合「生命主體判準」（the-subject-of-a-life criterion）的個體福利，因此以保育的原因圈養動物是他所反對的。(12) 他最令人敬佩的是他身體力行實踐他所倡議的動物倫理觀，晚年患有腦退化，但拒絕使用利用動物測試的西藥。

上面提到保護動物的主張，二十世紀初亦自西方傳到香港，促成了香港防止虐畜會的成立。在這半官方的組織主導下，香港的動物保護政策與實踐一直以動物福利為主，近年更遠遠落後於其他先進地區。近十年，在民間倡議者及實踐者的推動下，動物權利的討論在香港終於漸見熱烈。本文集正是希望分析這百年來保護動物思潮的發展，對近代中國、殖民地時期以及現今香港的影響。

本文集包括兩部分，第一部分是「文學歷史篇」，第二部分是「動物倫理篇」，各有7篇文章。第一部分從學術角度探討動物在文學及歷史中的角色；第二部分的文章主要由香港動物權利的倡議者執筆，闡述他們對動物權益／權利的思考，以及實踐這些理念的經驗與面對的困難。

文集以多角度、跨學科的宏觀視野，展現在近現代中國及殖民時期與後殖民時期的香港，人們如何重新思考和界定與動物的關係。雖

然近年香港出現不少有關動物的出版物，但大部分以抒發情感與記事為主，[13] 分析性的學術著作非常缺乏。[14] 本文集旨在彌補這方面的不足，希望能幫助讀者以較嚴謹的角度，思考人與動物關係變化的歷史軌跡，以及背後的文化意義。

第一部分「文學歷史篇」中首兩篇文章探討文學作品中的動物書寫。巢立仁〈由狸奴到主子：從中國歷代的貓書寫看貓形象的塑造與發展〉分析自唐末以來中國人描寫貓的兩個主題，一是「托貓言事」，這類作品借題發揮，通過諷刺貓來臧否人事；另一是「視貓如伴」，作品表現出作者對貓的真摯情感。到了近年，因為動物權利思潮的出現，一些文學作品開始嘗試從貓的角度看事物，視貓為獨立於人的個體，認為其權利應該得到尊重。

陳燕遐則從香港作家西西《猿猴志》的寫作策略，分析它如何在眾多動物書寫中別樹一幟，效果上又與動物保護（下稱「動保」）寫作不同。比起臺灣和中國大陸，香港文學作家投身動物文學的相對很少，《猿猴志》以西西作品一貫博物志的面貌出現，其知性與文學性在一眾動物出版物中顯得與別不同，示範了一種動物寫作的高度。書中博學的寫作策略，又使它有別於純粹爭取動物權益的作品，它「為猿猴請命」的目的，乃在豐富的學識、廣泛的閱讀對談中自然流露。《猿猴志》有別於一般爭取動物權益的作品，陳燕遐認為還因為西西的目光不單

放在猿猴身上，而在整個生靈生存的權利，立場明顯屬保育倫理，因此認為犧牲個體動物的權利在所難免。陳燕遐借史碧華克（Gayatri Spivak）「從屬階級能說話嗎」一問，檢視西西「為受歧視的生命說話」的寫作目的，指出引起討論與爭議，正是這書真正價值所在。

　　盧淑櫻的文章論述西方飲用牛乳的新文化所夾持的現代性與強國論述，不單改變了二十世紀中國人的飲食習慣，同時也改變了人和牛的關係。西方乳牛輸入中國，並強調以科學衛生的方法管理，以增加牛乳的質量，這與過去農民在家中畜養耕牛的方式截然不同。盧淑櫻認為人和牛的關係因此經歷了「從共住到分隔」及「從合作伙伴到操控與支配」的變化。

　　「文學歷史篇」另外四篇文章聚焦於香港，探討二十世紀初以來，人與動物的關係如何隨著西方文化及價值觀的傳入而改變：一是觀看野生動物的文化，二是動物福利與動物權利思潮的出現。潘淑華有關荔園動物園的文章，指出動物園是「凝視動物」（animal gaze）的新興城市空間，代表了人類對野生動物的征服。在二次大戰後的香港，動物園被賦予了另一層意義：它是展示先進城市的現代化應有的文化設施。然而1950年代出現的荔園動物園，在1980年代飽受批評，防止虐畜會及部分西方旅港遊客認為園內的動物受到不人道對待，這反映了人們期望觀看動物的方式已經改變。

而 Frédéric Keck 有關香港觀鳥歷史的文章，從另一角度探討「凝視動物」的課題。十九世紀美國出現的觀鳥活動，促使觀鳥者參與推動成立自然保育區，以保護野生雀鳥的棲息地。Keck 分析了二次大戰後以外籍人士為骨幹的香港觀鳥活動，到了 1997 年回歸後的本地化過程。作者以「大自然的哨兵」來形容觀鳥者，認為他們負起監測「生物多樣性」（biodiversity）及「生物安全性」（biosecurity）的任務。所謂「生物多樣性」，即保育鳥類的物種；而「生物安全性」，則是指禽流感在香港爆發時期，觀鳥者幫忙監測候鳥，以杜絕禽流感病毒的跨境傳染。參觀動物園與觀鳥皆是「凝視動物」的方式，前者象徵對大自然的征服，後者則強調對大自然的保護和尊重。

潘淑華另一篇有關香港《防止虐畜條例》及盧玉珍有關香港城市野豬的文章，反映西方的動物福利與動物權利思潮，如何推動香港人反思對待動物的態度。潘淑華分析在英國文化影響下，防止虐畜會在香港成立，政府亦通過動物保護條例，重塑了香港華人對待動物的態度。香港首條動物保護條例於 1924 年提出（即香港成為英國殖民地後八十多年），但因強烈的反對聲音而被擱置，大幅修改後的法例在 1935 年始獲得通過，前後歷經十一年，反映了西方對待動物的行為規範在香港得以傳播，經歷了漫長的協商過程。

不過此條例所賦予動物的，是不應被虐待的法律保護，而不是不

被殺死的生存權利。盧玉珍以野豬為例,分析香港人與野豬關係在都市化下的變化過程。在過去的農業社會,野豬被歸類為富侵略性的害獸,獵殺野豬是保衛家園及生命財產的「義舉」。及後農村逐漸被新市鎮取代,野豬因失去生存空間而頻頻誤闖市區,結果引發近年應如何對待野豬的爭議。大部分民眾承襲了過去的看法,視野豬為入侵者,但亦開始有居民視野豬為鄰居,有人更畜養野豬為寵物。過去對野豬的分類系統開始動搖,被歸類為鄰居及寵物,暗示了野豬應該享有不被獵殺的生存權利。

第二部分「動物倫理篇」第一篇是謝曉陽的〈一套動物權益視角的野豬論述〉,正好承接盧玉珍野豬生存權的討論,細述動保組識「香港野豬關注組」如何重構香港野豬的論述。謝曉陽以傅柯對知識與權力的分析,指出香港傳媒過去一直採用稀釋事實與排他的語言,把野豬塑造成凶猛會襲擊人的野獸,野豬關注組自 2013 年成立以來,即有策略地透過在網上主動發佈消息,引起討論,然後吸引傳統媒體跟進報道,藉此改變媒體及大眾對野豬的錯誤觀念。網絡生態講求即時性,關注組充分把握這一特點,即時回應野豬的相關新聞,及時宣導及教育公眾,並借助社會上相關的專業知識,論述上對大眾動之以情,並與官方組識(如漁農自然護理署,下稱「漁護署」)緊密互動,成功扭轉媒體對野豬的污名化,也改變了漁護署的工作模式,規範了野豬狩獵隊的行動。

然而，與政府部門交手並非時時順利。野豬保育面向的是市民大眾，後農耕社會兩者未有太大的利害衝突，與漁護署的工作也不相左，因此較易成功。涉及政府重要政策以及財雄勢大的公營機構的動保行動，則處處顯得舉步維艱。鄭家泰及黃豪賢討論的海豚保育便是一例。鄭家泰的〈海豚在香港：談野生海豚與圈養海豚的保育問題〉說明香港海豚保育的困難主要來自人為因素。從事海豚調查工作的鄭家泰指出，我們生活的許多環節都直接影響在香港水域近岸聚居的中華白海豚，危害其生存，除了提醒我們每一個人不知不覺間其實都在把海豚迫向險境，矛頭更直指政府的大型基建，以及沒有為環境保育把好關的環境諮詢委員會。文章的下半部詳細分析海洋公園如何與海豚保育及教育背道而馳。在政府與法定機構敷衍塞責之下，鄭家泰把海豚保育的未來寄託在市民對海豚保育的重視，並沉痛指出，保育香港的海豚，已時日無多。「豚聚一家」的發起人黃豪賢則先從香港海洋公園的歷史以見香港社會對待動物態度的轉變，並縷述與海洋公園交手的困難。2013年成立的「豚聚一家」開宗明義摒棄「動物福利主義」，倡議動物權益，因此反對海洋公園以教育與保育之名困養海洋生物，強迫表演。文中羅列園中動物死亡事件，以及海豚的異常行為，指證海洋公園力圖以不盡不實的數據與資訊掩蓋虐待動物的真相。面對資源雄厚的對手的公關戰，黃豪賢仔細記述一次意義深遠的學校教育經驗。與巨人交手，動保人的武器可能就是深耕細作的長遠教育工作。

野豬與海豚都因城市發展深受影響，貓狗與人互動的歷史則更長久，今日已經成為城市不可分割的一部分，面對不同的生存困境。邱嘉露追蹤嶺南大學的貓社群，因而追溯貓進入人類歷史的過程與變遷，發現貓和人的關係經歷了翻天覆地的變化。「嶺南貓」由流浪貓變成社區貓，邱嘉露觀察到人為動物命名與賦予身分意義，直接影響人與貓的關係。然而因為人的介入，也引起照顧倫理的爭論，人對動物的生活應介入到什麼程度，哪裏才是動物最好的居所，這些問題雖然不易有答案，卻也證明人對與動物的關係有更多的自省。邱嘉露文中已觸及社區動物「絕育放回」計劃，張婉麗則把目光拉開，察觀世界各地社區貓狗的情況，發現「絕育放回」是最有效控制社區貓狗數量的方法，而且對動物的傷害最少，因此認為要改善香港社區動物的處境，「絕育放回」是最有效的方法。這也是身為資深貓義工的她的親身體會。

　　動物權益運動在香港還是起步階段，許多概念對大眾來說還相當陌生，有時甚至會出現混淆，產生誤會甚至矛盾。保育與動物權益之間的矛盾，陳燕遐討論動物園時已有論及，黃繼仁〈環保、保育，和動物權益〉則進一步說明所涉三者的異同。這三種最常被混為一談的運動的確有不少共通點，然而黃繼仁指出，三者的出發點其實有根本的差異：環保關注地球資源的永續使用，保育致力維持物種多樣性，出發點都是人的生存與生活品質，動物權益關注的卻是動物，三者之

間出現利益衝突時，取捨會很不相同。動保倡議者更不能接受的，是商人利用環保包裝，罔顧動物福祉，實行剝削圖利。黃繼仁呼籲運動參與者正本清源，認清之間的分別。我們所有人何嘗不應好好思考，跳出人類中心思想後，人如何與其他生命和平共處。

　　動物福利運動十九世紀發軔於英國時，得力於人道主義思想與解放運動甚多；二十世紀中葉，運動轉向爭取動物權利，更與當時的平權運動思潮息息相關，可以說，動物權益運動就是社會運動一員。可是香港的社運界卻一直有意無意忽視，甚至排斥動保運動，至近幾年才稍有改變，歸根究柢，那還是根深柢固的人類中心主義在作祟，進步的社運還是有排斥更弱勢與邊緣聲音的時候。本文集的最後一篇，張婉雯的〈作為公民運動板塊的香港動物權益運動〉直截指出，動物權益運動就是公民運動。在社會的各個層面，動物與人的命運息息相關，同樣深受社會的經濟發展、城市擴張與政治制度所影響，弱勢的動物與弱勢的群體在各種矛盾中往往首當其衝，最先被犧牲掉。尊重動物權利，是文化的質變。張婉雯文章的結語道出了動物權益運動其實就是人對生活的重新定義：「對動物議題的思考，其實也就是對生命的尊重，對社區環境發展的思考，對生活節奏、人文精神、文明的再定義。」

　　本文集從縱向的文學歷史出發，追蹤人與動物關係的變化軌跡與

當中的文化意涵；當代香港動物保育運動發展的分析，則見證了這種
關係在特定歷史橫切面的發展面貌，希望為關注人與動物關係的讀者
提供歷史分析的向度，以及運動實踐的倫理與策略思考。

註　釋

1　John Locke, *Some Thoughts Concerning Education*, ed. Robert Hebert Quick (Cambridge: University Press, 1913), section 116, p. 100.

2　盧梭：《論人類不平等的起源和基礎》，李常山譯，東林校（北京：商務印書館，1962），頁68。

3　Deborah Boyle, "Hume on Animal Reason," *Hume Studies* 29, no. 1 (April, 2003): 7, 23.

4　Allen W. Wood and Onora O'Neill, "Kant on Duties Regarding Nonrational Nature," *Proceedings of the Aristotelian Society, Supplementary Volumes* 72 (Oxford: Oxford University Press, 1998): 189–228.

5　Jeremy Bentham, *Introduction to the Principles Of Morals and Legislation* (Oxford: Clarendon Press, 1780 ; 1823), chapter 17 footnote, p. 311 , HeinOnline Legal Classics.

6　沈睿對西方動物權利思想的發展做了扼要介紹，見沈睿：〈動物與人：西方動物權利思想的來龍與去脈〉，關懷動物生命協會，2005 年 1 月 1 日，http://www.lca.org.tw/column/node/741。更多動物福利／權益的發展與討論，可參考 *Rob Boddice, A History of Attitudes and Behaviours toward Animals in Eighteenth- and Nineteenth-Century Britain: Anthropocentrism and the Emergence of Animals* (Lewiston, N.Y.: Edwin Mellen Press, 2008); Francine L. Dolins, *Attitudes to Animals: Views in Animal Welfare* (Cambridge: Cambridge University Press, 1999); Susan, J. Armstrong and Richard G. Botzler ed., *Animal Ethics Reader* (London: Routledge, 2003); David Degrazia, *Animal Rights: A Very Short Introduction* (Oxford: Oxford University Press, 2002); Cass R. Sunsterin and Martha C. Nussbaum, *Animal Rights: Current Debates and New Directions* (Oxford: Oxford University Press, 2004).

7　吳宗憲：〈歐盟農場動物福利推動經驗對臺灣的啟示〉，關懷動物生命協會，2014年7月29日，http://www.lca.org.tw/column/node/5185。

8   Stanley and Roslind Godlovitch John Harris eds., *Animals, Men and Morals: An Inquiry into the Maltreatment of Non-humans* (London: Victor Gollancz, 1971).

9   Peter Singer, "Animal Liberation," *The New York Review of Books* 20, no. 5, 5 April 1973, http://www.nybooks.com/articles/1973/04/05/animal-liberation/.

10   Peter Singer, *Animal Liberation: A New Ethics for our Treatment of Animals* (New York: New York Review of Books, 1975).

11   有關辛格的動物倫理主張，可參考辛格（Peter Singer）著，張瓅文譯：〈動物解放：過去、現在與未來〉，《玄奘佛學研究》第23期（2015年3月），頁1-26。

12   Regan的主要著作有 *The Case for Animal Rights* (Berkeley: University of California Press 1983); *Empty Cages: Facing the Challenge of Animal Rights* (Lanham, Maryland: Rowman & Littlefield Publishers, 2004)。有關他的主要主張，可參考雷根（Tom Regan）著，張瓅文譯：〈「動物權」之哲學論述——什麼是動物權？動物權為何重要？〉，《玄奘佛學研究》第23期（2015年3月），頁27–48。

13   文集內巢立仁及陳燕遐的文章對有關情況有概括說明。

14   相對嚴謹的分析性著作有二犬十一咪、阿離及阿蕭：《動物權益誌》（香港：三聯書店，2013）。此書描述香港城市中動物的可憐景況，並探討當代動物倫理的主張，藉以推動人與動物共融的理想都市生活模式。

目錄

文學歷史篇

動物倫理篇

文學歷史篇

01

由貍奴到主子

從中國歷代的貓書寫看貓形象的塑造與發展

巢立仁

貓、書寫與文本

　　中國最早的貓專著，當數黃漢的《貓苑》和王初桐的《貓乘》，這兩部都是編集前人寫貓的文字，再按類區分的工具型書籍。兩部專書要到清中晚期才出現，但貓在中國很早就已經「登堂入室」了。本文的「貓書寫」，指針對貓、關涉貓的古今文本，文本的記載零碎，文體差異甚大，同一時代的寫貓文字往往對貓有相反的評價。細心審視文獻，更可發現貓不像其他動物，如馬、龜、鳥、魚等，是古典文學常見的吟詠題材。唐宋時，寫貓的作品才漸多，民國之後貓書寫大量湧現，至近二十年，「貓書」更成為了一個常見的寫作類別。這些不同的貓書寫，說明了貓如何由野生動物，變化成家畜、寵物、「貓伴」、需要賦予平等權利的個體，甚或家人；而躍然於不同文本的貓形象，驟眼看來，似簡單而一致，其實既複雜又多變。

實用的貓——功能化的生物

　　我們現在常見的家貓，在漢代以前的知識分子眼中，只是一種可供發揮某種功能的「生物資源」（Biological Resources）。經、子文本（經書或諸子書）不但沒有為貓塑造清晰形象，更將貓與另一種捕鼠動物「貍」混為一談，現存最早出現貓字的文獻是《詩經・大雅・韓奕》：

　　　有熊有羆，有貓有虎。(1)

但此貓乃「山貓」，傳統的詮釋認為〈韓奕〉的本文意圖是訴說山高木美，所以詩中提到的動物，其實都是「山珍」。中國人很早以前就將生物規範成資源，在《周禮》有各種專門管理六畜的官職，(2) 例如《周禮‧夏官司馬》就有「服不氏」一職專門管理用來祭祀或娛樂的野獸。從文字的發展考慮，「禽獸」二字的本義指獵取和捕獲動物 (3)，以這個兩字為動物之總名，可見中國人如何「實用地」審視人與動物的關係。先秦文獻如《莊子》和《韓非子》中出現的貓，均稱為「狸」，也均見用作喻體，可見當時只是注重貓的「功用」而非名實（《說文解字》本無貓字的訓釋，現存的字條和訓釋是北宋人徐鉉加上的）。直至現在，「貍」、「狸」二字與「貓」字仍常見結合，泛指一般家貓（不少中國方言仍喚有斑紋的貓作貍貓），又或逕以貍作貓的別名（如貍 / 狸、小貍 / 狸、貍奴 / 狸奴）。

最先肯定捕鼠為貓之功績的是《禮記》，例如《禮記‧郊特牲》：
饗農及郵表畷、禽獸，仁之至，義之盡也。古之君子，使之必報之：迎貓，為其食田鼠也，迎虎，為其食田豕也，迎而祭之也。(4)
《禮記》首度確立了貓在中國人社會的職能（捕鼠），也令貓看起來似乎只有一種角色。人類學家胡耀武（Yaowu Hu）和 Fiona B. Marshall 等針對在陝西省華縣泉護村遺址的考古發現，於 2013 年發表文章，證實貓類在中國早期農村出現的時期可以推定至 5,300 年前，而且貓已具備多種角色。(5) 野貓最早應在約 9,500 年前，就與人一起生活。(6) 胡

耀武等的研究讓我們發現，《禮記》的記載只突出中國貓的「實幹」價值，其實是簡單化了貓的形象。

　　唐宋的歷史文本，漸見多記貓事，貓已是當時常見的「寵物」（可參考鄭棨《開天傳信記》、段成式《酉陽雜俎》和錢易《南部新書》的記錄）。但在唐代武則天時，六宮卻不能蓄貓。武則天因殘酷對待王皇后與蕭淑妃而被蕭氏詛咒為老鼠（事見《舊唐書・列傳第一・后妃上》），蓄貓成了禁忌；同時期，閭朝隱的政治詩〈鸚鵡貓兒篇〉更直指貓為「不仁獸」。發展至宋代，貓又反過來得到皇家的愛護，陸游《老學庵筆記》記載秦檜孫女崇國夫人的「獅貓」走失，引發臨安全城的「獅貓」搜尋事件，可見貓又成了一時的愛寵。值得注意的是，貓與其他動物，始終沒有脫離「生物資源」這個身分，各種「用貓」的文本如唐慎微《經史證類備急本草》記載貓的藥用功能、岳珂《桯史・貓牛盜》記載當時有人偷貓盜牛假作「野味」等等，都可以看見這種觀念的根深柢固。總而言之，唐宋時期貓的形象開始複雜化，而這種複雜性在文學文本有更可觀的呈現。

多樣化的貓——有情生物

　　在文學文本的領域，貓的形象自唐代開始變得多樣。西晉竺法護譯的《生經・佛說野雞經》，最早從各個角度比附貓的本能與人的惡

欲，全面地以貓代人，但文本屬譯文，嚴格地說並非中國人的貓書寫。最早為貓塑造仔細和另類形象的中文書寫，應數韓愈的〈貓相乳〉：

> 司徒北平王家貓有生子同日者，其一死焉。有二子飲於死母，母且死，其鳴咿咿。其一方乳其子，若聞之，起而若聽之，走而若救之，銜其一置於其棲，又往如之，反而乳之，若其子然。噫，亦異之大者也！夫貓，人畜也，非性於仁義者也，其感於所畜者乎哉！北平王牧人以康，伐罪以平，理陰陽以得其宜。國事既畢，家道乃行，父父子子，兄兄弟弟，雍雍如也，愉愉如也，視外猶視中，一家猶一人……客曰：「……今夫功德如是，祥祉如是，其善持之也可知已。」既已，因敘之為〈貓相乳〉說云。(7)

文章雖與《生經》一樣仍然以貓事襯托人事，但稱道的焦點，已非貓的「功能」而是母貓的「本能」。所謂「夫貓，人畜也，非性於仁義者也，其感於所畜者乎哉」，就見指出貓能受感化。文本正視了貓作為生物的其他可能，精心安排的描寫，特別是母貓對幼貓呼救時，那一種逐步漸進的反應（「若聞之……反而乳之」），更令貓在這裏不再只是一種平面的工具生物。在對貓本能無甚認識的時代，這種相乳行為當然會被視為「特異」，因為感知同類有危難而救助，應屬高等生物——人之專利，更可況當時（唐代）貓的普遍形象，只是好殺的「人畜」。韓愈此文將貓的本能詮釋成人類感化的結果，所具體化之貓形象雖與《生經・佛說野雞經》不同，但兩者均見聚焦於貓的其他生物屬性，而

28

不限於工具價值。再者，韓愈的文本以貓可被感化，即以貓具備「人情」，而《生經》則以投射方式細繪如人之貓，兩個文本的寫作角度雖異，但均塑造貓為「有情生物」（sentience being）。

唐末開始，文學文本開始廣泛出現以貓為主題的寫作，但其發展出現了二分的情況。第一類是託貓言事，寫法與閻朝隱相近而與韓文相遠，文本針對貓的天職，借諷刺貓來批判世道人事。這類作品否定或不重視貓的其他價值，只是以經典文本塑造的貓形象來「用貓」（只集中捕鼠功能）。明清時，此類作品的數量尤多。文學文本中特別值得注意的，是第二類的貓書寫，這一類作品發展了韓愈有情生物的觀點，禮貓如人，甚至視貓為伴，例如宋黃庭堅（1045–1105）的名作〈乞貓〉（又名〈從隨主簿乞貓〉）：

秋來鼠輩欺貓死，窺甕翻盤攪夜眠。

聞道狸奴將數子，買魚穿柳聘銜蟬。(8)

文本中貓為主體，是作品的中心，貓不再是寓言中的代言者，不再是辭格的一部分。被群鼠煩擾的詩人要用魚作酬勞「聘請」貓兒回家，雖然這是為了呈現詩趣的陳述設計，但用語的感情色彩（禮聘），有意或無意帶出了人貓無別的信息（「乞求」幫助所以得「聘請」），表現了對貓的尊重──禮貓若士。其實比黃庭堅更早的梅聖俞（1006–1060）和司馬光（1019–1086）都有以貓為主角的作品，但梅聖俞的〈祭貓〉詩謂「此實爾有勤，有勤勝雞豬」，明顯視貓為有用的牲畜，而司馬光

的〈貓虎傳〉則謂「人有不知仁義，貪冒爭奪，病人以利己者，聞虎所為，得無愧哉」，大談人不如貓，貓是說理的工具，兩者的寫貓之法與黃庭堅詩酬貓、賞貓而非用貓的嶄新視角，明顯不同。

　　黃詩的寫法，對士人階層有一定的影響，陸游（1125–1210）《老學庵筆記》即記述自己父親與人討論這首詩的情況：

> 先君讀山谷〈乞貓詩〉，嘆其妙。晁以道侍讀在坐，指「聞道貓奴將數子」一句，問曰：「此何謂也？」先君曰：「老杜云：『暫止啼烏將數子』，恐是其類。」以道笑曰：「君果誤矣。〈乞貓詩〉，數字當音色主反。『數子』謂貓狗之屬多非一子，故人家初生畜必數之曰：『生幾子』。『將數子』猶言『將生子』也，與杜詩語同而意異。」以道必有所據，先君言當時偶不叩之以為恨。(9)

這一段討論可見當時人對黃詩的欣賞，正在於詩本身能巧妙地處理對貓的真正理解。黃詩的兩種寫法：禮聘相迎和以魚飼貓，後來也常見為其他貓寫書所襲用。此外，他的另外一篇寫貓名作〈謝周元之送貓詩〉：

> 養得狸奴立戰功，將軍細柳有家風。
>
> 一簞末厭魚餐薄，四壁當令鼠穴空。(10)

以比擬辭格，表達了對貓的「讚賞感激」之情，由經典確立的捕鼠天職（主題），在黃庭堅詩裏，被比擬成具備勇武品質的行為。後來的寫貓作品也常襲用這種寫法，試看陸游〈贈貓〉一詩：

裹鹽迎得小狸奴，盡護山房萬卷書。

慚愧家貧策勛薄，寒無氈坐食無魚。(11)

陸詩的寫貓角度與黃詩如出一轍，而所抒發的「感情」則比黃詩更直接和深入。詩作視貓為「大助」，所以深感「待慢」，表現了對這種生物的「尊重」，在另一首〈鼠屢敗吾書偶得狸奴捕殺無虛日群鼠幾空為賦此詩〉更出現新的寫貓角度：

服役無人自炷香，狸奴乃肯伴禪房。

書眠共藉床敷暖，夜坐同聞漏鼓長。

賈勇遂能空鼠穴，策勛何止履胡腸。

魚飧雖薄真無媿，不向花間捕蝶忙。(12)

作品指貓選擇了與人相伴共眠，同坐共息，選擇了捕鼠除患，而不是捕蝶自娛。這兩種新的寫作角度均強調「選擇」，貓在作品中成為了獨立而有個性的生物。陸詩愛貓若人的寫法，令詩作的抒情氣息更見濃厚，而他在〈得貓於近村，以雪兒名之，戲為作詩〉更直接視貓為「朋伴」：

似虎能緣木，如駒不伏轅。但知空鼠穴，無意為魚飧。

薄荷時時醉，氍毹夜夜溫。前生舊童子，伴我老山村。(13)

貓在他的筆下，是與自己有宿緣的舊識，雖然仍有上下關係（前生供差使的舊童子），但已得到前所未見的尊重。此外，陸游另外還寫了一首叫〈贈粉鼻〉的詩，題下注明：「畜貓名也」，(14) 以贈友的方式寫詩贈貓，不但是一個文學史上的創舉，而且也貫徹了多首陸詩呈現的價

值觀——貓為可敬愛之獨立個體。

　　黃詩和陸詩的寫貓方法多為後來傳統文學文本所沿襲，或直用，或顛覆處理，變成了除捕鼠外，中國傳統文本中寫貓的文學慣例（convention）。然而黃詩中禮貓如人，或陸詩中人貓有情，以貓為伴的意識，卻甚少與這些寫法一起被「接受」，不少作者只是使用這些文學慣例來創作類近閒朝隱詩的作品（第一類書寫），例如稍後於陸游的劉克莊，雖然沿襲了陸詩對貓的寫法，但卻完全推翻陸詩的評價，劉克莊〈詰貓〉云：

> 古人養客乏車魚，今汝何功客不如？
> 飯有溪鱗眠有毯，忍教鼠嚙案頭書！ (15)

這完全是陸游〈贈貓〉詩的「翻案」。(16) 詩的內容幾乎全盤承接原詩，但卻使用捕鼠計功以諷諭人事的老調，與陸詩要傳遞的觀點迥異。劉克莊另有〈詰貓賦〉可以佐證本詩的意圖，賦云：

> 嗟爾以捕為職兮，獰面目而雄牙鬣！於所當捕兮，卵翼之勤劬。
> 於所不當捕兮，踴躍而敺除。余欲誅之兮，不勝誅。爾猶有知
> 兮，亟改圖。吾則世豈無含蟬之種兮，任孰鼠之責者歟？ (17)

可見作品完全是以貓事借喻人事，以批判貓之失職來諷刺官員。劉克莊這種寫法著意突出貓隻的負面形象以加深諷諭效果，他其餘的貓書寫，基本上都是使用這一種寫法，如〈失貓〉：

> 飼養多年情已馴，攀牆上樹可曾嗔？

擊鮮偶羨鄰翁富，食淡因嫌舊主貧。

蛙跳階庭殊得意，鼠行几案若無人。

籬間薄荷堪謀醉，何必區區慕細鱗！ (18)

這詩明顯是陸詩〈得貓於近村，以雪兒名之，戲為此詩〉的翻案，寫貓的忘恩負義，不捕鼠，還嫌棄主人家貧而逃走，文本翻案陸詩的「似虎能緣木」、「但知空鼠穴，無意為魚餐」、「薄荷時時醉」等句子，至於另一首〈貓捕燕〉：

文采如彪膽智非，畫堂巧伺燕雛微。

梁空賓客來俱訝，巢破雌雄去不歸。

鶯閉深籠防鷙性，蝶飛高樹遠危機。

主人置在花墩上，飽臥隨行自養威。 (19)

則一反陸游〈鼠屢敗吾書偶得狸奴捕殺無虛日群鼠幾空為賦此詩〉的內容，力寫貓捕雀追蝶以自娛（陸詩原文謂貓「不向花間捕蝶忙」）和殘忍好殺，完全是一頭養威凌物（陸詩指貓選擇了相伴修德的清靜素行）的惡物。劉克莊這兩首詩都以突出貓的惡形惡相來諷刺在位者的無情無行。

　　雖然宋代的文學文本開展了新的寫法，也為貓建立了多樣化的形象，但明清的貓書寫不論數量或質量都差強人意。首先是文學文本幾全屬第一類書寫，詩文均見平面化貓隻和利用貓隻的負面形象作諷諭，例如明薛瑄（1389–1464）〈貓說〉：

余之家人執而至前，數之曰：「天之生材不齊，有能者必有病。舍其病，猶可用其能也。今汝無捕鼠之能而有噬雞之病，真天下之棄材也！」遂笞而放之。[20]

文章以貓喻人，但完全脫離韓文中呈現的「有情」特質。這類作品，雖然描寫貓行，卻完全漠視貓的其他屬性，只是直接取用經典文本所提供的規範（貓捕鼠），貓即使是故事的主角，也只是用作傳達「託意」的負面角色，例如明鄭文康〈刺鼠〉：

崇墉夏屋慣穿登，此物人間眾所憎。

相體本無毛骨異，養生全仗齒牙能。

飽餐公廩頻年粟，渴釁私房徹夜燈。

可奈烏圓共眠處，任渠無忌恣凭陵。[21]

烏圓即貓，而貓在這裏是瀆職貪吏的借喻。即使是極少數正面寫貓的文字，例如明《湧幢小品》記載一頭被官府收繳的貓，銜金送贈舊主，也只是託貓言事，借動物宣揚忠義等倫理價值，貓在這類書寫中，形象十分平面。

獨立的貓——貓生貓權

民國以來的貓書寫始見思考貓的獨立性，思考貓作為有情生物在人類社會的遭遇，部分作家更進一步，以平等觀點思考貓的生活與權利，梁實秋〈貓〉：

有義犬、義馬救主之說，沒聽說過義貓。貓長得肥肥胖胖，刷洗
得乾乾淨淨，吃飽了睡，睡醒了吃，主人看著歡喜，也就罷了，
誰還希罕一隻貓對你有什麼報酬？(22)

文本思考人貓關係，雖然沒有完全「為貓設想」，但也見呈現了貓的
「獨立性」。類近的寫作在民國初年開始出現，但大都是借貓抒情，而
非以貓為本位作理性分析，這些作品或表現人生的悲苦，或展現作者
對人類無情的控訴，如夏丏尊〈貓〉：

從此以後，這小小的貓在全家成了一個聯想死者的媒介，特別地
在我，這貓所暗示的新的悲哀創傷，是用了家道中落等類的悵惘
包裹著的。

傷逝的悲懷，隨著暑氣一天一天地淡去，貓也一天天地長大，從
前被全家所詛咒的這不幸的貓，這時漸被全家寵愛珍惜起來了，
當作了死者的紀念物。每餐給它吃魚，歸阿滿飼它，晚上抱進房
裏，防恐被人偷了或是被野狗咬傷。(23)

文本中純以貓為人類感情的投射對象，而宋雲彬〈貓〉：

有幾個閒人看了這字條在那裏笑。看衙堂的對我說：「貓皮很值
錢，如果被『癩三』捉去剝了，那就沒希望了。」我聽了他的話，
說不出的恐懼和悲哀，我只希望他的話完全是謠言。同時我又想
起了從我懷裏逃跑去的那隻黑貓，不知道還在人間否。

過了許多時候，貼在衙堂口那張紙條兒也不見了。我和妻約定，
此後永不養貓，免得再受佛家所說的「愛別離苦」。(24)

則不但表現了人類的冷酷和殘忍，更見表現人處身這種現世的痛苦，又如林庚〈貓的悲哀〉則以貓代言，借貓生隱喻人生的無奈。民國初年這類作品，與其說是寫淒涼的貓，不如說是寫無法在悲傷處境中救贖自己的人，文本並不意圖呈現貓是一個有情的獨立個體，也沒有意圖探索貓作為獨立個體所應具備之情緒反應或權利。發展至後來，如蘇雪林〈虐貓〉、鄭振鐸〈貓〉和汪曾祺〈哭泣的小貓〉等篇章雖然對貓的面目有更仔細的描述，但也只是借貓道出人性的醜惡，貓是控訴劇場中的一個角色。

　　波伊曼（Louis P. Pojman）《為動物說話：動物權利的爭議》（*Life and Death: A Reader in Moral Problems*）一書指出，平等對待動物，就是要平等地考慮一個動物所經受之「苦」，檢視其道德層面之含意，換言之，就是要推展同理心，不分軒輊地感物之所感。(25) 由此推論，只有視貓為能知苦之主體，願意承認貓乃與人共生之有情生物，並以這種同理心觀照或反思貓類，那才不會變成一般的抒情寫作或借題發揮。其實在民國時，中國也有採取類近觀點的書寫，豐子愷〈護生畫集·白象及其五子〉題詩：

　　　我家有貓名白象，一胎五子哺乳忙。
　　　每日三餐匆匆吃，不梳不洗即回房。
　　　五子爭乳各逞強，日夜纏繞母身旁。
　　　二子腳踏母貓頭，母鬚折斷母眼傷。

三子攀登母貓腹，母身不動臥若僵。

百般辛苦盡甘心，慈母之愛無限量。

天地生物盡如此，戒之慎勿互相戕。(26)

豐子愷師從李叔同學佛，但卻沒如其師般投身「律宗」，而是專事發揚
與原始佛教同調的慈悲觀，視眾生為同本同性，不應相害。(27) 如這
首詩所示「天地生物盡如此」，母貓愛子，如人母愛子，也一如天地所
有生物之愛其子，所以讚頌「白象」愛子，不是在讚牠像人，而是在欣
賞牠本身的母性。再者，原始佛教認為慈悲的最純化表現就是母親對
子女的愛，(28) 文本描述母貓如何以貓的方式愛其子，而母貓白象完
全是文本的主體。白象以自身的行動方式（忍受）呈現萬物有相同的天
性（愛子），表現了牠是一個獨立自主的有情生物。豐子愷的書寫，雖
然由佛理切入，但文本的確是「平等」地頌揚白象，展示了母愛無別的
觀點。

另外值得注意的是吳藕汀的作品《貓債》，記述他本人的養貓經
歷，其中云：

戊子七月七日，七夕之辰，我把自畫的《七月七日長生殿》扇箑，
換得一隻雄性狸貓。渾身狸斑，貌有威而性馴善，老鼠不愁患也。
一九五一年辛卯天貺日，我被徵去湖州南潯整埋嘉業藏書樓藏書。
家尚未遷，仍留在南堰淨廬。我在藏書樓上獲得一小水鵁鶄，籠
而畜之。有便帶至嘉興，養在淨廬。初防狸貓所侵，試之則否。

任其放在一起，毫不相犯，且有友愛之意。有時各坐在門檻上，相對甚親。或有野貓（謂別人家的貓）來，狸貓奮而逐之。相安數月，日以為常。一日，狸貓外出，鸚鵡被「野貓」闖進搏之而去，狸貓歸，若有所失。內子告我曰：「狸貓誠仁獸也。」(29)

文本雖根本儒理，卻沒有跌入傳統平面化貓隻或工具化貓類的窠臼，同樣做到「平視」貓隻和突出貓隻有情形象的效果。闇朝隱〈鸚鵡貓兒篇〉以貓為「不仁獸」，這裏的評論正好相反。文本內容所呈現的是與豐子愷的「白象」一樣，值得「讚頌」的貓形象，貓是能展示「不忍人之心」（仁）的有情生物。再者，吳文的「筆法」也可見人貓無別的處理，文本以記人之筆記貓，諸如「貌有威而性馴善」、「毫不相犯，且有友愛之意」、「有時各坐在門檻上，相對甚親」及「若有所失」等，簡煉傳神而不作議論，與傳統敘事文記人之話語（discourse）一致。

真正提倡重視動物權利（animal rights）或由生物倫理（bioethics）觀審視貓隻的中文書寫，是近二十年才開始大量出現的。比較兩岸三地作家的作品，無疑臺灣作家的作品，在內容種類、表現技巧和媒體設計方面都比較多樣化，作品的數量也最多；而中國則是近幾年，才見有這類作品。例如臺灣作家朱天心《獵人們》：

我愛上的貓，長大了便像狼一樣的獨來獨往，往往離家不知所終，毫無例外。對此，我豈沒做過努力？尤其一到我最害怕的春天，便日日陷入掙扎，到底要不要把門窗關上暫不讓他們自由出

入。

　　春天的時候，先是滿樹喧囂的綠繡眼和白頭翁，然後出太陽的日子，高處便有大冠鷲優閒遼遠的笛哩笛哩聲，我應聲仰臉尋找，嚮往極了。往往我與坐在窗檯上望遠的貓並肩，偷偷打量他凸凸的側影（有那素鈴和我一樣喜歡看小土貓的側臉哩！），他們的眼睛或綠或黃或灰總之肅穆極了，看了膽怯起來，連不以為有權利干涉他的天賦貓權，天人交戰的結果，總是打開窗子，隨他。(30)

文本情理兼具，反思貓權，又能「融情入景」。開放窗子的理據是「天賦貓權」，這正是同理心的作用，而春天那誘人的「美景」，是人貓共賞的，這個景色，對人來說有雙重之美：看貓看之景，看貓看景。貓在這個文本中，被這種自我解構式的雙重寫法塑成一個能欣賞「美」的存在，而人則不但要欣賞而且應該「尊重」構成美景的主體——貓的選擇權，錢永祥《獵人們》序云：

　　如果我的詮釋有道理，朱天心這本書，在臺灣的「動物寫作」（animal writing）歷史上，便具有一定的地位。此前，寫作野生動物的作家，多半已經能夠隱匿（人類的）自我，讓動物自行出場說話。這反映了他們意識到人類中心主義的扭曲效應，於是有意識地讓動物做為主體現身。可是到了同伴動物的範疇，這種意識始終發達不足。(31)

朱天心的寫作，不但讓貓自行出場說話，還讓人「驚異」於貓作為有情生物的獨立之美。人貓在平等的位置交流，所以貓不是寵物，不是

僕人，而是真正平等相交的朋伴，黃淑冠《馬賽貓老大：法國獨眼貓的流浪三部曲》更認為貓就恍如密友。相比之下，劉克襄《虎地貓》裏的人貓關係就比較「含蓄」，書中記述香港嶺南大學與臺北108巷的街貓，以生態記錄的角度，展示生命（貓）如何影響生命（人）。總括而言，這一類書寫多針對流浪貓，寫法主要是夾敘夾議而兼重情理。例如張婉雯《我跟流浪貓學到的16堂課》述說流浪貓在香港生活的境況，既有理性分析，又會陳述很多令人動容的故事，例如：

> 幾個月之後，叔叔告訴我們：貓祖母不見了。他找了幾天，影兒也沒有。後來問夜裏站崗的守衛，說是有一個晚上，校園闖進了幾頭流浪狗，咬死了一頭貓，清潔工人把貓的遺體清理了。
>
> 我們從來不知道校園晚上有狗。學校西面正興建新的教學大樓，六層高，玻璃幕牆，像一柱晶瑩燦爛的巴別塔。只是再豪華的宮殿都攔不住貓：文明和語言於他們無效，地球本來就是公家的。
>
> 狗咬死貓祖母的時候，心裏並沒仇恨或歧視。狗沒有這種概念。(32)

文本以平淡的筆調描述了一個生命，如何無聲消逝。淡淡的陳述帶出了眾生平等的意識、動物權利這個倫理命題和人類文明發展做成的冷漠，令「貓祖母」事件，不再只是某一個人的感想或回憶，而是「人類」都應該反思的課題。其他如小毛品《我沒有9命──街貓的故事》、陳詩敏《請你愛我》、阿義《貓馬麻：家貓、街貓、流浪貓和守護天使的故事》和葉子《貓中途公寓三之一點》等，作品的敘事方式及抒情方法容或不同，但內容主要都是對「流浪貓」生命歷程、權利及照顧經驗

的反省。

　　如就內容作細分，重視動物權利或符合生物倫理觀的貓書寫，主要可分成三種類型，第一類是記述貓隻（家貓、流浪貓到領養貓）生活狀況和個人反思的作品，如朱天心《獵人們》、心岱主編《貓來貓去》、黃淑冠《馬賽貓老大：法國獨眼貓的流浪三部曲》、流浪貓佬《四隻流浪貓》和希子因《愛貓說：我和流浪貓的情緣》等；第二類是專門捕捉個別地點、地區貓隻生活情況與箇中啟示的寫作，如劉克襄《虎地貓》、陳寬華《貓步尋蹤》、張婉雯《我跟流浪貓學到的16堂課》、傅俊偉攝影、關慧玲撰文《貓貓行傳》，廖偉棠攝影、深雪等多名作家撰文《貓地方志》、阮麗碧攝影、梁可婷編撰《南丫島貓》、關耀祥攝影、林琪香撰文《喵店長》和施援程攝影、陳沛而撰文《我的澳門貓朋友》等；第三類是為特定主題或事件而撰寫或結集的貓書寫，如吳斯翹《穿紅靴的貓》(33) 和黃宗慧策劃《放牠的手在你心上》(34) 等。這些作品，大部分既記述貓的生存狀況，也意圖描寫貓的生活感受，描述對象的生理狀況，也意圖呈現心理需要；作品表述貓作為有情生物的獨立特徵，同時也不忘分析或反思可以讓貓在現代生存的各項條件。例如關耀祥攝影、林琪香撰文的《喵店長》云：

> 不管是與家裏的寵物貓又或是常去探訪的流浪貓共處時，空氣裏流轉著的，都是我與貓之間的私密情感，而與居於商店內的貓相會時則不僅於此，當中還有我們與店主、鄰里及社區千絲萬縷的關係。(35)

貓進入的不是一所房子、一個地點、一個商舖或一個地區，而是一個家庭、一個社區或一個文化。在我們理解、關懷、凝視及思考牠們的時候，也促使了自己反省個人的感情及價值觀，甚或反省個人與整個社區、社會的關係。貓是我們社會中值得尊重的一分子。

可愛的貓——家人與明星

尊重和反思「貓權」的文本，在近二十年大量出現，但比這類作品還多的是突出貓為「愛寵類」的作品，如阿濃《濃貓——阿濃與愛貓共處的深情紀錄》：

> 她知道我們都愛她，但無以為報，便把她的玩具一件件當禮物唧過來，放在我們面前。我對她最好，但我太太收到的「禮物」最多。大概她知道我太太是家最重要人物，她看在眼裏，就要擦這個 VIP 的鞋。
>
> 我們家每年有好幾次團聚：中秋節、大除夕、我和太太的生日、我們的結婚周年紀念。當美味的菜餚擺滿一桌，酒杯也斟滿之後，便會豎起腳架，拍一張全家福。當大家擺好姿勢望向鏡頭時，就會有人記得：
>
> 「趣趣呢？」
>
> 女兒就會把她找出來，抱在懷裏。閃燈一亮，全家進入鏡頭，包括可愛的「趣趣」。

她已是我家重要的一員。（36）

這本書的副題「阿濃與愛貓共處的深情紀錄」，其實已經說明了本書的敘事角度。文本以人類行為代入詮釋家貓的行為，各人不但對貓寵愛有加，而且視貓為不可或缺的「家庭成員」。這類書寫，有些更將貓的地位進一步提昇為心理醫生，如 Emily《我愛陳明珠：讀萬卷書不如撿一隻貓》：

> Tovi 是我的療癒。我的人格充滿各種扭曲和缺陷。依佛洛伊德的說法，人格的發展基於個人童年經驗，於是我將心底裏的、幼年的自己，投射在 Tovi 身上。以成年的我，重新愛他一遍。決心要將最好的給他，以撫平心中一些遺憾和障礙。（37）

這個心理醫生不但有醫療效果，同時也一樣是飼主最重要的「家人」，書中又云：

> 從前我在家無甚笑容，很少發言，但在我和 Tovi 的小家庭裏，我對這貓家人溫婉和藹、體貼入微，連說話也帶著笑意，盼望他從我每個動作表情也看到愛；常以他的感受為尊，他稍有反抗我便馬上放手，不忍勉強；不對他說任何負面話，彷彿他能聽懂。那是我人生中口業造得最少的階段，經歷前所未有的甜美生活。因為愛他，我成為了更好的人。（38）

人貓地位主從互易，貓成了自己遷善向上的理由，是啟發自己的道德榜樣。這種高度珍視寵物的態度，與現在西方的風潮一致，賀札格（Hal Herzog）《為什麼狗是寵物？豬是食物？：人類與動物之間的

道德難題》（*Some We Love, Some We Hate, Some We Eat: Why It's So Hard to Think Straight about Animals*）指出美國人多視寵物為家庭的一分子，寵物用品工業把這現象稱之為寵物的人類化（humanization of pets），大量的飼主都會傾力照顧自己的寵物。[39] 現當代的貓書寫，有大量正屬貓隻照顧類的專著，如阮麗碧、梁可婷《貓貓你在喵什麼──消除你和貓的101個誤會》在序言即謂：

> 跟貓一起生活，由於生理和心理構造不同，再加文化背景差異，生活細節上難免屢生磨擦，久而久之，往往弄得人貓互相心存怨恨，更甚者鬧至分手分場。[40]

而蘇菁菁《貓咪這樣吃最健康》一書就直接使用「貓家長」指貓的飼主，直接將貓當成子女。這類「愛貓」文本，大概可分為直接書寫和間接書寫兩類。直接書寫是指直接記述特定貓隻（一隻至多隻貓）的生活，上引阿濃和 Emily 的書正屬此例；間接書寫類則指專寫相關貓的事項，而不是寫貓本身，例如照顧方式、起居飲食、健康、物種資料、故事傳說、甚或拍攝造型等，例如上引蘇菁菁的作品。

在愛貓文本中，心岱的《貓之神秘學》可算是一個比較極端的作品：

> 寵愛貓是理所當然，因為在貓的身上，人們可以窺見很多自己嚮往、夢想的原形，人的渴望，在貓身上完成，這是人類視貓為寵物最大的因素，把貓抱在懷裏，像嬰兒一樣的尺寸，貓如孩子，

令人有無法抗拒的「子宮」情愫。恨不得自己也變成貓，可以完全的自由，無死無懼、無憂無慮，要睡就睡，要玩就玩，貓的任性並不因為百年來被改變了基因，淪陷成為豢養在室內的寵物而有所減少，牠依然故我，除了上帝，誰也沒辦法操縱貓的意識與行為。

貓是這般「不動如山」的個性，使牠們的魅力更加的對人類有著補償性的吸引力，拜貓、愛貓如癡的「貓迷」充斥世界各個角落，愈文明的國家，愛貓族愈多，人類離大自然愈遠，對貓的感覺就愈敏銳，也就是說，愈都會型的族類，愈需要貓的陪伴和共生，事實上這並不適合「貓性」，但人類渴望釋放自囚在心中的那點「自由自在」、「唯我獨尊」、「放任不羈」……便只有養貓來做自我觀照，取代那人子的缺憾了。(41)

文本使用大量的心理分析，營造已經不能說是寵愛，而是要崇拜貓的理由。貓是一個超越的存在，具備心靈層面的治療能力，可以治療所有都市人都無法避免的疾病——空虛和群體化。文本詮釋賦予貓的地位，可與救贖人類的神祇相比。這一份對貓的極端「尊崇」，與現代的戀貓趨勢正見相合，米爾斯基〈愛貓物語〉云：

人類迷戀貓咪的最新證據來自 google X 的人工智慧計劃。研究人員讓 1 萬 6 千處理器組成的電腦網絡觀賞 1 千萬部隨機抽取的 YouTube 電腦影片，接著測試它對世界的認知。當研究人員向電腦網絡展示貓的圖片時，它基本上能回答：「是，我認得這東西。」

原因可能是 YouTube 有很多跟貓有關的影片。(42)

新興媒體大力推動了貓的可愛形象，令不少人更容易接受這個
印象，網上部落格（blog）或臉書（Facebook）等社交媒體，方便了愛
貓文本的結集，這種類型的書寫多讓貓直接「說話」（當敘事者）推動
故事或作評論，以有趣的言詞、故事、相片及圖畫，重新演繹人貓關
係，如志銘與狸貓《黃阿瑪的後宮生活》系列、奶茶《喵的！部落格：
奶茶的人小事》、妙卡卡《貓奴籲天錄》系列、三貓媽媽《三貓廣東話
學堂》，還有忌廉哥《我係尖東忌廉哥》系列等，都是由網上媒體啟發
或直接移植成書的作品。這些專著多以倒轉權力關係的方式，為特定
的貓隻製造「偶像化」的效果。文本中的貓通常會被文字、加工圖片或
繪圖詮釋成具可愛、頑皮、有趣或奇怪等深具人類性格特徵的生物，
令貓人化（貓變成了主人），甚或超越化（神仙、外星人）。寫作重點
不是呈現貓的獨立性，而是突出貓值得「迷戀」之處。雖然這類作品大
都只是販售「可愛」，但偶然也會滲透保護貓隻和鼓勵領養的意識，例
如志銘與狸貓《被貓咪包圍的日子》（《黃阿瑪的後宮生活》系列中第三
本書）就在書序說：

> 我們始終希望透過阿瑪及後宮們的日常生活，可以繼續讓更多人
> 認識貓咪，並且在愛他們、覺得他們可愛之餘，還能多給他們一
> 份耐心與理解。希望真的有一天，流浪的毛孩都不必再擔心受
> 怕，當然啦，如果可以不要再有毛孩流浪，那就更完美了。(43)

而妙卡卡《貓貓交換日記》則以文字加繪圖的方式，記述了一個救助「小街貓」的故事（小貓數日後離世），他在故事中記云：

> 這次的出版，也推廣「以認養代替購買，以結紮代替撲殺」希望在臺灣的所有角落，可憐的流浪街貓都能找到自己的家。(44)

結語

中國在先秦兩漢時期的貓書寫，沒有釐清貓的形象，也沒有如實呈現人貓關係，文本反映當時知識階層定位貓屬生物資源，重視其工具性。考古研究發現，貓在當時應屬家畜，有多重身分，但經典只是針對貓的捕鼠行為作符合儒學價值的詮釋，奠定貓的正統形象。

唐宋時期的寫作可見貓的形象已開始多樣化，由家畜變成寵物。宋朝時，貓的地位更明顯大幅提升，描寫方法漸見多樣，而且作品已不限於託貓言事，而是以貓為主角，禮迎珍視，視貓為伴。明清時的貓書寫卻多沿用舊觀，借貓諷諭，又或借貓宣揚儒理。

民國以來，作品始見深入反省人貓關係，豐子愷先生等的貓書寫，或據釋訓，或從儒理，皆以同理心為本，貓為有情個體之形象漸見確立。近二十年間，根源西方動物權利思想，針對流浪貓或家貓的書寫大量出現，除了進一步彰顯記述貓隻本身作為獨立生命的權利及

內涵外，更見重新定位人與貓、貓與現代社會的關係。同時，在媒體幫助下，推銷貓隻可愛形象的文本，近年也甚見豐盛，文本中所呈現的人貓關係，往往主從易位，表述方式五花八門，反而模糊了貓作為主體的獨立性。

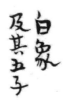

白象及其五子。資料來源：豐子愷：《護生畫集》（上海：上海人民出版社，2005），頁69。

註　釋

1　王先謙：《詩三家義集疏》（北京：中華書局，1987），頁979。

2　《周禮》載有牧人、牛人、雞人、羊人、廋人、犬人及羉氏等都是管理動物以供「使用」的官職。

3　參陳煒湛：〈禽獸小考〉，《古文字趣談》（上海：上海古籍出版社，2005），頁45–54。

4　孫希旦：《禮記集解》（北京：中華書局，1989年），頁695。

5　Hu Yaowu et al., "Earliest Evidence for Commensal Processes of Cat Domestication," *Proceedings of the National Academy of Sciences* 111 , no. 1 (2013): 116–120.

6　德里斯科（Carlos A. Driscoll）、克里頓・布羅克（Juliet Clutton-Brook）、吉欽納（Andrew C. Kitchener）、歐布萊恩（Stephen J. O'Brien）著，鍾慧元譯：〈野貓何時變家貓〉，《科學人雜誌》，第89期，7月號（2009），頁38–46。

7　馬其昶：《韓昌黎文集校注》（上海：上海古籍出版社，1986），頁100–101。

8　任淵等：《黃庭堅詩集注》（北京：中華書局，2003），頁975。

9　陸游：《老學庵筆記》（北京：中華書局，1979），頁107。

10　任淵等：《黃庭堅詩集注》，頁976。

11　錢仲聯校注：《劍南詩稿校》（上海：上海古籍出版社，1985），頁1179。

12　錢仲聯校注：《劍南詩稿校》，頁3583。

13　錢仲聯校注：《劍南詩稿校》，頁1710。

14　〈贈粉鼻〉：「連夕貍奴磔鼠頻，怒髯嗔血護殘囷。問渠何似朱門裏，日飽魚餐睡錦茵。」

15　劉克莊著，辛更儒箋校：《劉克莊集箋校》（北京：中華書局，2011），頁352。

16　翻案詩宋代始多見，指重新詮釋、評斷前人文本中的故事或顛覆前人用語造句的作品。

17　劉克莊著，辛更儒箋校：《劉克莊集箋校》，頁2489。

18　同上，頁1892。

「牠」者再定義

19　同上，頁226。

20　薛瑄：《薛瑄全集》（太原：山西人民出版社，1990），頁632。

21　杜貴晨：《明詩選》（北京：人民文學出版社，2003），頁192。

22　轉引自陳子善：《貓啊，貓》（濟南：山東畫報出版社，2004），頁221。

23　轉引自陳子善：《貓啊，貓》，頁14。

24　轉引自陳子善：《貓啊，貓》，頁29。

25　波伊曼（Louis P. Pojman）編著，張忠宏等譯：《為動物說話：動物權利的爭議》（臺北：桂冠圖書股份有限公司，1997），頁35–36。

26　豐子愷繪，弘一法師、許士中書：《護生畫集》（上海：上海人民出版社，2005），頁69。

27　中村元《慈悲》一書即提到：「阿育王以及當時的人說，釋放囚犯與愛護動物同樣，不外乎是基於慈悲的利他行為。這是佛教史上，可以看到的一貫想法。」見中村元：《慈悲》（臺北：東大圖書，1997），頁93。

28　可參中村元《慈悲》，第三章〈慈悲觀念之發展史〉，第一節〈原始佛教中慈悲之意義〉，頁21–25。

29　吳藕汀：《貓債》（北京：北京美術攝影出版社，2005），頁22–23。

30　朱天心：《獵人們》，第二版，（新北市：INK 印刻文學生活雜誌出版有限公司，2013），頁46。

31　朱天心：《獵人們》，頁10。

32　張婉雯：《我跟流浪貓學到的16堂課》（香港：青桐社文化事業有限公司，2009），頁89。

33　吳斯翹：《穿紅靴的貓》（香港：明窗出版社，2010）。2007年1月在香港上水彩園邨發現一隻後來志工名為藍藍的流浪小白貓被虐，後足被截。本書以寫給藍藍的「家書」形式編寫，敘述照顧藍藍及其他流浪貓的故事。

34　黃宗慧策劃、「放牠的手在你心上」志工小組編著：《放牠的手在你心上》（臺北：本事文化，2013）。2013年8月臺灣發生狂犬病疫情，由黃宗慧為首的十二位志工發起的幫助動物、勸喻不要放棄動物的臉面群組寫作活動，本書是活動

作品的輯錄；另外，書中也有照顧其他動物的故事。

35 關耀祥攝影，林祺香撰文：《喵店長》（香港：天行者出版社，2015），〈前言〉。

36 阿濃：《濃貓——阿濃與愛貓共處的深情紀錄》（香港：青桐社文化事業有限公司，2010），頁139。

37 Emily：《我愛陳明珠：讀萬卷書不如撿一隻貓》（臺北：本事文化，2012），頁4。

38 同上，頁116。

39 哈爾·賀札格著，彭紹怡譯：《為什麼狗是寵物？豬是食物？：人類與動物之間的道德難題》（新北市：遠足文化，2012），頁113。

40 阮麗碧、梁可婷：《貓貓你在喵什麼——消除你和貓的101個誤會》（香港：日光社，2004），頁2。

41 心岱：《貓之神秘學》（臺北：聯合文學，2007），頁6–8。

42 米爾斯基：〈愛貓物語〉，《科學人雜誌》129期，12月號（2009），頁119。

43 志銘與狸貓：《被貓咪包圍的日子》（臺北：布克文化，2017），書序。

44 妙卡卡：《貓貓交換日記》（臺北：貓頭鷹出版，2007），頁79。

「牠」者再定義

02

猿猴能說話嗎？

西西的另類動物書寫

陳燕遐

香港的動物書寫

　　香港大量出現非以兒童為對象的動物著作，[1] 是晚近十幾年的事。其中有幾個特點值得注意。一是文類上多以短小雜文為主，長篇散文、小說、詩等文類較少，且又多配上插圖、照片，甚至攝影繪本為主，文字為副。這類作品多以輕鬆短小的形式，敘述人與寵物之情，或者生活趣味，相處點滴，如阿濃《濃貓——阿濃與愛貓共處的深情紀錄》（2010）、城珠《勤媽媽，懶媽媽：十一小貓成掌手記》（2004）、周慧敏《我的貓兒子周慧豹》（2004）、文秉懿《溫心老米》（2005）、陳莉敏《潮貓‧愈壞愈愛》（2006）、阿包《狗狗狗，一屋麻煩友》（2011）等均屬此類。

　　另一類則以動物攝影配以文字創作，如廖偉棠攝影、陳慧、關麗珊、石琪等多位愛貓作家創作的《貓地方志》（2004），以小說、散文、詩等書寫各自的地區貓志。傅俊偉攝影、關慧玲選文的《貓貓行傳》（2003）則以黑白照片展現貓的自然個性與生命歷程，關慧玲以簡短文字把貓和人的世界緊扣，透露出雋永的哲思。阮麗碧攝影、關慧玲撰文的《海闊天空貓一貓——南丫貓島》（2004）寫小島的眾貓相，記錄了社區動物在人類社會的求生困境。葉漢華的《街貓》（2014）是他十年來以街貓為主題的攝影結集，以鏡頭及簡潔的文字如實呈現街貓於夾縫中倔強求生，同時也從這些城市邊緣倖存者的生境中，窺見香港

「牠」者再定義

的另一面。

　　寫寵物情趣的圖文書及動物攝影佔香港動物出版的大宗,其中又以貓書為多,一是反映畜養寵物近年漸漸流行;二是城市生活空間狹窄,故養貓比養狗多;三是此地生活急速緊張,閱讀風氣始終不盛,只能以輕短為主,長篇的寫作與閱讀無法推展,或者只能局限在小眾寫作與閱讀群體,還不是出版的主流。

　　上面提到的攝影集已多有關注社區動物的生存困境,葉漢華甚至因為拍攝街貓而投身護貓義工行列,協助推行「捕捉、絕育、回放」計劃。像葉漢華一樣,長期接觸流浪動物的義工,歷經街上的生老病死,有許多感人故事可說,許多困惑傷痛與呼喊亟需抒發,透過書寫照顧流浪動物的經驗,反思生命尊嚴、城市發展、生活步伐。吳斯翹《穿紅靴的貓》(2010)以家書形式,寫這隻2007年上水彩園邨被截後足的受虐小白貓藍藍,敘述照顧藍藍及其他流浪貓的故事。愛明《半面野良犬》(2014)以日記形式,記錄2013年拯救屯門良景邨一隻爛掉半邊面的唐狗阿良的曲折過程。麥志豪、盧熾剛(Cuson Lo)《讓我們好好活下去》(2014)記載了12個受虐、被遺棄的動物努力求生的故事,有轟動一時受虐致死的黃忍,有被斬去後肢、最終逃出生天的麗麗,記錄這些脆弱的受虐小生命,希望更多人關注動物的生存權利,讓牠們好好活下去。這些義工畢竟不是訓練有素的作家,因此故

事不以文字功力取勝，重點在真摯感情。

另一類不以故事或照片取勝，而專注論述的文章，先是在網路上發展，《香港獨立媒體網》、《香港動物報》是主要基地，繼而《香港01》、《Now新聞》等亦跟隨，《明報》、《AM730》等紙媒也出現動物議題專欄。這些報刊文章多半有時效性，多與當時社會上有關動物的新聞熱話有關，內容具話題性，目的在引起社會大眾關注城市動物的處境，具議論與教育功能。議論性質的動物寫作成書出版者不多，二犬十一咪、阿離、阿蕭的《動物權益誌》算是較具規模的出版。(2)

比起臺灣或中國大陸，香港嚴肅作家相對較少參與動物寫作，(3)在這樣的背景下，西西2011年出版的《猿猴志》(4)便饒有意義。一如西西近年的著作，《猿猴志》也是一部龐雜的書，有猿猴百科的知性部分，也有西西和何福仁對談的文學、哲學、文化與歷史部分。出入於浩瀚龐雜的資料之中，西西舉重若輕，寫資料如說故事，以說故事人的筆觸，為「一直受歧視的生命說話」(5)，以博學與文學的面貌呈現猿猴的遭遇。一直以來，論者都把《猿猴志》放在「西西作品」的脈絡下看，卻很少認真把它放在動物書寫／動物權益的脈絡下討論。事實上西西自己明白表示這書是要為猿猴請命，(6)若循此角度，則它又與一眾倡議動物權益的書寫頗為不同，不獨寫作策略上分別很大，客觀效果也頗不一樣。我們可以說，《猿猴志》在文學寫作上非常西西，正

因如此，它在動物書寫上便顯得別樹一幟。

《猿猴志》與知識分類

　　《猿猴志》內容可分為3部分：6篇西西與何福仁的對談；29篇猿猴介紹，每篇附以西西走訪亞洲各動物園及保育中心時所拍的猿猴照片，以及她親手縫製猿猴毛偶的照片；最後是包含「瀕危名單」及靈長目總表等資料的附錄。她與何福仁的對話一直見於她過去出版的作品，不過多數只有一兩篇，放在前面或附在作品後作為參考資料。《猿猴志》的對談卻是書的重要組成部分，6篇共107頁，佔全書幾近一半篇幅（全書224頁）。西西在〈前言〉中指出，她向何提出這寫作計劃，何很快就列出6篇談話的題目，二人在各篇對談所佔的篇幅也無分軒輊。因此我們可以說，《猿猴志》其實是二人合著，是香港兩位文壇前輩老朋友的交流與寫作成果。

　　既名為《猿猴志》，此書即以〈猿猴的命名、分類、分佈〉對談開始。既談命名與分類，即不能不提瑞典自然科學家林奈（Carl von Linné）。林奈身處的十八世紀，正值歐洲的大航海時期晚期，許多生物學家和博物學家隨船隊遠航，帶回來世界各地的動植物，各依自己的喜好命名，造成一物多名，或異物同名的混亂現象。林奈發現可以用植物的生殖器官為植物分類，並提出採用雙名法，以拉丁文來為生

物命名，其中第一個名字是屬名，第二個為種名，屬名為名詞，種名為形容詞，形容物種的特性，其後並以相同的方法為動物命名，被譽為現代生物分類學之父。普拉特（Mary Louise Pratt）卻在分類學與大航海兩件事上，看到了一種殖民知識體系的形成。

　　普拉特在其劃時代的著作《帝國之眼：旅行寫作與文化互化》（*Imperial Eyes: Travel Writing and Transculturation*）第一部分即以1735年歐洲發生兩件影響深遠的事開始，這兩件事即林奈《自然系統》（*Systema Naturae*）的出版，以及歐洲首次大型國際科學探險之旅啟航。普拉特認為兩件事「巧合地」在同一年發生，標誌著歐洲精英對自身及與世界的關係的理解，發生了重要的變化，普拉特稱這全新的視野為「全球意識」（planetary consciousness）。[7] 伴隨這種全球意識而來的，是歐洲中產階級知識分子學問體系的興起，此時的科學探險與知識的建立，與殖民經濟活動密不可分：各地的東印度公司為科學家提供免費航程到海外採集動植物樣本、繪製地圖，科學家則為這些商貿公司提供可供剝削圖利的知識。[8] 自然科學探險帶來的不管是知識抑或動植物樣本，往往就是科學家本國的商貿利益所在。林奈就曾明言，植物知識就是整個公共經濟的基礎，蓋一國之衣服即依賴此等知識。[9] 普拉特甚至認為，大航海時期表面上打著科研旗號的遠航，暗地裏其實都有尋找商貿機遇或打探潛在威脅的秘密任務。[10]

「他」者再定義

傅柯（Michel Foucault）在《知識的考掘》（*The Order of Things*）中指出，十八世紀這種把知識總體化與分類化的企圖，透過為事物命名，把「物」納入一套敘事語言的秩序中，(11) 普拉特則進一步指出，這種語言秩序是屬於歐洲中產識字白種男人的。(12) 在歐洲大陸本土，這也是一次話語權的徹底轉移：城市中產識字的白種男人全面改寫了本地農民對世界的認知，通過論述合理化城鄉生產關係、管理食物生產等手段，進一步剝削當地農民勞動力。(13)

　　對於這一套充斥各種意識形態的知識體系，身處二十一世紀博學多聞的兩位作者，有什麼後見之明？〈猿猴的命名、分類、分佈〉對談大致採已成公論的看法，肯定林奈對物種分類命名的貢獻，認同其改變了此前分類與取名各自為政的混亂情況，並認為林奈採取的是學術協商，與中國政治強制的「書同文」又有所不同（頁13）。然而，二人並不只服膺國際權威了事，反而提醒民間的各種通俗叫法，「反映獨特的文化內涵、意見」（何福仁語，頁13），西西則舉出大狐猴的英文 indri 意思是「在那裏」，是土著對外人提問的回答；中文叫「大狐猴」，因為樣子長得像狐狸。這些都反映了猿猴與當地文化並在地生活的關係，亦是二人追尋猿猴歷史，把命名與意義重置於原來的社會文化脈絡的努力。他們尋且指出，不管是民間通俗叫法，抑或林奈的科學分類，都可能帶有偏見，做成歧視。譬如蜂猴英文是 slow loris，漢語叫懶猴，「說牠懶，比 slow 又多一層道德批判」（西西語，頁13）。

說牠慢其實也不準確，因為牠捕食時身手敏捷，逃避危險時行動也很迅速，「牠是夜行動物，不慢，更不懶，只是生態習慣與人或者與其他猴子不同而已。」（西西語，頁13）何福仁亦引與林奈同期的布豐（Georges-Louis Leclerc, Comte de Buffon）的意見，指出：「每個生物都應該有獨立的位置，有自己的面孔，大自然從未根據生物的種屬來排列等級。知識不得不系統化，可另一面，還得小心不要變成種屬歧視。」

以此回頭看林奈後來把人分為五種，也納入他的動物命名系統一事，就饒有意義。林奈劃分的五種人分別是：野人（wild man）、美洲土著（American）、歐洲人（European）、亞洲人（Asiatic）、非洲人（African）。野人是「四足、無語、多毛髮」；美洲土著是黑髮、直立、面貌粗糙，頑固易怒，受風俗約束（regulated by customs）；亞洲人則是邋遢（sooty）、憂鬱、呆板，傲慢又貪婪，受意見影響（governed by opinions）；非洲人則黝黑、捲毛、扁鼻，冷靜、狡猾、懶惰、粗心大意，率性而為（governed by caprice）；歐洲人呢，他們平和、臉色紅潤、結實，文雅、敏銳、具創造力，受法律規範（governed by laws）。[14] 這種分類描述明顯把人類互相比較，大歐洲中心主義躍然紙上，在貌似客觀中立的分類命名學中出現，正好揭示了「知識」與利益、價值、判斷糾纏不清，殊不中立，也不客觀。

西西利用林奈的分類命名法展開猿猴寫作，目的雖不在揭露這種知識生產背後的權力關係，然而，她與何福仁畢竟是閱讀廣泛、見多識廣的讀者／作者，充分掌握「後見之明」的優勢，不難發現「分類應該是中性的，不幸有時就流露某種價值審判，積重難返。」（西西語，頁14）在談到靈長目分類時，西西且直接指出，把人放到最後，成為序列裏的最後單位，「是從人的角度看其他事物，為其他事物命名、歸類。如果狐猴會分類，就會有不同的排列。但這並不表示我們就天賦最尊貴的地位，我們絕對不是萬物的主宰。」（頁15），如此平視世上生靈，而且態度如此決斷，為平素樸實低調的西西筆下所少有，可見她對「人非萬物的主宰」看法的鄭重其事。

糾正由誤解而來的刻板印象

　　《猿猴志》2011年出版，一向低調不願出席頒獎禮的西西接受同年香港書展的邀請，擔任年度作家。書展期間總有記者問她，為什麼寫這本書。她在翌年廣西師範大學出版的簡體版《猿猴志》前言裏補充說：

> 我在做熊的時候，了解到北極熊、月熊的生態危機，想到這主要
> 是人的禍害。然後我讀書、看紀錄片，發覺我們對猿猴的認識甚
> 少，誤解極多，而猿猴跟人類同屬靈長類，其中猿類的基因跟人
> 類最接近，我們彼此是近親。……我只是想澄清一些誤解，想大

家珍重生靈。

澄清誤解，為「一直受歧視的生命說話」，其實是一個站在猿猴角度的除魅與糾錯過程。書中我們隨處可見這種糾錯的例子：電影《極度驚慌》（Outbreak）裏的猴子來自南美洲，並非非洲，兩地猴子的特徵不一樣（頁18）；「豢養過蜂猴的人說牠們喜歡讓人抓癢，喜歡得伸開雙臂，作飛翔狀。」其實「蜂猴是靈長目中唯一有毒的生物，毒液就在胳窩，牠用舌去舐，然後把毒液塗在手臂上，當牠張大雙臂，其實在抗議。」（頁25）「猴子和人一樣，外貌不合主流觀瞻，加上行徑出奇，往往受歧視」（頁34），馬達加斯加的土著認為樣貌醜陋的指猴會帶來厄運，於是見了就追殺，幾乎滅族。可是西西指出指猴很大方，自己建造的巢穴給大家用，只要擠得下，多少來客都歡迎。村上春樹《夜之蜘蛛猴》寫夜間一隻蜘蛛猴來訪的故事，西西說：「有趣，只不過蜘蛛猴並不是夜行動物。」（頁62）流行文化把猿猴妖魔化，商業電影把人猿拍成害人的巨獸，對人類生命與文明造成威脅，「不單大猩猩被妖魔化，連荒島上的土著也成為可怕的怪物。文明人不能久居。怪獸、異域之類既能吸引人的好奇，但同時是威脅。到這妖魔被帶到文明的城市，如果不受人類約束，成為入侵者，就是射殺。」（頁67）[15] 美國偵探小說類型祖師愛倫・坡（Edgar Allan Poe）的《莫格街的兇殺案》（The Murders in the Rue Morgue）寫一對母女被殺，手法殘暴，兇手原來是紅毛猩猩。西西解釋，紅毛猩猩力氣是人的五倍，當然能殺人，可是這種孔武有力的巨猿是素食者，絕少發生傷人事件，「只有

人類為捕獵小紅毛猩猩販賣殺死紅毛猩猩媽媽的事件。紅毛猩猩真要殺人，不必用剃刀。小說兩三次指出紅毛猩猩『性情凶殘』，這是很大的誤解。」（頁51–52）

在糾錯之中，我們常常讀到西西對猿猴自然流露的喜愛。她談到大狐猴雖是畫行動物，可是活動很少，很少下地，喜歡長間守在樹上，「人們不易見到牠，可是常常聽到牠的叫聲，尤其在清晨，此起彼應，聲音嘹亮，傳達兩里之外，令人動容。」（頁33）這種全身黑色、夾雜白色的條紋和斑塊的動物，擅於彈跳、飛躍。「跳躍時，在影片所見，好看極了，牠們伸直手腳，一去十多米，像魚雷。」（頁32–33）這種純粹的欣賞與讚嘆，西西大概可以一直寫下去。

《猿猴志》夾雜大量的科學知識，致力除魅糾錯，然而，它並非通俗意義上介紹猿猴的科普讀物。通俗意義上的科普讀物以提倡科學精神、倡導科學思想、傳播科學知識為己任，背後是對中立客觀的科學知識的信仰，最終目的，恐怕還是希望透過科學改善人的生活，著眼點還是人類。[16] 此書的目的遠不止於此，它無寧更接近布羅克斯（Peter Broks）在《理解科普》（*Understanding Popular Science*）裏對科普知識所作的討論：那是意義競逐的場域，背後牽涉權力與話語權的爭奪。[17]《猿猴志》要照見的，正是人類在猿猴身上所進行的種種意義的構築，權力的行使。西西總是要催迫著我們去面對那不舒服的

真相。

它也不單純是爭取動物權益之作。若只為爭取動物權益，為了讓主題集中，許多「題外話」都得刪去。《猿猴志》卻沒有定位為這樣一部著作，它「為那些在人類發展上受歧視的生命說話，希望讓更多人了解猿猴，尊重生命，珍惜自然環境」(18) 的目的，乃在豐富的學識、廣泛的閱讀對談中自然流露。唯其如此，我們才能讀到許多與猿猴有關，又不只有關猿猴的精彩內容。譬如〈西方猿猴的形象〉裏，何福仁為我們介紹了長年生活在印度的英國作家吉卜林（Rudyard Kipling）的《森林書》（*The Jungle Book*）。故事寫一個由母狼養大的男孩，書裏有各種印度森林的動物，這些動物有些是朋友，有些是敵人，猴子卻是歹角，與印度尊崇猴子的文化相左。西西認為吉卜林雖在印度長大，卻沒有進入印度人的視角，並且引述奈波爾（V. S. Naipaul）的意見，指出吉卜林作品裏充滿殖民色彩與種族歧視（頁54）。

這種猿猴與殖民想像連成一氣的文學作品比比皆是，何福仁舉的另一例子是聖路西亞的諾貝爾獎得主沃爾科特（Derek Walcott）的劇作《猴山夢》（*Dream on Monkey Mountain and Other Plays*）。劇中並沒有出現真正的猿猴，猿猴是對劇中黑人的貶稱，被收監的主角，與主角同一大牢的兩個偷竊慣匪都被喚作猴子或猩猩，監獄就像動物園，警衛長送飯像餵飼猿猴，中間主角經歷疑幻似真的越獄、上山、

被奉為神的情節，最後被其中一個慣犯質疑：「你如今更像一隻人猿、一個傀儡。」（頁 58）這一則反映西印度群島以至非洲各地後殖民時期的政治寓言，一如許多西方殖民及後殖民時期作品，猿猴總與非洲、黑人的命運糾結在一起，往往象徵野蠻、落後、邪惡。

文學畢竟是西西與何福仁的專長與志業，因此，〈西方猿猴形象〉與〈中國猿猴的故事〉兩篇對談佔了全書的四分之一篇幅，共 54 頁。文學、神話傳說、電影、繪畫等無所不談，那是一段猿猴與人類交會的歷史，其中大部分是誤解、歧視、欺壓，偶爾也有和平友好的交往。

西西近年的作品常常給既有秩序帶來「困擾」，比如說文類，或圖書分類。從《哀悼乳房》開始，她的創作早就拋開文類的束縛，用豐盈廣博的知識抒寫故事，到最近的《喬治亞房子》、《縫熊志》、《猿猴志》，都引來不少疑問，甚至質疑。她在廣西師範大學 2012 年出版的簡體版《猿猴志》前言裏直截了當的表明：「創作可以用文字，用繪畫，有時可以用毛海，用布匹。有人以為作家的作品只應該是文字之外，還是文字，這是一種獄卒思維。」還好她不囿於這種獄卒思維，我們才可以讀到這樣博聞有趣的作品。

動物園的爭議

為寫作此書蒐集資料，西西和何福仁曾多次參觀亞洲各地動物園與保育中心，了解猿猴的生活情態，因此了解到人類對猿猴做成很大的傷害，這些人類的近親許多瀕臨滅絕，都拜人類濫捕濫殺，以及大規模砍伐樹林所致，西西對這些惡行深痛惡絕。可是，對於動物園，二人的態度卻曖昧得多。

〈動物園、保育中心〉對談中不乏動物園劣跡斑斑的記述，書中不只一次提及惡名昭彰的例子，是德國科隆動物園為了買一隻大猩猩幼兒，把大猩猩全家殺害一事（頁113）。英國諾斯利野生動物園（Knowsley Safari Park）因為財政支絀，把數十隻珍貴的狒狒、羚羊等殺死，曝屍多日，任由蛆蟲滋生是另一惡例（頁113）。可是，篇中記載更多的是二人走訪保育中心、野生動物園的正面經驗：香港動植物公園「猿猴居住的地方都很潔淨，樹木的佈置也有心思，猿猴看來都很愉快」（頁111）；馬來西亞沙巴的史必洛保育中心遠離鬧市（距山打根市區25公里），佔地4,500公頃，主要收留受過傷，或被捕捉豢養過的動物，保育員會教育幼年的動物野外生存技能，兩、三年後再野放在附近的保護森林，遊客來參觀，可在觀看台上遠看保育員一天兩次的餵食；(19)沙巴州山打根市郊的拉卜灣長鼻猴保護中心的觀眾台

在樓上，距離餵食台要更遠些，遊客伸手摸銀葉猴，會被飼養員喝止（頁119）；馬來西亞砂勞越的峇哥國家公園（Bako National Park）則位於小島上，遊客看動物也是在木搭的走道上遠遠觀看（頁120）；上海野生動物園的狐猴島也用開放式，「環尾狐猴都很活潑、健壯」（頁121），比日本名古屋的犬山猿猴公園裏的環尾猴看來要健康些，因此西西也不禁說「這是最成功的了」（頁121）。

也許是這些在動物園及保育中心與猿猴接觸的正面經驗，讓他們對動物園這爭議極大的話題看法比較正面，認為動物園是一個城市的記憶，「大家偶然去一次，看著熟悉的動物長大、老去，小孩子也隨著長大」（頁110），因此，日本名古屋東山動物園為死去的大猩猩設祭壇，供人憑吊，西西認為「東山的做法是認真的，是要孩子知道：珍重生靈。」（頁110）並肯定現代動物園建立的理想，除了提供娛樂，還要承擔教育作用，「讓大小朋友見識動物，特別是本地沒有的動物，對動物產生感情，從而懂得愛護動物，提高保護環境的意識。」（頁111）西西勾勒出一幅動物園的理想圖像，認為除了娛樂、教育外，動物園還應該有保育作用，幫助繁殖瀕臨絕種的動物，並且為失去野外求生能力的動物提供棲居之所。為了達到這動物園理想國，必須有充足的營運經費，因此，利用動物賺錢也是可以接受的，「租借稀有的動物到外地去，可以賺錢，回饋同類的保育中心，例如熊貓就是。」（頁112）為了收入穩定，動物生活有保障，「有些動物園搞些動物表演，

吸引觀眾賺錢，幫補收入，也就是可以理解。動物也需要運動，據說有些也喜歡這種運動，譬如海獅、鸚鵡之類，只要不是太難、變態」（頁114）。什麼是太難、變態的表演呢？何福仁認為像老虎跳火圈、袋鼠打拳，訓練過程一定用鞭子恫嚇，甚至虐打，就應該禁止。（頁144）然而，他們也知道，「我們講的是理想的動物園，實情呢，恐怕大多不是這樣。」（頁113）

　　動物園的存廢，國際社會上一直存在極大爭議，即使如保育瀕危動物這樣似乎名正言順的目的，倡議動物權益者與主張圈養保育的環保倫理者之間，也一直存在不易調解的分歧。環保倫理者認為動物權益倡議者只關顧個別動物，忽略整個物種的存亡；(20) 關注動物權益者則指出，人為遷移無可避免會為動物帶來長期壓力，不但影響個別動物的健康，更因而減損瀕危動物的數量，最終無法達至保育目的；(21) 動物園圈養的大部分均非瀕危物種也是不爭的事實；保育與野放成本高昂，野放成功率卻非常低 (22) 等等，都是動物園或保育中心無法自圓其說的地方。(23)

　　何福仁在書中提到好些成功的保育例子，如阿拉伯長角羚、熊貓、紅毛猩猩等（頁111–112），的確保住了物種不致滅絕，然而圈養保育引致的道德與動物生存狀況問題，仍然不易回答。以香港人熟悉的大熊貓為例，人工圈養環境下大熊貓往往發情難，成功交配不易，

然而研究指出，野外大熊貓成年後的繁殖行為卻非常活躍，雄性會相互競爭，雄性和雌性會與多個異性交配，繁殖活動自由活躍。(24) 這些動物生存的自然本能，在人工圈養的環境下卻無法自然發生，往往得使用人工繁殖方法，強行在成年雄性熊貓生殖器上插入膠管取精，並麻醉雌性熊貓導入精液。可是在高壓環境下，熊貓的成功受精率卻很低，為了提高成功率，雌性熊貓有時會被連續麻醉十多天。這樣的人工繁殖，被批評違反動物本性，損害動物的基本權利。(25) 臺灣東華大學環境學院院長裴家騏更指出，很多圈養機構或動物園繁殖瀕危物種「背後的思考不全然為了保育，極可能只是為了技術的突破」。(26) 中國的熊貓外交，完全與保育無關，長途跋涉運送更損害個別熊貓的身心健康，危及熊貓整體的生存，嚴重削弱了保育的正當性。

　　上面提到商業租借熊貓賺錢的事，在國際上引來很大反對聲音。包括世界自然基金會（World Wide Fund for Nature）與國際自然保護聯盟（International Union for Conservation of Nature and Natural Resources）在內的國際自然保育組織都強烈批評商業租借大熊貓計劃，申明反對捕捉野生熊貓作商業借租的立場。(27) 1998 年世界自然基金會與美國動物園及水族館協會（The Association of Zoos and Aquariums）更聯合向美國聯邦法院提出訴訟，要求禁止俄亥俄州托雷多動物園（Toledo Zoo）展示兩隻適齡繁殖的熊貓，(28) 結果促成美國魚類及野生動物管理局（U.S. Fish and Wildlife Service）修例，規定進

口大熊貓的動物園須確保中國把半數以上租借所得的費用用於保育野生大熊貓及其棲息地上。(29)

　　動物園的教育功能，則受到更多的質疑。臺北市立動物園在2008至2014年的《政策白皮書》中即坦承：「綜觀全球各地較先進的動物園所強調的保育與教育功能，近年來也受到外界更多的挑戰，其中最主要的就是對於圈養野生動物在保育意義上的質疑，其次則是對於圈養動物福利的關切與對動物園所能發揮的教育意涵之質疑。」(30) 保育意義上的質疑主要在於動物園圈養的絕大部分動物都不涉保育意義，而且為了維持動物展示的品質，動物園要不斷購買狩獵者捕捉的野生動物，在供求的關係上，直接鼓勵了危害野生動物的狩獵工業；教育功能之質疑，則除了捕捉與囚禁野生動物與教育本質互相矛盾以外，批評者也指出，動物園的教育功能經不起分析。

　　西西提到理想的動物園應該盡量仿製自然環境（頁115），談到生態學家張樹義在《野性亞馬遜：一個中國科學家的叢林考察筆記》一書結尾時說希望有一天能在中國見到如美國芝加哥野生動物園一樣的亞馬遜雨林微縮景觀，表示這也是他們的希望（頁125）。可惜無論人工動物園如何仿製自然，仍無法為野生動物提供自然的野外生活環境。許多研究與觀察報告均指出，困養明顯限制了野生動物漫遊覓食等自然活動，造成壓力與挫折，(31) 大部分動物園都有動物出現

不正常或刻板行為（stereotypic behavior），甚至自殘舉動，如克立（Ros Clubb）及馬新（Georgia Mason）針對動物園中「漫遊性食肉動物」（wide-ranging carnivores）的研究顯示，這些動物普遍出現自然行為受挫、刻板行為，以及幼獸死亡率高等問題；(32) 蘭天明等研究圈養取膽的黑熊時，亦發現黑熊出現普遍的踱步、轉圈、擺頭和直立轉身等刻板行為；(33) 孟秀祥等研究甘肅興隆山養麝場的圈養馬麝，亦發現養麝場的餵食形態直接引起馬麝嗜食異物和刻板舔刮等行為，活動場所的限制則直接導致馬麝出現狂奔、來回走動、立台、跳牆和搭蹄凝視等運動性刻板行為。(34) 2013年5月網路上流傳一段香港海洋公園的海豚撞向池邊再翻身直插池底的影片，海洋公園事後向傳媒解釋，這條海豚 Pinky 衝向池邊是牠自小已有的「慣性獨特動作」，否認是自殘行為。香港海豚保育學會會長洪家耀卻認為海豚撞牆行為罕見，雖然難以明確判斷怎樣才算動物自殘行為，然而重複撞擊，或表演中途跳出水池等行為，都會有壓毀內臟的風險。(35) 彭仁隆歸納動物園動物出現身心異常的情況，主要是因為活動空間受限、天然環境條件改變，以及食物多樣性缺乏。(36) 事實上西西與何福仁也觀察到動物園的餵食改變了動物的自然吃食習慣，「野外的猴子總在不停地吃東西，而且是自己尋找，不是限定了時間，每天兩次⋯⋯那是人的時間，而不是動物的時間，是行政的考慮，也是給觀眾看的秀。」（頁121）改變動物的吃食習慣，動物也失去尋找、發現的樂趣。篇中提到違反動物天性的另一個例子，是北京、日本等夜行動物館。為了讓

遊客日間可以看到這些夜行動物的活動，動物園於是把館內的燈光調暗，模仿黑夜，到夜晚休館時則燈光齊明，讓動物以為是白天。（頁122）為了滿足遊客，硬生生把動物的日夜顛倒。

所有動物園都標榜其教育公眾的職志，何福仁就舉德國慕尼黑海拉布倫動物園為例，園長韋斯拿（Hening Wiesner）認為負責任的動物園的首要任務是教育。（頁113）現代動物園有超過二百年歷史，卻只有少數動物園對這宣稱的重要功能過做科學的研究及評估，拿出具說服力的數據。美國華盛頓國家動物園是少數做過認真調查的動物園，2005年曾針對遊客瀏覽展場的時間做過統計，結果發現遊客對展示場中所提供的內容興趣不大。(37) 凱勒（Stephen R. Kellert）和鄧立（Julie Dunlap）以研究者身分，觀察美國費城等動物園內的遊客，結果發現人們來動物園最主要的原因，超過70%是因為家庭活動，其次才是觀看動物，參觀動物園後對動物的認識大致上並沒有提高。他們的結論是這幾個動物園的教育成效不彰。(38) 2007年美國動物園暨水族館協會（The Association of Zoo and Aquarium）曾委託霍克（John H. Falk）等學者調查美國的動物園與水族館，卻得出完全相反的結論：他們認為遊客參觀動物園及水族館，對他們認識野生動物及保育議題，都有正面而深遠的影響。(39) 然而，馬利諾（Lori Marino）等學者卻指出，霍克等人的調查至少有六大方法學上的問題，直接影響調查的準確性，並認為目前並無具說服力的證據顯示動物園及水族館在教育公

「牠」者再定義

眾與提高遊客的保育意識上有明顯幫助。(40)

　　至於亞洲地區，羅允佳也觀察過臺灣的動物園，結果與凱勒、霍克等相近，一些細緻的觀察值得我們深思。據他觀察所得，進園的遊客以幼童和父母為主，其次是年輕學生或情侶；動物園的教育規劃都以學童為主，這些規劃的最佳引導和解說人員，就是牽著他們的父母。(41) 羅允佳舉出兩個典型的親子對話：

　　　　來到展示獅子的園區，有個小朋友的爸爸興奮地指著獅子說：「你看！獅子喔！」小朋友意興闌珊的應了一聲，爸爸又說：「獅子的英文怎麼說？啊？你記得嗎？」「來嗯。」「對啊，來嗯！那長頸鹿怎麼說？」小朋友的媽媽在一旁搧風：「這裏熱死了，趕快找地方喝飲料啦。」

　　　　有一隻食蟹獴在兩個定點來回快速地走動，旁邊小孩說：「媽媽，他怎麼這樣一直走來走去，他是不是瘋了？」媽媽說：「不是啦，他是因為貼心，想要走來走去給大家看啊！」(42)

只要稍稍觀察節假日的動物園或海洋館，你會發現上面的例子其實很普遍。動物園成為親子活動的上佳地點，有些動物園還附設機動遊戲（如香港海洋公園），大人小孩走馬看花觀賞動物禽鳥，看海豚表演，鸚鵡飛翔，排隊玩機動遊戲，人如潮水湧進湧出，這中間有多少與認識動物有關，恐怕都很清楚。更有甚者，是大人也一知半解，像上面的媽媽，傳遞了錯誤的知識。

當然，最自相矛盾的保育訊息，是假教育之名，行商業謀利之實，剝奪動物的自由，甚至危害動物的性命。這樣的例子多不勝數。在中國積極推動民間監督動物園野生動物生存狀況的中華文化學院教授莽萍2003年創立「中國動物園觀察」，招募大學生參與調查中國各地動物園的狀況，結果發現情況非常令人擔憂：動物園以商業利益掛帥，動物通常得不到良好照顧，「動物表演極其野蠻，那些馴獸師完全違逆動物的天性，毆打是公開的」，「活體餵食是最大的商業噱頭，非常殘忍」。(43) 十多年來他做了多次調查發佈會，倡議「無動物表演城市」，單在北京就舉行了多次「讓北京成為無動物表演城市」的活動。

香港過去幾十年一直有動物表演，如荔園遊樂場自1950年代初從各地動物園引進動物，進行訓練與表演，(44) 亦時有外地馬戲團來港演出，(45) 動物展示環境惡劣，表演意外時有發生，社會的關注始終有限，(46) 大眾對動物馬戲還是津津樂道，香港政府甚至一度考慮在竹篙灣迪士尼樂園旁興建永久的馬戲表演場地。(47) 近年因動物權益團體「豚聚一家」、「動物公民」、「NPV 非牟利獸醫服務協會」等的努力，動物表演的問題漸漸受人關注，最大的爭議大概要數目前仍以動物表演作招徠的海洋公園。

海洋公園自1997年成立以來，一直標榜保育自然生態，推廣環保教育，然而近年卻出現大量動物死亡事件，(48) 園方拒絕透露死亡

動物的品種，以至具體死亡原因，只稱為「自然死亡」。[49] 海洋公園亦從不披露海洋生物的來源，公眾無從得知這些海洋生物是否來自不人道的捕獵買賣。近年日本太地町的海豚捕獵備受爭議，隨著紀錄片《海豚灣》（*The Cove*）2010年獲頒第82屆奧斯卡最佳紀錄片獎，同年德文版著作 *Die Bucht: Flippers grausames Erbe* 出版，2013年中譯《血色海灣》面世，我們逐漸知道世界各地的海洋館裏的海豚表演背後，原來有這樣血腥的大屠殺事件。《海豚灣》的主要攝製者歐貝瑞（Richard O'Barry）本來是訓練海豚表演的老手，自1960年代起便親自捕捉並訓練海豚，主演美國家喻戶曉的電視片集《飛豚》（*The Flippers*）。在經歷親手訓練的海豚凱西（Kathy）死在他懷裏後，[50] 歐貝瑞放棄一手建立的海豚事業，為海豚的生存權奔走世界各地。該紀錄片揭露日本太地町每年以驅獵方式捕殺游經附近海域的海豚，利用噪音干擾把海豚趕進潟湖，第二天挑選傷疤較少的雌海豚賣到海洋館，其餘全部殺掉，每年被屠殺的鯨豚多達2萬3千條，把整個海灣都染紅。[51] 那些僥倖逃過屠殺命運的雌海豚，終生被困在狹窄的人工蓄養池，強迫訓練、演出。鯨豚專家皮雷瑞（Giorgio Pilleri）指出，海豚性喜群居，有極完善的社會結構，會照顧傷病同類，提攜幼小。人類捕獵豢養，破壞其團體，是極殘忍的事。[52] 海豚體內有極敏銳的聲納系統，用以探測距離，辨別方向，呼喚同伴。關禁在人工水池，感知能力會變得紊亂失序。[53] 皮雷瑞指出，生活空間狹小，強迫訓練演出，都會導致海豚嚴重的心理與生理失衡，包括喪失溝通能

力、抑鬱、絕望，甚至自殺。(54) 為了讓海豚看起來「無憂無慮」，自捕捉的那一刻起，即需餵食五花八門的人工維他命、抗生素、殺真菌藥、鎮靜劑以及荷爾蒙。(55) 海洋裏的海豚平均壽命達三四十年，被囚禁的海豚卻只及這些野生同伴平均壽命的六分之一。(56) 因此，反對海洋館囚禁海豚、強迫表演的聲音從未間斷。

我們大概可以說，西西與何福仁討論動物園，大抵還是一種人本角度，認為讓人接近動物，有教育人尊重動物、珍惜自然的效果；也是一種現實考慮，既要保育瀕危動物，又贊成商業租借與動物表演。保育與商業運作，本來就是一種折中與妥協。

結語

西西志猿猴，做毛偶，百科全書式地介紹各種猿猴的特徵與生活習性，穿插各種相關的文學、歷史、遊歷、新聞、電影、神話傳說等資料，寫成這本知性十足，難以分類的猿猴博物志。知性底下，我們看到作家對猿猴單純的喜愛與尊重，視牠們為平等的生命，我們從西西的作品中一直見證這種平視萬物的視野。西西也一直維持一貫的知性筆觸，尤其這次大幅加進她與何福仁的對談，成為書的重要組成部分，談人類對猿猴的誤解與殺戮，也談猿猴的聰明與殘暴，「沒有美化，也不想醜化」，(57) 用事實除魅糾錯。西西雖立意為猿猴請命，

希望藉此喚醒人類愛護生靈，然而她的眼光其實放在宇宙「更大的憂患和悲情」上，探索的是「整個生靈生存的權利」，(58) 把動物和人都放在這大格局上看，因此談到個別動物或物種的福祉時，難免有權宜與妥協，與動物權益倡議者的觀點難免有衝突。西西與何福仁的保育觀點，明顯屬於環保倫理的。然而就爭取動物權益層面而言，引起討論，甚至爭議，也許正是這書真正價值所在。動物保育與動物權益在香港社會一直引不起廣泛關注，上面討論的倫理爭論恐怕關心的人也不多。西西以其文壇地位，把動物議題帶進文學視野，拓闊動物倫理的討論，其博學的寫作策略，也示範了一種動物寫作的高度。

猿猴能說話嗎？史碧華克（Gayatri Spivak）討論從屬階級能否發言時，指出了社會的權力結構欠缺從屬階級發言的制度與條件，正因如此，擁有發言權的知識分子更應警惕自己的位置，投入協助建立讓從屬者可以有效發言的條件。(59) 猿猴沒有人類的語言，即使被視為人類的近親，但在人類社會裏，牠們其實比從屬階級更弱勢。然而，事實證明我們並非不能接近並嘗試了解猿猴，著名動物學者如古德（Jane Goodall）、弗西（Dian Fossey）、高蒂卡絲（Birute Galdikas）等已作了良好示範，數十年近距離觀察紅毛猩猩（高蒂卡斯）、黑猩猩（珍古德）、大猩猩（弗西），長期在野外與猿猴一起生活，除了建立起有關猿猴的生物學知識，讓我們可以正確了解這些人類的近親外，也揭露人類對猿猴生活環境的破壞，以及獵殺猿猴的暴行，致力

守護與保育猿猴。許多人也從她們身上得到啟發，嘗試站在動物的立場，視牠們為生命的主體，平等看待，通過反省、辯論與行動，身體力行改變長久以來人類對動物做成的傷害。

美國動物學家弗西（Dian
Fossey）鍾愛的大猩猩 Digit 於
1978 年被盜獵者射殺。圖為西
西手作的身中5矛的 Digit。（感
謝西西准予使用）

西西和她手作的紅毛猩猩。
（感謝西西准予使用）

2013 年「獨立媒體（香港）」記
者柏採訪香港海洋公園時拍得
園內圈養的海豚 Pinky 撞池。
感謝柏及「獨立媒體（香港）」
准予使用照片。(60)

1　這裏的動物著作排除八九十年代佔香港動物書出版大宗的飼養、訓練、百科類書籍，也不限於嚴格意義的動物文學，而泛指以動物為記述中心，關注動物生存狀態，或抒情或記事，或圖文並重的作品。

2　據該書的網上簡介，書中內容以二犬十一咪主持的網台節目 *Animal Panic* 為基礎，加上阿離及阿蕭兩位的資料搜集補充寫成。二犬十一咪、阿離、阿蕭：《動物權益誌》（香港：三聯書店，2013）。

3　兩岸三地在動物寫作方面的不同發展，自有各不相同的地理與歷史文化因素。臺灣除了有香港讀者比較熟悉的劉克襄，還有在這範疇耕耘已久的廖鴻基、沈振中，以及結合自然科學與動物知識的徐仁修（自然生態）、李淳陽（昆蟲）、黃美秀（臺灣黑熊）、游登良（海洋及野生動物）等，而且一直後繼有人，朱天心、吳明益、黃國峻、駱以軍、房慧真、陳雪、隱匿等文學作家與詩人，都參與寫作，結集《臺灣動物小說選》（黃宗慧編，臺北：二魚文化，2004）、《放牠的手在你心上》（黃宗慧策劃，臺北：本事文化，2013），以及黃宗潔結合作品分析、時事評論與倫理思考的專著《牠鄉何處？城市‧動物與文學》（臺北：新學林，2017），都顯示隊伍的日漸壯大；中國大陸則自五四新文學運動來，有豐子愷、梁實秋、沈從文、老舍、葉聖陶、吳藕汀等寫與人親近的動物，1980 年代開始出現關注自然生態的作家，如徐剛、劉先平、方敏、郭雪波、李青松、哲夫等，二十一世紀則有賈平凹、姜戎、楊志軍等陸續加入，而沈石溪、金曾豪、牧鈴、喬傳藻、朱新望及黑鶴等則專注創作兒童動物文學。相較之下，香港參與動物寫作的作家非常少，作品也不多，除了上面提到的《貓地方志》（香港：文藝復興工作室，2004），還有較積極投入動物寫作的本文集另一位作者張婉雯的《我跟流浪貓學到的 16 堂課》（香港：青桐社，2009）。

4　西西：《猿猴志》（臺北：洪範書店，2011）。下文引用直接在文內標明頁碼，不另出註。

5　西西接受《中國時報》訪問，就坦白承認過去寫作從不管讀者，但這次不同，「是為那些在人類發展上受歧視的生命說話，希望讓更多人了解猿猴，尊重生

命,珍惜自然環境。」見林欣誼:〈拍猴寫猴縫猿猴　西西就愛簡單〉,《中國時報》,2011年7月25日。

6　西西在接受黃靜訪問時說:「現在不止種樹了,而是為牠們請命!(縫熊和猴是一種怎樣的存在與呼喚?)是玩具,又比玩具多一點。我寫他們,介紹他們,到人們遇到牠們時,多理解牠們的需要。一切回到基本。」見黃靜:〈答問西西:末世縫猴〉,《信報財經新聞》,2011年7月20日,頁37。廖偉棠在一個座談會上也說過這是一本爭取動物權益的書。見卡夫卡:〈座談剖析《猿猴志》花花世界　廖偉棠:西西擁有「猴道主義」〉,《信報財經新聞》專欄「圈來圈去」,2011年10月4日,C02。

7　Mary Louise Pratt, *Imperial Eyes: Travel Writing and Transculturation* (London: Routledge, 1992), p. 15.

8　Pratt, *Imperial Eyes,* pp. 25, 34.

9　Pratt, *Imperial Eyes,* p. 34.

10　Pratt, *Imperial Eyes,* p. 34.

11　Michel Foucault, *The Order of Things* (New York: Pantheon, 1970), p. 136.

12　Pratt, *Imperial Eyes*, p. 30.

13　Pratt, *Imperial Eyes,* p. 35.

14　John G. Burke, "The Wild Man's Pedigree," in *The Wild Man Within,* ed. Edward Dudley and Maximilian E. Novak (Pittsburgh: Pittsburgh University Press, 1972), pp. 266–267.

15　有關流行文化再現動物的討論,可參 David Ingram, *Green Screen: Environmentalism and Hollywood Cinema* (Exeter: University of Exeter Press, 2000); Randy Malamud, "Animals on Film: The Ethics of the Human Gaze." *Spring* 83 (2010): 1–26; 以及 Margo DeMello, "Animals in Literature and Film," *Animals and Society: An Introduction to Human-Animal Studies* (New York: Columbia University Press, 2012), pp. 325–348.

16　這種對普及科學的通俗理解,以香港教育城對科普的定義為代表:「『科普』就是通過各種方式,例如文藝、新聞、美術、電影、電視,將科學的技術、知

識、思想和方法等，廣泛地傳播到社會的各個階層，以提高人們對科學的認識，進而改善人類的生活。」裏面提到中國科普作家范良智的看法，也非常典型：「科普，是老老實實的學問。它的責任是普及科學技術知識，普及科學精神和科學觀念，普及科學思想和方法。」〈科普閱讀專題網〉，香港教育城，2015年7月15日瀏覽，http://www.hkedcity.net/article/special/pop-science/ScienceGeneral_01.phtml。

17 Peter Broks, *Understanding Popular Science* (Maidenhead: McGraw-Hill Professional Publishing, 2006)，尤其第一章。

18 林欣誼：〈拍猴寫猴縫猴　西西就愛簡單〉，《中國時報》2011年7月25日。

19 網路上看到的旅遊團宣傳照，木板路上還是看到紅毛猩猩與遊人並排而走，而且遊人不少。〈西必洛猿人中心〉，沙巴君王旅遊網，2015年7月15日瀏覽，http://www.junwanglvyou.com/tour-packages-sabah-sdk02 -sepi-lok-orang-utan-rehabilitation-centre.php。

20 持這樣看法的如 J. Baird Callicott, "Animal Liberation: A Triangular Affair," *Environmental Ethics* 2, no. 4 (Winter 1980): 311–338, *POIESIS: Philosophy Online Serials*, doi:10 .5840 /enviroethics19802424；以及 Holmes Rolston, *Environmental Ethics: Duties to and Values in the Natural World* (Philadelphia: Temple University Press, 1988).

21 Molly J. Dickens, David J. Delehanty and L. Michael Romero, "Stress: An Inevitable Component of Animal Translocation," *Biological Conservation* 143, issue 6 (June 2010): 1329–1341, http://doi.org/10.1016/j.biocon.2010.02.032.

22 貝克1995年的研究顯示，145個野放保育繁殖動物的計劃中，只有16個算是成功的。Benjamin Beck, "Reintroduction, Zoos, Conservation, and Animal Welfare," in *Ethics on the Ark: Zoos, Animal Welfare, and Wildlife Conservation*, ed. Bryan G. Norton (Washington: Smithsonian Institution Press, 1995), pp. 155–163.

23 有關動物倫理與環保倫理之間的辯論，可參考 Michael E. Soulé, "The Onslaught

of Alien Species, and Other Challenges in the Coming Decades," *Conservation Biology* 4 , no. 3 (Sept 1990): 233 –239 , *Wiley Online Library*, doi:10 .1111 / j.15231739.1990.tb00283.x; Jozef Keulartz and Cor van der Weele, "Framing and Reframing in Invasion Biology," *Configurations* 16, no. 1 (2008): 93–115, *Project Muse Standard Collection*, doi:10.1353/con.0.0043; Ben A. Minteer and James P. Collins, "Ecological Ethics in Captivity: Balancing Values and Responsibilities in Zoo and Aquarium Research Under Rapid Global Change," *ILAR Journal* 54, issue 1 (Jan 2013): 41–51, *Oxford University Press Journals*, doi.org/10.1093/ilar/ilt009; 及 Jozef Keulartz, "Captivity for Conservation? Zoos at a Crossroads," *Journal of Agricultural and Environmental Ethics* 28, issue 2 (April 2015): 335–351, *Springer Standard Collection*, doi.org/10.1007/s10806-015-9537-z.

24　Ent:〈熊貓瀕危是因為繁殖力差嗎？〉，科學松鼠會，2013 年 5 月 29 日，http://songshuhui.net/archives/81614。

25　Roni Wong:〈佳佳，欠你的豈止一句 Sorry?〉，香港獨立媒體網，2016 年 10 月 23 日，http://www.inmediahk.net/node/10453449。

26　廖靜蕙:〈動物園保育野生動物？學者：把動物照顧好〉，關懷生命協會，2016 年 11 月 18 日，http://www.lca.org.tw/column/node/6242。

27　*Resolutions and Recommendations: 18th Session of the General Assembly of IUCN* (International Union for Conservation of Nature and Natural Resources, 1991), pp. 40–41.

28　Philip M. Boffey, "Traditional Allies Battle over Pandas," *New York Times*, May 31 , 1988 , http://www.nytimes.com/1988 /05 /31 /science/traditional-allies-battle-over-pandas.html?pagewanted=all.

29　"Panda Conservation," WWF Global, http://wwf.panda.org/what_we_do/endangered_species/giant_panda/panda/panda_evolutionary_history/.

30　〈臺北市立動物園政策白皮書（2008–2014 年)〉，《臺北市立動物園》，2014 年 12 月 22 日，http://www.zoo.gov.taipei/News_Content.aspx?n=1 A-

猿猴能說話嗎？

7199F880AAB2CB&sms=F2778D8C4876120C&s=F0F1B342A32268C4

31　見 David J. Shepherdson, Jill D. Mellen and Michael Hutchins eds., *Second Nature: Environmental Enrichment for Captive Animals* (Washington: Smithsonian Institution Press, 1998) 及 Georgia Mason, Jonathan Cooper and Catherine Clarebrough, "Frustrations of Fur-Farmed Mink," *Nature 410* (March 2001): 35–36.

32　Ros Clubb and Georgia Mason, "Captivity Effects on Wide-ranging Car-nivores," *Nature* 425 (Oct. 2003): 473–474. doi:10.1038/425473a.

33　蘭天明等：〈圈養取膽黑熊的刻板行為〉,《東北林業大學學報》第39卷第2期, 2011年2月,頁86–88。

34　孟秀祥、楊奇森、馮祚建、徐宏發、馮金朝、周宜君：〈圈養馬麝的刻板行為〉,《東北林業大學學報》,35卷第1期, 2007,頁47–48。

35　《蘋果日報》,2013年5月28日,http://hk.news.appledaily.com/local/daily/article/20130528/18274833。

36　彭仁隆：〈圈養野生動物的倫理爭議——從動物園的存在價值談起〉,關懷生命協會,2005年9月30日,2015年7月2日瀏覽,http://www.lca.org.tw/column/node/15。

37　根據彭仁隆的引述,統計顯示遊客瀏覽展場的時間極短,平均花在觀看動物的時間為：大衛神父鹿27秒,獅子跟犀牛1分鐘,金剛猩猩2分鐘,蝙蝠3分鐘,以及大貓熊5分鐘。見彭仁隆：〈圈養野生動物的倫理爭議〉。

38　Stephen R. Kellert and Julie Dunlap, *Informal Learning at the Zoo: A Study of Attitude and Knowledge Impacts* (Philadelphia, PA: Zoological Society of Philadelphia, 1989).

39　John H. Falk, Eric M Reinhard, Cynthia Vernon, Kerry Bronnenkant, Joe E Heimlich and Nora L Deans, Why Zoos & Aquariums Matter: Assessing the Impact of a Visit to a *Zoo or Aquarium* (Silver Spring, MD: Associa-tion of Zoos & Aquariums, 2007).

40　Lori Marino, Scott O. Lilienfeld, Randy Malamud, Nathan Nobis and Ron

Broglio, "Do Zoos and Aquariums Promote Attitude Change in Visitors? A Critical Evaluation of the American Zoo and Aquarium Study," *Society and Animals* 18, issue 2 (April 2010): 126–138.

41　羅允佳：〈那些動物園教我的事〉，《看守台灣》季刊，第十四卷第三期，2012年9月，頁51–57。

42　羅允佳：〈那些動物園教我的事〉，頁54。

43　陳宜中：〈動物保護事業在中國：莽萍先生訪談錄〉，《思想》第29期「動物與社會」專題，2015年10月，頁230。

44　有關荔園的動物訓練與表演報道，見〈前荔園馴獸師　說茶果嶺動物故事〉，《蘋果日報》「專題籽」，2017年05月09日，http://hk.lifestyle.appledaily.com/lifestyle/special/daily/article/20170509/20014862；及曾昭慧、楊俊浩：〈與獸同行二十載　蕭國威〉，《仁聞報》，2014年5月21日，http://jmc.hksyu.edu/ourvoice/?p=4178。

45　如大馬的沈常福馬戲團1950年代曾來港演出。見潘有文：〈情緣馬戲團（上篇）　沈常福攜奇人異獸紅遍亞洲　馬戲團流金歲月〉，《中國報》，2017年5月15日；及阿杜：〈沈常福馬戲團〉，《文匯報》，2000年9月16日。歷史風俗掌故專家吳昊的臉書專頁曾貼出幾幀題為「大象落難記」的照片，指1975年一個泰國大象表演團來港演出，門票銷情欠佳，又缺旅費回國，九頭大象與工作人員流落在銅鑼灣。見〈吳昊（老花鏡）〉，Facebook，2017年10月21日，http://www.facebook.com/permalink.php?story_fbid=1648102281908704&id=465275270191417。《華僑日報》1975年8月4日亦報道了泰國大象神技團來港演出的消息。2000及2003年莫斯科馬戲團曾兩度來港演出，2003年12月的一次包括有馴獸師和罕見的西伯利亞白老虎表演。見《文匯報》，2000年10月5日；〈莫斯科馬戲團叫好叫座〉；《明報》，2001年4月20日，《香港新聞博覽》；《蘋果日報》，2003年10月15日。

46　1970年8月1日荔園發生兩長臂猿脫籠傷人事件，《華僑日報》、《大公報》、《文匯報》、《香港工商日報》均有報道，其中《大公報》及《文匯報》提及猿猴

是受三青年擲石攻擊刺激，發怒而傷人，也提及受訪者「不滿有關方面管理失責」，重點都在管理與傷人，不在猿猴的照顧。除了《華僑日報》的報道比較平實，其餘三篇報道篇幅雖長，卻似獵奇故事，《大公報》、《文匯報》更寫得繪影繪聲，彷彿記者親歷其境，把新聞事件寫成引人入勝的驚險故事，可見當時社會連動物福利的觀念也很薄弱。《大公報》亦提及幾個月前亦有一次猿猴走失，幾日前又有一次猿猴咬傷人事件。見《大公報》1970年8月2日，第四版；《華僑日報》1970年8月2日，第一張第四頁；《香港工商日報》1970年8月2日，第五頁；及《文匯報》1970年8月2日。1974年12月9日荔園動物園的印度虎因工人疏忽而逃脫，在園內引起其他動物慌亂，其後警方出動麻醉槍圍捕，結果老虎因麻藥過量死亡。這宗事件《華僑日報》、《大公報》、《成報》及《明報》均有報道，《大公報》對老虎走脫過程的報道雖然也是鉅細靡遺，但獵奇色彩已稍為收斂。見《華僑日報》，1974年12月10日，第一張第四頁；《大公報》，1974年12月10日，第四版；《成報》，1974年12月10日，第四版。1989年10月22日荔園一頭美洲獅乘管理人員入籠餵食，抓傷管理員後逃脫，最後被漁農處（2000年改名「漁農自然護理署」）獸醫發射麻醉槍制服。《華僑日報》少有地在頭版以三篇篇幅報道，除引述漁農處發言人的發言，也訪問了深水埗區議員。漁農處發言人指動物園須遵守《公眾衛生（鳥獸）（展覽）規例》的《鳥獸展覽營業守則》，漁農處每月會派人巡查。動物園展示動物的守則開始受關注。見《華僑日報》，1989年11月23日，頁1。

47　〈迪士尼旁擬建馬戲場地〉，《明報》，2000年2月25日，《香港新聞博覽》。

48　據2014年12月出版的《海洋公園年報》披露，2013年7月至2014年6月園內共有1,107隻動物死亡，較上一年度大幅增加六成，當中756條魚類更是在展示期間死亡，佔該年度死亡的魚類76%。見〈海洋公園上月客量新高　全年死亡動物增六成〉，《明報》，2014年12月4日。

49　撒雅：〈假保育，真虐待？海洋公園與保育團體對質〉，香港獨立媒體網，2014年2月19日，http://www.inmediahk.net/node/1042622。

50　歐貝瑞認為凱西是自殺的，因為海豚的呼吸是有意識的行為，他認為凱西是

不願再承受囚禁與訓練的巨大壓力，選擇停止呼吸。見 The Cove, directed by Louie Psihoyos (OPS, 2009). 及歐貝瑞（Richard O'Barry）、羅德（Hans Peter Roth）著，侯淑玲譯：《血色海灣：海豚的微笑，是自然界最大的謊言！》（臺北：漫遊者文化，2013）。

51   日本官方公佈的資料則指2007年太地町捕殺的鯨豚數量為1,569條，全日本捕殺的鯨豚共13,080條，其中只有1,239條鯨豚是以驅獵方式捕捉。見 Toshihide Iwasaki, Japan Progress Report on Small Cetacean Research (National Research Institute of Far Seas Fisheries, 2008), http://www.jfa.maff.go.jp/j/whale/w_document/pdf/h19_progress_report.pdf。

52   歐貝瑞：《血色海灣》，頁91。

53   歐貝瑞：《血色海灣》，頁93。

54   歐貝瑞：《血色海灣》，頁92–93。

55   歐貝瑞：《血色海灣》，頁92。

56   根據聯合國糧食及農業組織（Food and Agriculture Organization of the United Nations，簡稱 FAO）的統計，在自然獵區生長的海豚可活到30歲，被關起來飼養的海豚平均壽命則只有5.3歲。見歐貝瑞：《血色海灣》，頁86。

57   西西：〈前言〉，《猿猴志》，（廣西：廣西師範大學，2012），頁6–7。

58   黃靜：〈答問西西：末世縫猴〉，頁37。

59   Gayatri Chakravorty Spivak, "Can the Subaltern Speak?" Marxism and the Interpretation of Culture, ed. Cary Nelson and Lawrence Grossberg (Urbana: University of Illinois Press, 1988), pp. 271–314.

60   柏：〈海豚的辛酸：我可以罷工嗎？——海豚「撞牆」抗議直擊〉，香港獨立媒體網，2013 年 5 月 27 日，http://www.inmediahk.net/node/1016717。aspx?n=1 A-7199F880AAB2CB&sms=F2778D8C4876120C&s=F0F1B342A32268C4。

* 本文初稿〈西西《猿猴志》與香港動物書寫〉曾在 2015 年「戰後馬華、臺灣、香港文學場域的形成與變遷」國際學術研討會上發表，感謝許文榮教授及與會者不吝指正。

03

近代中國飲牛乳風氣與人、牛觀念的變遷

1880–1937

盧淑櫻

中國傳統向以牛隻輔助農耕，所以不論在宗教或經濟角度，均不主張食用牛隻。自十九世紀以來，在西方文化影響下，牛乳漸成為城市人的時尚飲食。於是，蓄養牛隻不僅為耕作、運輸，也為了取乳圖利。為確保牛乳的產量和質素，養牛方法不斷改良，人與牛的關係亦產生了變化。

本文討論十九世紀末至1937年抗日戰爭爆發前，當飲用牛乳的風氣逐漸在中國形成，對人、牛關係帶來怎麼樣的變化。本文分為三部分，首先討論中國古代有否飲牛乳的習慣，從側面揭示古代中原人士對牛隻的態度。第二部分探討近代飲牛乳風氣的興起。十八九世紀，洋人把飲牛乳習尚帶到廣州；自鴉片戰爭以來，隨著愈來愈多城市開闢為條約港口，飲牛乳的風氣在沿海地區蔓延。消費牛乳不僅是西化、城市化和現代性的象徵，也反映科學概念如何滲透中國人的日常生活，就是飼養牛隻的方法也受到影響。第三部分剖析牛乳業興起如何改變人、牛的關係。為生產優質牛乳和增加產量，牛隻的起居飲食和待遇雖得以改善，但人類卻肆意改動牛隻物種和生理周期。人與牛的關係逐漸由以往農業社會的合作伙伴，變成現代工業化社會對勞動階層的剝削，甚至淪為生產工具。

傳統中國的飲乳習慣

　　中國古代有食牛肉之禁。清代費伯雄（1800–1879）撰寫的《食鑑本草》提到，牛「耕田，大功於人，不可食。」[1] 由於牛隻幫助農耕，為人類生產糧食，在惻隱之心驅使下產生了禁吃牛肉的理念。研究近代中國宗教社會史的高萬桑（Vincent Goossaert）指出，自唐宋以來進食牛肉被視為不道德的行為，即使是已死去的牛隻也不能進食，還要好好埋葬屍體，甚至延伸至禁用牛的皮、角、骨、脂肪、筋腱等等。雖然如此，仍有三類人士公然犯禁：其一，非漢族民眾和洋人，他們都是被邊緣化、不為漢人所認同的族群；其二，城市的有錢人、旅遊者、流浪者、軍人、犯人、地下組織的會眾；其三，儒家的原教旨主義者，因反對道、佛不殺生而進食牛肉。[2]

　　文化因素是影響飲乳風氣未能在中土流行的主要原因。歷史學者伊懋可（Mark Elvin）認為，在中華帝制晚期，滿洲、蒙古、達吉斯坦、西藏等非漢族或華夷雜處居住民才會牧養牛、馬，而且食牛肉、飲牛乳。[3] 例如，元朝（1271–1368）位於遼西的哩伽塔「以牛乳為食」，[4] 韃靼人則「多喫馬牛乳、羊酪，少喫飯，饑則食肉。」[5] 明朝（1368–1644）天方國（舊名天堂，又名西域）的民眾則「以牛乳拌飯」。[6]《清稗類鈔》記載蒙古婦女出售浮於牛乳表層的奶油，餘下的乳汁便作為「尋常日用之飲料」。[7] 上述古籍印證了食牛肉、飲牛乳是中華帝國

邊緣的外族的飲食習慣。

　　值得注意的是，中國傳統醫學建議老幼病弱喝牛乳。傳統幼科醫學建議缺乳或無法聘請乳母者，使用豬乳、羊乳和牛乳等獸乳哺兒，當中以豬乳的藥用價值最高。[(8)] 至於牛乳，李時珍（1518–1593）的《本草綱目》記曰：「氣味甘，微寒無毒」，而且可餵哺嬰兒。[(9)] 此外，老人、體弱多病者，也適宜飲用牛乳。牛乳更有美容的功效，《魏書》記載年過古稀的閹人王琚，「養老於家，常飲牛乳，見如處子。」[(10)] 梁朝陶弘景（452–536）也提到「牛羊乳實為補潤，故北方食之多肥腱。」[(11)] 由此可見，中國傳統醫學認為牛乳有相當的價值，不僅可哺育嬰兒，而且有藥用、美顏、滋補養生等功效。

　　中國古代的書畫典籍紀載了各式各樣的牛乳食品。古代農牧著作《齊民要術》詳述製作牛酪、乾酪的方法；不過，牛酪是小牛在冬季的備用食物，而乾酪則是遠行時用以作粥或作漿。[(12)] 五代時期繪製的敦煌壁畫，反映時人有食用牛乳的習俗。[(13)] 宋人孟元老撰寫的《東京夢華錄》，記錄清明節汴京的坊市，有乳酪、乳餅等食物出售。[(14)] 明代宋詡的《竹嶼山房雜部》講述了乳餅、乳線、乳腐、酥等食物的成分和製作方法。[(15)] 清代顧祿（1793–1843）的《清嘉錄》，記載清末江蘇吳縣的農民，在農曆十一月出售牛乳製成酪、酥、乳餅等食品的情況。[(16)] 清末廣東省順德縣的大良，已出產馳名的水牛乳甜品——雙皮奶及薑

撞奶。所以,中原人士對牛乳並不陌生,只是牛乳被視作食物多於飲料。

然而,中國本土牛隻品種不善產乳,阻礙牛乳的普及。中國有不同品種的牛隻,(17) 大體而言,南方以水牛為主,北方則是黃牛。雖然雌性的水牛和黃牛也能泌乳,但產量遠遜於乳牛。(18) 而且蓄養牛隻是為了耕作、運輸,鮮有養牛取乳圖利。

綜合上述資料,十九世紀以前中國對牛乳的態度相當曖昧。中國既有出產牛乳,醫師也贊同以牛乳哺兒,牛乳更是老弱病者的補品。但正如伊懋可所言,牛乳只是中華帝國邊陲民族以及城市人的飲食。加上中國本土牛隻不善產乳,而農耕又是蓄養牛隻的主要目的。因此之故,在十九世紀以前,牛乳並非中原人士日常飲食之需。

牛乳風氣的興起

小說《都會的一角》以1935年深秋的上海作背景,描寫一位受過初中教育的19歲舞女,因無力救助負債的情郎而自盡。故事一開始講述早上11時半,牛奶公司的收賬員上門向女主角追討已拖欠兩個月共12.6元的牛乳錢。(19) 從鴉片戰爭到1937年抗日戰爭爆發大概一個多世紀,牛乳在中國由陌生的食品發展到貧富老幼也趨之若鶩。以下會

討論牛乳如何引進中國並在此蔓延。

　　自十八世紀以來，歐美商人陸續來華經商，洋人飲乳的習慣遂帶到中國。鑒於中國市場甚少出售鮮牛乳，遠道而來的洋人遂攜同乳牛來華，以應付日常飲食之需。在美商瓊記洋行（Russell & Co.）工作的亨特（William C. Hunter, 1812–1891），曾在書信中記載相關的情況。1831年10月4日，亨特乘坐「金帆船號」（Golden Galley）由澳門出發上廣州，船隊包括三艘小艇，「滿載商館的苦力、乳牛和供應食品。」在旅程中，小艇不時來回穿梭，遞送新鮮牛奶給船隊成員。[20] 香港藝術館收藏了一幅約繪於1825年的油畫，主題是廣州商館區遠眺的景色，畫的正下方可清楚看見當時的商館（相信是丹麥館）飼養了各類牲畜，包括乳牛。[21] 洋商攜帶乳牛來華，印證鮮牛乳在鴉片戰爭前的中國並不普遍，洋人來華商需帶備乳牛，自給自足。

　　《南京條約》簽訂後，洋人可在條約港口定居，飲乳風氣逐漸在當地蔓延。上海是近代中國乳業發展最蓬勃的地區之一，自開埠之初，英、法駐軍便自行引入乳牛飼養和繁殖，以供應駐軍牛乳。[22] 上海公共租界工部局檔案也顯示，早在1870年代已有西人養牛取奶，到1882年，租界內有21間奶棚，合共養牛298頭。[23] 1898年，工部局實行登記制度，所有在租界內出售牛乳的奶棚，不論是否設於租界內也必須登記。據資料顯示，當時有6間洋資奶棚和17間華人奶棚登

記，另有30間華資奶棚未有註冊。[24] 及至1935年，上海的牛乳場已增至66間，大多設在人口稠密的地區（如閘北、虹橋）或城市邊沿（如浦東、江灣），不少設在租界之內。[25] 靠近消費市場固然是牛乳場選址的考量，冷藏技術落後更是牛乳場必須貼近消費群的重要原因。[26] 概言之，十九世紀開始，飲牛乳風氣逐漸在城市尤其通商港口興起，華人被乳香吸引之餘，也開始涉足牛乳業。

　　進口和消費數據可直接反映牛乳的需求。從1923至1931年，世界進口最多牛乳的10個國家，大部分來自亞洲，中國是其中之一。由此說明中國本土生產的牛乳供不應求，需要從國外輸入。[27] 牛乳價格又會影響飲乳風氣能否普及。從1870年工部局有紀錄以來，鮮牛乳每瓶售0.1元，這個價錢維持了二十多年之久，直至1890年才加至0.11元。迄至1913年終，每瓶鮮牛乳的價格仍在0.2元以下，到1914年，價格才升至每瓶0.2元，1920年代初再增加至每瓶0.22、0.25元（見表一）。

表一　上海鮮牛乳價格變化，1870–1923

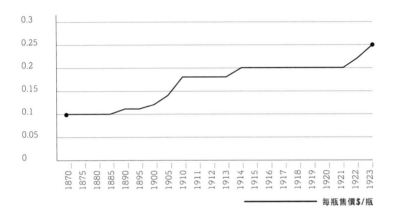

資料來源：*Shanghai Municipal Council Report for the Year 1923 and Budget for the Year 1924* (Shanghai: Kelly & Walsh, Ltd., 1924), p. 142.

即使同屬上海的奶棚，華商鮮牛乳價格跟洋商的牛乳價格也有差別。表二比較這兩種牛乳的售價，洋商鮮牛乳比華商的同類產品貴17.65%至25%。而洋商鮮牛乳歷年的升幅（50%）也較華商的大（41.18%）。

表二 上海洋商及華商奶棚鮮牛乳售價，1914–1931

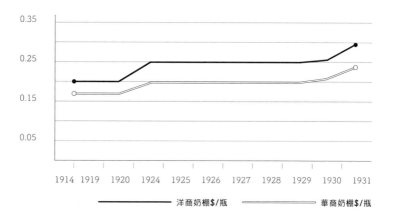

資料來源：*Shanghai Municipal Council Report for the Year 1924–1931 and Budget for the Year 1925–1932* (Shanghai: Kelly and Walsh, Ltd., 1925–1932).

　　欠缺民眾生活水平數據，單憑牛乳價錢是無法了解牛乳的消費情況。上海市社會局曾經調查工人階級生活情況，顯示部分工人階級家庭也消費牛乳。是次調查記錄了由1929年4月至1930年3月期間，上海工人家庭每日的生活開支。受訪家庭來自各行各業，包括繅絲、棉紡、絲織、棉織、針織、火柴、化學、機器、建築、食物、煙草、水電、印刷、碼頭工人、人力車夫、小販、服役等等。受訪者共有1,041人，分別來自305個家庭，平均每戶人口是4.62人，當中以

「牠」者再定義

3至6人家庭最普遍，而每戶平均每年收入是416.51元，即平均月入34.71元。上海市社會局每日派員到各個家庭記賬，記錄一年間受訪工人的生活情況。(28) 在305個受訪家庭中，有28戶（即9.18%）購買牛奶，平均消費3.437元。假如以當時鮮牛乳的最低價格推算，平均每戶每年消耗15瓶華資奶棚出產的鮮牛乳。(29)

上述提及工人家庭或許因為有嬰孩而消費牛乳，但亦有部分成年的下層民眾抵擋不了牛乳的魔力。本節開首引述小說《都會的一角》的女主角是位負債纍纍的年輕妓女，即使生活捉襟見肘，仍繼續訂購牛乳，可見牛乳對這位舞女有一定的吸引力。(30) 除卻營養價值和美容功效，牛乳更是西化、都市化和摩登生活的象徵。(31) 所以即使債台高築，這位年輕妓女仍堅持喝牛乳的習慣。

以上的例子說明牛乳並非中、上階層家庭專享的食品。縱然牛乳價錢昂貴，購買1瓶最廉價的華商鮮牛乳已用上了工人平均月薪的0.58%，所以只有不到一成的受訪上海工人家庭願意消費，但仍有民眾設法省點錢購買，甚至財政緊絀也無阻他們一嚐牛乳的意欲。

人、牛關係的轉變

為生產更多、更優質的牛乳，商人著意改善牛隻的生活。為了保

障消費者的利益和健康，政府立法規管養牛方法和牛乳生產。在經濟利益和衛生觀念影響下，人與牛的關係逐漸改變。

　　賽珍珠（Pearl Sydenstricker Buck, 1892–1973）的自傳《我的中國世界》（*My Several Worlds: A Personal Record*）提到，中國鮮牛乳價格昂貴，而且產量又少，所以具有生意頭腦者會飼養一、兩頭母牛採乳賣給洋人。她曾光顧這類牽著牛在街上叫賣的牛乳販子，吩咐他把母牛牽到家中後園，然後即場把牛乳擠到桶內。(32) 漫畫家張樂平（1910–1992）筆下1930年代的上海，也有描繪養牛者牽著母牛在大街小巷擠乳售賣的情景。(33) 自從中國引入西方的牛乳生產技術與標準，「即叫即擠」的情況雖仍然存在，但更多是由與世隔絕的現代化牛乳場生產出來的瓶裝鮮牛乳。

A. 從共住到分隔

　　中國向來有以放牧為題的畫作，表達人與動物和諧共處。豐子愷（1898–1975）是近代中國著名畫家，他的《護生畫集》可找到不少有關牧牛的作品。例如，牛隻吃草、休息，亦有描繪牧童在牛背上休息、吹笛，甚至人牛共眠的情景。(34) 這類題材的畫作每每表現出人與牛隻和諧共處。

在現實生活，人與牛不但可以和諧共處，還在同一屋簷下生活。傳統中國農村的房屋設計體現了人畜共住的特點。例如在漢代的出土文物中，曾發現陶豬圈：看守豬圈者的房屋與豬圈相連構成一幢房子，旁邊有樓梯通往較高處房間。(35) 雲南晉寧石寨山古墓群出土了一批戰國至東漢初年陪葬用的房屋模型，樓房的下層是用作飼養牛馬等牲畜。(36) 這種人畜共住的生活習慣，在十九世紀末的香港仍隨處可見。1894 年香港鼠疫爆發之前，殖民地政府的衛生官員曾多次批評，華人聚居地衛生惡劣，包括屋宇密度過高，空氣不流通，欠缺排水系統，而且人畜共處。當時住屋可養豬約 10 頭，估計第三街和安里一帶就有100 頭豬，發出令人噁心的陣陣惡臭。於是殖民地醫官提議管制太平山街一帶的華人社區，但受到當時的華人領袖反對。及至疫症爆發，殖民政府不再理會華人反對，下令封閉及收回太平山街土地，並拆掉房屋。(37) 雖然太平山街一帶的房屋容不下牛隻與人共住，但至少說明人畜共住在十九世紀的香港仍屢見不鮮。

人畜共住反映出不同生物和平共處之餘，也突顯了人類征服動物的意欲。把動物由野外帶進屋內飼養實際是把牠們馴化。不同的生物各有其作息、活動的時間，強行把動物帶進屋內與人類一同生活，其實已擾亂了動物本身的生活節奏。更甚者，經馴化後的動物，其野生習性會逐漸消減，變得愈來愈依賴人類才可過活。

自從十九世紀末牛乳業在中國的沿海城市興起，母牛於是走進城市特製的牛舍過活。1910年代，廣州嶺南學校（Canton Christian College，即現今嶺南大學的前身）農業學系對牛隻進行詳細研究，報告稱許當時香港維記牛奶（Kowloon Dairy）所建造的牛舍地方寬敞，厚石牆能有效隔熱，加上有足夠的通風設備，使牛隻也可在亞熱帶地區生活。[38] 中國南方的水牛，在夏季每日要浸水或洗澡兩次，幫助降低體溫。至於歐美品種的乳牛，更難以適應中國南方酷熱潮濕的夏季。備有通風、隔熱設備的牛舍，相較在戶外飼養看似更為合適。

這類新式的牛舍受到政府法例的監管。1925年公共租界工部局訂立的《乳場牛棚建築規例》（Dairies-Building Rules），詳細列出牛舍設計的各種限制。例如，牛乳場及牛舍的地面要比平常分別高出3吋及6吋，而且地面必須以水泥或其他堅固的物料製造、盪平，地面必須稍作傾斜，方便排水。牛舍內必須三面通風和採光，就是牆壁和天花上窗戶的大小也有規定。此外，牛隻要有相當的活動空間。例如，總面積小於600平方呎的牛乳場，必須騰出最少40平方呎的空地讓牛隻走動。牛舍不能與製奶房包括儲存、入樽、消毒、清潔用具等區域相連。如欲申請經營牛乳場或改動現有牛乳場的設計，必須向工部局提出申請，並呈交詳細的計劃書和設計圖則以作審批。[39]

值得注意的是，工部局的法例並未強制把人、牛分開，但幾年

後，華界和租界政府全面實施人、牛分隔。1928年，國民政府訂立《牛奶棚管理規則》，當中第七條列明「養牛處及儲奶處不得有人在內食宿。」(40)1936年公共租界工部局頒佈的《牛乳及奶棚條例》（Milk and Dairies Regulations）更趨嚴格，禁止所有人在牛舍和製奶、儲奶房內進食、睡覺或居住之餘，也不准在內擺放床鋪、衣服、不潔的樽、籃、袋、手推車等物品。(41) 以往，牧童或看牛者會住在牛舍。即使是1920年代青島的牛乳場，負責看管牛隻的牧童晚上也是在牛舍渡宿。(42) 在新規例下，為確保牛乳的衛生、清潔，人與牛隻必須分隔。從衛生角度而言，人、牛分隔對雙方均有好處，但明顯此舉並非為養牛者或牛隻設想，乃為保障消費者的健康。人與牛隻同一屋簷下的親密關係，在衛生觀念以及經濟利益影響下逐漸褪色。

由在野外生活、馴化入屋，到關在特別設計的牛舍生活，牛乳商品化為牛隻的生活帶來改變。為保障牛隻的安全，政府立例監管養牛方法和牛舍設備，遂使母牛得以在新式、有瓦遮頭、設備齊全的牛舍過活。從此母牛所生產的乳汁，再沒有半點鄉土味道，成為城市人的飲食潮流。為確保牛乳產品的衛生，政府進一步實施人、牛分隔，住在新式牛舍的母牛，謝絕閒人造訪，令傳統農業社會人畜共住的情景漸漸成為歷史。

B. 從合作伙伴到操控與支配

科學進步令人類對牛隻的作息及生物結構多加了解，但亦助長人類干預牛隻的生物品種以及生理周期。由南京國立中央大學農業學院出版的《畜牧獸醫季刊》，在 1936 年編製了〈牛乳業專號〉，其中一篇文章開宗明義表示：「母牛是養牛乳人的賺錢伙計」。[43] 昔日的農業經濟，人類依賴動物能源輔助耕作，所以人類與牛隻是合作伙伴，儘管兩者有主次、從屬的關係，但普遍仍以牛隻有功於農事，對牛隻多加尊重，甚至不忍宰殺或禁吃牛肉。及至二十世紀，母牛之於牛乳商只是生產工具，賺錢的伙計。

民國的小學教科書也顯露人、牛關係的轉變。商務印書館出版的《共和國教科書・初小部分・新國文》對牛馬介紹如下：

> 牛馬性馴而有力，農家常畜之。田事初起，用以耕田。既種，用以轉運。凡勞役之事，多以牛馬代之。良農之畜牛馬也。豐其芻豆。調其燥溼。圈廄中時時掃除。體垢則取水浴之，剔其毛，刷其膚，必清潔乃已。若有疾，則招獸醫治之。
>
> 人過勞則生病，牛馬亦然。故驅使之時，必擇其力之所勝者，更常令休息，勿使過於疲乏。牛馬既得其所，則體壯力足，所任勞役，自能稱主人之意。[44]

沿襲傳統農耕的觀念，牛雖為役畜，但對農事有莫大的功勞，故此要

清潔牛隻及牛廐，不可使其操勞過度。假如牛隻生病，更要及早醫治。留意課文最後一句：「牛馬既得其所，則體壯力足，所任勞役，自能稱主人之意。」強調役牛得其所需，便可滿足主人的要求，這種互惠互利的關係，有別於以往感激役牛為人類服務而產生的惻隱之心。這種說法強調牛隻必須為人類服務，牠只是謀生、圖利的工具，由此引申當役牛再沒有利用價值時，主人可以任意宰殺的理據。

　　為生產更多、更優質的牛乳，人類不惜改動母牛的自然生理。《畜牧獸醫季刊》提及：「依了自然界別的原則，小牛當在春天生產，但為了人事的便宜起見，小牛最好生在秋末冬初，從十月一日起到一月一日止。」改變母牛的生產季節有諸多好處，例如可省下飼料，母牛又可在非農忙的隆冬時期多點休息和照顧小牛，對牛乳商而言，改變母牛生產的季節可帶來更豐厚的收入。相對於夏季，母牛在秋季生產後泌乳量可多出 15% 至 20%，牛乳、牛油在冬季的價格又比夏季為高，加上春天的青草可重新激活已經產乳半年的乳腺，改善牛乳的質和量，為商人賺取更高的利錢。因此，研究者鼓勵奶農調節母牛的生產周期。(45)相比昔日農耕社會，母牛明顯得不到牧養者和商人的尊重，牠們甚至要因應主人的需要，被迫改變生產小牛的季節。

　　經濟利益不僅擾亂了母牛的生理時鐘，也威脅到牛隻的品種。雜交是動物的天性，不涉及任何人為因素。例如，不同品種的狗隻會互

相交配，以滿足性欲或繁衍後代。不過，以雜交、混種方法提高母牛的產乳量，卻破壞本土牛隻品種的特性。嶺南學校農學系學報在1920年代提出幾個改良牛隻品種的方案。最簡單直接的方法是，在既有品種中挑選最優良公牛作配種之用，但此法需要較長時才可見效；其次可引入外國乳牛品種與本地牛隻交配，增加母牛的乳量，但混種後的牛隻體形有變，包括駝峰變得細小，甚至消失，無法輔助農耕，更有機會把外地牛隻疾病帶入中國；第三種方法是發展本地純種牛隻。[46]十多年後，上海的奶棚已普遍使用中、外牛隻雜交的方法，改善母牛的產乳量；小本經營的奶棚及鄉間奶農都懂得利用這種方法。[47] 可見商人、奶農為求經濟利益，漠視生物的天然品種。

因應人事之便或增加產量而肆意改變牛隻品種與生理周期，突顯人類自覺比其他物種優越的心態，而這種思想源自達爾文的進化論。1930年代，民國政府教育部認可的《民眾學校課本》，討論到人類主宰動物的合法性。課文〈動物植物和礦物〉提到，世上的物種大致可分為動物、植物和礦物。人類是動物之一，「因為人類最聰明，能把植物礦物和人類以外的動物來供自己利用，所以人類就成了這世界的主人。」[48] 人類智慧比其他生物為高，所以有權支配、控制其他物種。這種觀點充分體現達爾文進化論「物競天擇，適者生存」的原則，只有最強、最聰明的生物，才可以生存，以至控制其他物種。基於上述各種原因，人類可指示牛隻為他們服務，甚至合理化人類肆意更改牛隻

的生理周期，以迎合人類賺錢的需要。

　　不論是獸醫的專業意見，還是小學教科書的啟蒙思想，均揭示民國時期人、牛關係由過往互惠互利，轉變成人類對牛隻的支配、利用與剝削。儘管牛隻（包括役牛和乳牛）依然是人類的生產工具，卻失掉了昔日人類對牠們的尊重和憐惜。這種改變出於時人對進化論深信不疑，認為在激烈競爭下，只有最強的物種才可倖免於被征服、淘汰。

結語

　　近代中國飲牛乳風氣的興起，體現時人對牛隻態度的轉變。城市人脫離農村經濟生產，未能感受到牛隻對農耕的貢獻。相反，牛乳成為城市人新興的飲食潮流，母牛淪為人類生產和生財工具。學者、商人，以及教科書作者引用西方衛生、科學和進化論等觀念，合理化人類支配、主宰牛隻生命的權利。於是母牛必須因應人類的需要改變生產的季節，而且在人類的安排下與其他品種的牛隻交配。人與牛隻無復互惠互利的關係，代之而起的是人類對牛隻的支配、操控及剝削。

人牛相對眠

資料來源：豐子愷：《護生畫集》
第五集（北京：中國友誼出版
公司，1999），頁549。

「牠」者再定義

註　釋

1　費伯雄：《食鑑本草》一卷，載裘慶元輯：《珍本醫書集成》第1冊，《醫經・本草・脈學・傷寒類》（北京：中國中醫藥出版社，1999），頁569。

2　Vincent Goossaert, "The Beef Taboo and the Sacrificial Structure of Late Imperial Chinese Society," in *Of Tripod and Palate: Food, Politics and Religion in Traditional China*, ed. Roel Skerckx (New York: Palgrave MacMillan, 2005), pp. 237–248.

3　Mark Elvin, "The Technology of Farming in Late-Traditional China," in *The Chinese Agricultural Economy*, eds. Randolph Barker, Radha Sinha and Beth Rose (Boulder: Westview Press; London: Croom Helm, 1982), pp. 16, 25.

4　汪大淵：《島夷志略》，頁48b，載《四庫全書》第594冊（上海：上海古籍出版社，1987）。

5　劉一清：《錢塘遺事》，卷9，頁15a，載《四庫全書》第408冊（上海：上海古籍出版社，1987）。

6　李賢等撰：《明一統志》卷90，頁25a–25b，載《四庫全書》第472冊（上海：上海古籍出版社，1987）。

7　徐珂：《清稗類鈔》，卷48，〈飲食〉，版11（臺北：臺灣商務印書館，民55〔1966〕），頁177。

8　寇平：《全幼心鑑》，卷2，〈乳汁說〉，頁27a，載《續修四庫全書》第1010冊（上海：上海古籍出版社，〔1995〕）。

9　李時珍：《本草綱目》，卷50上，〈獸之一（畜類二十八種附七種）〉，頁40b；卷50下，〈獸之一（畜類二十四種）〉，頁5a–5b。

10　魏收：《魏書》（北京：中華書局，1974），列傳第82，〈閹官〉，頁2015。

11　引自謝成俠編著：《中國養牛羊史（附養鹿簡史）》（北京：農業出版社，1985），頁93。

12　賈思勰：《齊民要術》，卷6，第57〈養羊〉，（臺北：臺灣商務印書館，民57〔1968〕），頁89。

近代中國飲牛乳風氣與人、牛觀念的變遷（1880–1937）

13 例如，莫高窟第 61 窟有壁畫名為「二女煮乳」，畫中的兩位農婦正在煮奶，旁邊有兩頭牛站立。至於莫高窟第 146 洞窟的壁畫，則描繪農婦擠牛乳的情形。由此可見，在五代時期，牛乳在帝國邊疆地區甚為普遍。〈敦煌——說不完的故事〉，香港文化博物館，展期 2014 年 11 月 28 日至 2015 年 3 月 16 日。

14 孟元老：《東京夢華錄》卷 7 （〔上海〕：商務印書館，民 25〔1936〕），頁 127。

15 宋詡：〈竹嶼山房雜部〉卷 2，〈養生部二 · 麵食制〉，頁 18a–19a；卷 6，〈養生部六 · 雜造制〉，頁 9a–10a，載《四庫全書》第 871 冊（上海：上海古籍出版社，1987）。

16 顧祿：《清嘉錄》卷 11，〈乳酪〉，頁 7a–7b，載《續修四庫全書》第 1262 冊（上海：上海古籍出版社，〔1995〕）。

17 據中國最早的類書《爾雅》記載，牛隻的種類包括犘牛、犦牛、犤牛、犩牛、犣牛、犝牛、及犉牛。《爾雅》卷下，第十九〈釋畜〉，頁 16a，郭璞注，載《續修四庫全書》第 185 冊（上海：上海古籍出版社，1995）。

18 1920、1930 年代的資料顯示，水牛每日可產乳 12 磅以上，乳房發達的黃牛每日產乳約 10 磅左右，但泌乳時間有限，而荷蘭種的乳牛，每日產乳高達 90 至 120 磅。Carl Oscar Levine, "Notes on Farm Animals and Animal Industries in China," *Canton Christian College Bulletin* 23 (1919): 45, 51; Tang Chi-Yu, *An Economic Study of Chinese Agriculture* (New York: Garland Publishing, Inc., 1980), pp. 117–118;《申報年鑑 1935》（上海：申報年鑑社，民 24〔1935〕），頁 L4；上海畜植牛奶公司廣告，《申報》，1934 年 9 月 18 日，（本埠增刊）第 2 版；〈牛奶出品程序〉，《良友》，第 65 期（1932 年 5 月 30 日），頁 52–53。

19 夏衍等著：《都會的一角》（上海：激流書店，1941），頁 1。

20 亨特（William C. Hunter）著，馮樹鐵譯：《廣州「番鬼」錄——締約前「番鬼」在廣州的情形（1825–1844）》（廣州：廣東人民出版社，1993），頁 60–61。

21 佚名，從商館區眺望廣州景色，約 1825 年，油彩布本，香港藝術館藏，編號：AH1992.0008。

「牠」者再定義

22　農林部中央畜牧實驗所：《上海乳牛場調查報告》，中央研究院近代史研究所檔案館，全宗號：20-76-034-23。

23　*Shanghai Municipal Council Report for the Year Ended 31ˢᵗ December, 1882 and Budget of the Year Ending 31ˢᵗ December, 1883* (Shanghai: Kelly & Walsh, 1883), p. 49.

24　*Shanghai Municipal Council Report for the Year Ended 31ˢᵗ December, 1898 and Budget of the Year Ending 31ˢᵗ December, 1899* (Shanghai: Kelly & Walsh, 1899), p. 121

25　《滬市牛奶業近況調查（一續）》，《申時經濟情報》，續總1454號：牛奶第二號（1935年10月24日）；《滬市牛奶業近況調查（二續）》，《申時經濟情報》，續總1454號：牛奶第三號（1935年10月25日）；《滬市牛奶業近況調查（續完）》，《申時經濟情報》，續總1454號：牛奶第四號（1935年10月26日）。

26　牛乳極易滋生細菌、變壞，所以冷藏設施必不可少。戰前上海牛乳場大多數是以冰塊維持低溫，只有少數大規模的奶棚才會在儲奶室安裝冷氣機。因此，上海的牛乳場普遍設於城市或周邊的地區，以便盡快把牛乳送到顧客手中。見〈滬市牛奶業近況調查看（一續）〉，《申時經濟情報》續總1454號：牛奶第二號（1935年10月24日），頁1。

27　輕微、彭文和：〈世界牛乳業鳥瞰〉，《畜牧獸醫季刊》，2卷2期（1936年5月20日），《牛乳業專刊》，頁11。

28　《上海工人生活程度》（上海：上海市社會局，1934），載李文海主編：《民國時期社會調查叢編：城市（勞工）生活卷》（上），頁344–353。

29　上述消耗量，均以筆者已知的產品價格最低廉者推算。據表二的資料，1929及1930年華商奶棚每瓶牛奶的價格分別是0.2及0.21元。

30　夏衍等著：《都會的一角》（上海：激流書店，1941），頁1。

31　有關牛乳在民國時期如何反映衛生、現代性等觀念，見李忠萍：〈從近代牛乳廣告看中國的現代性——以1927–1937年《申報》為中心的考察〉，《安徽大學學報（哲學社會科學版）》，2010年3期（2010年6月），頁106–113；王書吟：〈哺

育中國：近代中國的牛乳消費——二十世紀二、三〇年代上海為中心的考察〉，《中國飲食文化》，7卷1期（2011年1月），頁207–239。

32　賽珍珠著，尚營林譯：《我的中國世界——美國著名女作家賽珍珠自傳》（長沙：湖南文藝出版社，1991），頁111。

33　張樂平圖，丁言昭、余之文：《上海 Memory：張樂平畫筆下的三十年代》（上海：上海辭書出版社，2005），頁161。

34　豐子愷：《護生畫集》第五集（北京：中國友誼出版公司，1999），頁543、549、573、579。

35　《戰爭與和平：秦漢文物精華展》（香港：香港歷史博物館，2002），頁120。

36　陳麗瓊、馬德嫻：〈雲南晉寧石寨古墓群清理初記〉，《文物參考資料》，第4卷（1957），頁57–58，轉引自謝成俠編著：《中國養牛羊史（附養鹿簡史）》，頁78。

37　有關1894年香港鼠疫前的衛生問題及之後的對策，見 Jerome J. Platt, Maurice E. Jones, and Arleen Kay Platt, *The Whitewash Brigade: The Hong Kong Plague, 1894* (London: Dix Noonan Webb Ltd., 1998).

38　Levine, "Notes on Farm Animals and Animal Industries in China," p. 45.

39　另外，條例也訂明製奶房等地方不可作居住用途。牛乳場要有充足的供水系統，並設有鍋爐或有充足且經當局認可品質的熱水供應。Municipal Notification, no. 3341：Dairies-Building Rules, *The Municipal Gazette* 18，no. 964 (March 26, 1925).

40　上海特別市衛生局編：《上海特別市衛生法規二集》，頁25。

41　Public Health Department of the Shanghai Municipal Council, *Milk and Dairies Regulations* (Shanghai: Shanghai Municipal Council, 1936), p. 13.

42　Levine, "Notes of Farm Animals and Animal Industries in China," p. 32.

43　輕微：〈母牛飼養與管理〉，《畜牧獸醫季刊》，2卷2期（1936年5月20日），《牛乳業專刊》，頁59。

44　莊俞、沈頤編纂：《共和國教科書‧初小部分‧新國文》第八冊（北京：新星出

版社重印，2011），頁28b–29b。

45　輕微：〈母牛飼養與管理〉，頁59–60。

46　Levine, "Notes on Farm Animals and Animal Industries in China," pp. 50–52.

47　〈滬市牛奶業近況調查〉，《申時經濟情報》，總第1454號（1935年10月23日），頁1。

48　教育部編：《民眾學校課本》第三、四冊合訂本，（出版地、機構、年分不詳），頁1，轉引自鄧康延：《老課本新閱讀》（香港：天地圖書，2011），頁300。

近代中國飲牛乳風氣與人、牛觀念的變遷（1880–1937）

* 本文為「近代中國牛乳的社會史：廣州、上海與香港，1800–1980 年代」研究計劃的其中一項研究成果。此研究計劃獲香港中文大學直接資助計劃（Direct Grant for Research）2016/17資助（計劃編號：4051098），謹此致謝。

04

從防止虐畜到禁吃狗肉

二十世紀上半葉香港華人與動物關係的變化

潘淑華

廣西桂系軍人黃紹竑（又名黃紹雄，1895–1966）在回憶錄《五十回憶》中，提及他在1930年代到訪香港，目睹兩個現象令他印象特別深刻，一是香港人對運動（尤其是游泳）的熱愛 (1)，二是香港人對禽畜的態度。他如此描述：「香港人到菜市買來供膳食用的雞、鴨等活東西，都得像抱嬰兒一樣，把它抱回，才可宰殺，禁止兩腳朝天，倒吊著拿回。否則警察看見了，就要干涉或處罰，理由是這樣：倒提著會使它難過，而成為虐待行為。」黃紹竑一方面覺得此政策非常有趣，但同時又感到無奈：「帝國主義者的殖民地人類，受虐待的情形，恐怕比鳥類厲害的多，不知他們立法的時候，也曾想到及此否？」(2)

　　香港自1841年成為英國殖民地後，在制度及文化觀念上皆受到英國的深厚影響，對待動物的態度，令到南來的黃紹竑覺得既有趣，但同時又勾起他「人」（特別是被殖民者）不如「動物」的感慨。中國與英國文化對待動物的態度無疑有明顯的差異，究竟在港英國人通過什麼途徑，改變香港華人對動物的觀念和態度？香港華人社會又如何理解、吸收及回應這些陌生的文化準則？本文集中分析兩方面，一是成立於1903年的香港防止虐畜會（Hong Kong Society for the Prevention of Cruelty to Animals，簡稱 HKSPCA，香港愛護動物協會的前身，下文簡稱「防虐會」）(3)，二是香港政府於1935年頒佈的《防止虐畜條例》（*Prevention of Cruelty to Animals Ordinance*）及1950年通過的《貓狗規例》（*Dogs and Cats Regulations*）。

本文避免把這種中西文化互動視為單向的「教化」過程（civilizing process），又或是西方「文化帝國主義」的展現。由於不同的歷史發展軌跡，不同文化對不同動物的理解及分類方法存在差異，是不足為奇的。例如西方人不吃狗肉，除了因為狗與人關係密切外，另一原因是狗會吃腐肉，因而被視為不潔。但不少其他民族，都有（或曾有）吃狗肉的習慣。另一方面，在二十世紀以前，亞洲不少國家為保護農業，並不鼓勵進食牛肉。印度教徒更視牛為神聖的動物，而中國不少善書（即勸人為善的宗教書籍）亦指殺牛及進食牛肉會遭到因果報應。(4) 西方國家不但嗜吃牛肉，西班牙更視鬥牛為國家文化傳統，英國一些地區在過去亦經常以狗逗牛（bull-baiting）為娛樂，在激烈的爭鬥過程中，無論是牛或是狗，都有可能因對方的攻擊而受到傷害。(5) 正是種種對動物的殘忍行為，促使英國國會議員 Richard Martin（1754–1834）於 1822 年推動國會通過英國首條動物保護法案，名為《防止虐待與不當對待家畜法》（*An Act to Prevent the Cruel and Improper Treatment of Cattle*，又名「馬丁法案」）。一些英國人更於 1832 年組成「防虐會」，推廣動物保護概念。

保護動物概念並非西方文化獨有，也絕非自始已存在於西方的「文化基因」中。在啟蒙時代以前，西方主流文化及基督教文化並不強調需要關懷動物。直至十七及十八世紀，英國啟蒙思想家洛克（John Locke, 1632–1704）認為動物雖然並不像人類般具有理性，但

牠們與人類一樣能感到痛楚。法國哲學家盧梭（Jean-Jacques Rousseau, 1712–1778）亦認為動物是有感覺的。這種動物也能感受痛苦的主張，成為西方動物保護概念的基礎：對西方動物保護者來說，宰殺動物並不能視為虐待動物。人類通過宰殺動物，作為糧食及控制動物數量的手段是不能避免的，但人們必須以人道的方式運送及宰殺禽畜，以盡量減輕動物在此過程中受到的痛苦。中國的佛教思想則包含對動物更根本的關愛。在佛教觀念中，人與動物皆為「有情眾生」（sentient beings），他們的差別在於「業力」（karma）不同。雖然在六道輪迴概念中，轉世為動物被視為對惡行的懲罰，但人與動物皆有心性，且同具知覺，同樣能感受痛苦。這種眾生一體的概念，成為戒殺放生的道德基礎。此反映了中國佛教的戒殺思想與西方動物保護概念的分歧。(6) 然而不能否認的是，大部分中國人都不是佛教徒，因而佛教戒殺的思想對一般香港華人的行為，並沒有構成道德制約作用。而西方啟蒙時代出現、認為動物也能感受痛楚，因而應以人道方法宰殺動物的主張，對大部分中國人來說是非常陌生的。在港英國人覺得有責任使香港華人遵守英國的文明準則，認為殖民地的人或動物，皆可因而受益。

防止虐畜觀念的傳播：香港防止虐畜會與早年對虐畜行為的法律制約

英國的「防虐會」於1832年成立後，類似的組織在十九世紀下半

葉開始,亦陸續在英國殖民地出現,如印度加爾各答(1861)、新加坡(1876)、塔斯曼尼亞(1878)及上海公共租界(1898)。(7) 香港的「防虐會」於1903年8月成立,當時的香港總督(下文簡稱「港督」)卜力(Henry Arthur Blake, 1840–1918)主持首次會議,並擔任委員會主席。參加這次會議的還有政府官員、行政立法兩局議員及商界人士。(8) 可能由於作為主席的卜力於同年11月卸任,離開香港,「防虐會」並沒有正式展開工作。直至1921年4月,在港的西方愛護動物人士有感上海「防虐會」積極推動動物保護工作,因而決定重新組成香港的「防虐會」,並且把工作目標定為教育香港華人以人道方式對待動物,認為這是歐洲人的道德責任。這種把虐待動物視為中國人獨有行為的立場,顯然反映了種族偏見,亦與英國的「防虐會」立場有異。英國的「防虐會」認為所有存在道德缺憾的人,都有可能虐待動物,但同時偏向認為有道德缺憾的人,大多來自社會低下階層。換言之,英國的「防虐會」視虐待動物為階級問題多於種族問題,而香港「防虐會」則視之為種族問題。

當時的港督司徒拔(Reginald Edward Stubbs, 1876–1947,亦譯作史塔士),雖然表示支持「防虐會」的工作,除了捐款外,更擔任榮譽主席,但他同時強調,「防虐會」最重要的工作是教育市民,而不是檢舉及懲罰虐畜行為。這反映香港政府對介入華人文化習俗的謹慎態度,殖民統治者一方面難以擺脫作為「殖民者」的教化角色,另一方面

卻又極力避免在並非急切的情況下過度介入華人生活，引起華人的不滿及反抗，危害管治穩定。不過，即使是強調教育而非懲罰，「防虐會」仍需要處理已發生的虐畜行為的。1922年，「防虐會」聘請了一位略懂中文的西方監察員，負責調查收到的虐畜投訴，同時鼓勵會員向「防虐會」舉報虐畜行為。(9)

香港「防虐會」在1921年正式成立後，重點處理街市禽畜的被虐待情況。主席富羅士（B. L. Frost）指出在菜市場內，不少活家禽被緊緊的綑綁著，導致家禽的腿有時因而折斷。之後牠們活生生被掛在鈎子上，頸上開了洞，由於洞很小，牠們並沒有即時死去，往往在10分鐘或更久之後，家禽才斷氣。家畜的情況亦好不了多少，從中國內地運來的豬隻，被困在以籐製成的籠中，豬籠的質素低劣，在運送過程中，尖尖的籐刺在豬隻身上，令牠們傷痕累累。富羅士認為應該立法禁止綑綁活家禽的翅膀或雙腳，以及改良豬籠的設計。此外，香港的屠宰場應該引入英國較人道的屠宰技術。(10) 下文會看到，「防虐會」在「防止虐畜」的立法過程中扮演了關鍵角色。

香港「防虐會」於1921年正式運作，香港第一條防止虐畜條例於1935年通過，但這並不是說在1920年代以前，西方的防止虐畜概念對香港華人社會沒有絲毫影響。在1935年以前，虐待動物行為仍會受到法律制約，原因是香港政府會援引其他法例，向虐待動物者提出檢

控。例如在1845年，香港政府通過維持公共地方秩序與清潔（Good Order and Cleanliness）的法例，當中包括任何人若殘害（mutilate）或虐待（ill-use）馬、騾、犬或其他動物，最高刑罰是判罰款5英鎊；法例亦禁止向馬匹或牲畜扔擲泥土，以及挑逗狗隻或其他動物襲擊人類或動物等行為。(11) 此法例針對人們對當時作為主要交通工具的馬匹的不當行為，可見是把英國現行法例，移植到香港這個剛佔領不久的殖民地。

香港的馬匹為數不多，這條1845年的法例亦沒有仔細界定什麼行為構成「虐待」罪行，但由於法例廣泛地涵蓋「其他動物」，因而馬匹以外的動物也受惠於此法例。可以肯定的是，這法例並非一紙虛文。1864年，有三人被控告虐待動物；1888年，被控虐待動物的有33人。不過資料並沒有顯示當中華人與西方人的比例。1882年一份英文報章刊登了一個案例，兩位中國男學生在法庭上作供，指親眼看見一個中國婦人把一頭狗綑綁，再以竹枝虐打牠。婦人解釋該頭狗弄死了她的鵝，她才懲罰那頭狗。法官接納她的解釋，並沒有把她判刑。(12) 雖然婦人得到開脫，但對華人來說，虐打狗隻有可能被判刑是嶄新的觀念，而這觀念通過法律在華人社會中傳播。

以法律保護馬、騾或犬等對人類有功用的動物，對華人來說應該是較容易理解的。但因虐待老鼠而受罰，則令犯事者覺得莫名其妙。

「牠」者再定義

出生於新加坡，於英國修讀法律，並於1880至1882年間成為香港立法局首位華人議員的伍廷芳（又名伍才，1842–1922），在著作中提及香港一名華人因虐待老鼠被捕的案件。這位華人的家被老鼠光顧，不少食物被這不速之客吃掉。華人捉到老鼠後，沒有即時殺死牠，而是把老鼠釘在一塊木板上，向其他老鼠以儆效尤，他因而被罰款10元。華人憤憤不平，認為老鼠破壞他的家財，罪有應得，死不足惜。法官對他說，若他即時把老鼠殺死，並不會獲罪，但因為他虐待老鼠，令老鼠受痛苦，這便構成了虐待動物的罪行。華人結果交了罰款，但抱怨英國法律並不公正，害他竟然因懲罰老鼠而受罰。(13) 既然可以把老鼠殺掉，卻不得令老鼠受到痛苦，恐怕這位華人難以理解英國法律背後的邏輯。

上文提到，1903年香港「防虐會」組成時，成員所關心的並不是貓狗等寵物，而是市場上出售的活禽畜。(14) 此種取向亦反映於在同年通過的《牲畜出入口管制條例》（*The Live Stock Import and Export Regulation Ordinance*）。此條例旨在改善牲畜在船上的生存環境（當時仍未興建九廣鐵路，大部分供應香港人食用的禽畜，從南中國經水路運到香港）。例如條例規定，從香港出發的船隻，船上若運載多於10頭家畜，在運送途中必須為牠們提供足夠的食物和飲用水；船上的圍欄不得以竹枝製造，避免割傷動物；而且圍欄必須穩固，確保牲畜在惡劣天氣及旅途顛簸的情況下，也不會受傷。法例亦規定每個圍欄

從防止虐畜到禁吃狗肉

只可容納4頭牲畜。(15)

經過11年始通過的「防止虐畜條例」

　　1924年，「防虐會」正式運作三年後，開始協助政府草擬《防止虐畜條例》法案（*Bill for the Prevention of Cruelty to Animals Ordinance*）。(16)然而，政府最後並沒有通過此法案，原因相信是法案引起不少西籍人士及華人反對。結果在11年後，香港才出現首條《防止虐畜條例》。雖然政府沒有通過1924年的法案，但其討論過程反映了香港中西人士對動物保護的態度，而1935年的《防止虐畜條例》與此法案亦有共通之處，因而值得在此詳細審視此法案的內容及所引起的爭議。

　　1924年的《防止虐畜條例》法案，把「虐待」定義為對身體的折磨，疏忽及令動物感到痛楚。此法案除了希望進一步改善禽畜在運送過程中的處境外，所涵蓋的受保護動物比1903年的法例更為廣泛。首先，1903年的條例只針對從香港出發的船隻，1924年的條例包括以船及火車進口及出口的牲畜，並且特別提到豬隻應受到的保護：運送者必須採用經過政府獸醫（colonial veterinary surgeon）認可的獸籠，豬籠的孔口不能過大，以免豬隻把腳伸到籠子外，在工人搬運或拖行籠子時弄傷。1924年的法案亦禁止人們搬運活家禽時，抓著家禽的翅膀，雙腿或頭部，或是令牠們兩腳朝天。此法案亦賦予「防虐會」監察

員搜查及拘捕的權力。監察員在合理懷疑下，有權進入任何地方（包括船隻）搜查，並拘捕違反虐畜法例的人士。若被判有罪，最高刑罰是罰款250元及監禁6個月。(17)

《防止虐畜條例》法案公佈後，香港的英文報章即時表示支持，認為法案可制約華人的虐待動物行為。例如 China Mail 認為「中國人一直以自己的方式來對待動物……若溫和的勸導和教育起不了作用，就必須嚴格執行新法案」。(18) 然而在法案公佈後不久，「防虐會」收到以西籍人士為主要成員的「中國沿邊航海師公會」（China Coast Officers Guild）及「中國機務公所」（Marine Engineers Guild of China） 的聯署信件，信中批評法案對他們不公平。他們指法案訂明獸籠要符合政府獸醫的要求，然而從中國內地運送牲畜到香港的船隻，所用的獸籠是由負責裝卸貨物的中國工人所提供，船長並沒有權力聘請或解雇這些工人。根據新法案，船長卻有可能要為工人的不當行為負上「虐畜」罪名，成為共謀。他們因而把法案形容為「令人極不快」（obnoxious） 及「疏漏的」（slipshod）。當時「防虐會」回覆，草案會先經過修改，才由立法局通過。(19)

「防虐會」在1924年年底修訂「防止虐畜條例」法案後，在1925年年初，由華民政務司向香港華商總會徵詢對法案的意見。由於法案內容牽涉家禽從業員的作業方式，香港華商總會遂把草案轉交雞鴨行

商會（名為齊賢公所）開會討論。雞鴨行商會會員討論後，一致反對法案，並聯同香港牛羊行及生豬行，到華商總會陳情，同時到華民政務司署呈交陳情書。他們的反對原因主要是條例會引起四種「不便」，一是影響香港食物來源，草案規定疊起的獸籠不得多於三層的限制，「船主亦同科罰……船主亦恐違例，或不准附搭，是則來源必少……本港民食因來源短少，亦將有不繼之虞」；二是店舖需要增加籠具，處理家禽，不但增加成本，狹小的店舖在空間上亦難以應付；三是條例所要求的執拿活家禽的方法，執拿活家禽「自必執其雙翼雙足或頭，以便易於宰割」，若視之為「虐待」，將令從業員「措手為難」；四是條例要求獸籠不得讓禽畜的腿伸出，但一般所用的獸籠，「編織之法，各自不同……使不能逃脫而已，若因稍為不慎，俾伸出牲足，便干罰例」，無論是船主或商人為免干犯法例，將不會願意運送禽畜來香港，「牲畜來源，必受莫大之影響」。可見陳情書的第一及第四種不便，都是有關法令使船主或商販懼怕被控告，而影響牲畜來源，市民將成為最終受害者；第二及第三種不便則是新的法例要求，將會令商販難以有效處理禽畜。[(20)]

　　陳情書明顯以「人」為中心，著眼於法案對「人」帶來的「不便」，並且以香港人整體利益（即肉食來源）作為最重要的談判理據。究竟陳情書中有沒有任何部分，可以幫助我們理解這些家禽從業員對「虐畜」的理解呢？陳情書有兩處提到「虐待」一詞。一處指禽畜是商人的「血

本」，因而商人「莫不認真料理，以顧血本，斷無有虐待之理」。換言之，禽畜是商人的財產，商人由於非常愛護自身的財產，因而不會虐待有商業價值的禽畜。這反映了在他們的理解中，「虐待」是蓄意造成的行為，不存在因疏忽做成的虐畜行為。另一處提到「虐待」一詞，是「沽出應烹之牲口，自必執其雙翼雙足或頭，以便易於宰割，若亦指為虐待，則處置轉籠之牲口，殆覺措手為難」。此處則迴避了手執家禽的雙翼、雙足或頭是否構成虐待的問題，而把重點放在不這樣做的話，難有其他可行的方法。

然而這並不是說禽畜商人完全否定動物有感受痛楚的能力。在另一份呈給華民政務司署的文件中，雞鴨行商會列出七項法案中難以實行的規條，其中一項是在運送過程中，獸籠底部要放上草蓆，以免禽畜把腳伸出籠外受傷。雞鴨行商會指這種做法，令禽畜糞便堆積在籠中，有礙衛生，結果只會「更加其（按：動物）痛苦」。不過根據此邏輯，依照過往方法，獸籠底部沒有放上草蓆，而在運送過程中，獸籠又經常疊在一起，放置在下層的禽畜仍是會遭殃的。香港華商總會會長李右泉（1861–1940）認同禽畜從業員的意見，表示會把意見轉呈立法局的兩位華人議員。[21]

「防虐會」在1924年12月的會議中，表示希望政府能盡快通過此法案。但1924年草擬的「防止虐畜條例」最後被擱置，原因相信有以

下兩點：（一）由於香港華商總會反對；（二）1925年6月香港爆發省港大罷工，中國內地對香港的物資供應陷於停頓，經過一段長時間，香港政府才從這個政治及經濟危機恢復過來。

香港政府遲至1935年才重新考慮為「防止虐畜」訂立法例。但在這十一年間，政府仍然可以依據上述1845年及1903年的條例中有關虐畜行為的條文，撿控虐畜人士。例如1926年4月，中文報章《香港工商日報》報道了數宗因虐畜而獲罪的案件：

「雷生被控昨擔生雞二籠，共有九十只（隻），籠小雞多，致各雞互相踐踏，有犯虐畜之例」，結果被罰10元。

「黃本被拘於案，謂其昨攜有生雞六十八只（隻），共載一籠，另有三只，係用繩綑綁者，有犯虐畜之例」，被做戒省釋。

「周方被控有豬一籠，豬腳伸出籠外，致血液淋漓，有犯虐待牲畜之罪」，結果被罰10元。

中文報章廣泛報道虐畜案件，向華人社會傳播及強化了虐待動物會被判罰的訊息。[22]

香港首條《防止虐畜條例》，終於在1935年11月28日於立法局三讀後通過。此條例與1924年的草案的共通點，是以禽畜作為主要關注對象，目的是希望牠們在運送及出售過程中，避免受到不必要及可以避免的痛楚。條例通過後，取代了1903年的《牲畜出入口管制條

例》，為禽畜提供較有效和全面的保護。1903年的法例重點放在出入口的牲畜（cattle），1935年的條例則把受保護的動物再仔細分為牲畜（cattle）、羊（sheep and goats）、豬（pigs）及家禽（poultry），對每種動物的處理有不同的規定。

1935年的《防止虐畜條例》並沒有如1924年的法案般，引起強烈的反對聲音。當中原因相信除了是華人社會對虐畜的概念已不再陌生外，1935年的條例刪去一些爭議性較大的條文，比1924年的條例寬鬆。1935年的條例雖然賦予政府獸醫、警務人員及食物督察（food officer）在香港水域上船檢查及搜證的權力（此規定在1903年的條例已存在），但條例針對從香港出發的船隻，而沒有如1924年的條例般提及從外面運到香港的牲畜。1935年的條例，以同樣是英國殖民地的新加坡在1930年通過的同類法例（*Straits Settlement Ordinance* No. 10 of 1930）為藍本，再作修訂，因而相信已考慮條文細節的可行性。而1935年與1924年的條例的另一重大分別，是1924年的法案賦予「防虐會」搜查及檢舉的權力，而1935年的法案完全沒有提及「防虐會」的角色及權力。(23) 我們可以估計，「防虐會」雖然希望擁有執法權力（英國及不少國家的動物保護組織皆享有執法權），但政府與其他團體（如華商總會及販賣牲畜的工會）商討後，決定不賦予「防虐會」執法權力，以減低出現衝突的機會。

上文提到黃紹竑 1930 年代在香港的觀察，反映出由於法律的規範，香港華人漸漸發展出一套有別於中國內地處理家禽的行為模式，成為香港與中國內地一條既模糊但又可察覺得到的文化界線。這種新的文化規範一方面是自上而下，通過法律制約而構成。但另一方面，英國對待動物的新標準在香港的傳播，也是殖民政府及華人社會協商的結果。殖民政府對香港華人社會文化的介入，一直採取謹慎的態度。由於華商反對，1924 年提出的「防止虐畜條例」法案，經大幅改動後於 1935 年才得以通過。下文有關禁吃狗肉的規定，是另一個相關的例子。

禁吃狗肉：1950 年的「貓狗規例」

　　英國殖民統治對香港華人的另一項重要影響，是改變了人與狗的關係。1950 年，香港政府通過《貓狗規例》，禁止任何人售賣或屠宰貓狗作為食物。(24) 不過要注意的是，此規例的立法原意是防止狂犬病（在香港稱為「瘋狗症」）蔓延，而非防止虐待動物。(25) 因而此條例並非把宰吃貓狗視為虐待動物的行為。然而，此條例的立法過程及影響，皆難以與虐待動物的概念截然分開。因而要討論動物保護概念對香港華人社會的影響，此條例是不能被忽略的。

　　《貓狗規例》的出現，源於 1949 年香港爆發大規模的狂犬病，導

致 11 人死亡，500 人因被狗咬傷送院。1949 年 8 月，自稱「一群愛狗人士」（Group of Dog-lovers）向政府呈交請願書，請願書由年屆 88 歲、曾任行政局及立法局議員，並且是「防虐會」委員的周壽臣發起，共有 3,000 人簽署，當中不少是來自上層社會的華人，事實證明，他們的聲音舉足輕重。以英語書寫的請願書把狗隻稱為「寵物」（pet），認為政府必須管制人們宰殺寵物。更重要的是，請願書把吃狗肉與狂犬病聯繫起來，指華人吃狗肉的習慣要為狂犬病散播負上責任，原因是為了滿足香港華人對狗肉的需求，不但使香港一些有主人的狗隻被偷及被宰吃，同時導致不少中國內地染有狂犬病的狗隻被運到香港，令狂犬病在香港不斷蔓延。(26)

　　香港政府收到請願書後，便立即著手訂立《貓狗規例》，禁止宰吃貓狗，條例亦很快得以通過。立法局議員在辯論中採納了請願書的邏輯，即吃狗肉助長了內地犬隻入口及狂犬病在香港的傳播。(27) 政府官員的內部討論，反映了他們對請願書積極回應的主要原因。一位官員認為，單看宰殺狗隻的殘忍程度，便應該立例禁止吃狗肉。另一位官員則指出，1946 及 1947 年在政府內部已曾討論立法禁止屠狗，但行政局成員對此抱持保留態度，認為大部分華人並不認為屠狗、吃狗有任何問題。但這位官員認為現在情況已有轉變，他注意到簽署請願書的 3,000 人當中有不少是華人，因而認為立法管制吃狗肉的時機已到。(28) 行政局在 1949 年 10 月 25 日的會議中，決定禁止屠狗、吃狗，

從防止虐畜到禁吃狗肉

127

作為遏止狂犬病蔓延的措施。不過有成員同時指出，日後狂犬病停止後，應考慮把吃狗肉的禁令撤銷，改為立例規管以人道的方法屠宰狗隻。(29) 從政府內部討論中，可見這些以西籍為主的政府官員及行政局成員，處於兩難位置。他們一方面慶幸不少華人請願禁吃狗肉，使立法禁吃狗肉得以合理化；但另一方面又擔心狂犬病問題解決後，禁吃狗肉的法例會失去法理依據，因而視之為暫行法例。不過這條以公共衛生為立法基礎的法律，最終被保留下來，並被不少香港人錯誤理解為保護貓狗的動物福利條例。

結語

　　西方在啟蒙時代重新界定了人與動物的關係，這種新觀念隨著殖民主義而全球化，逐漸成為普世價值。在香港，通過「防虐會」的宣傳及政府通過的防止虐畜法例，使觀念逐步普及化。然而就如本文所揭示，為動物賦予免受虐待的法律地位，過程是非常漫長及障礙重重的，不過這並非完全是由中西文化差異所造成。雖然在香港的西方動物保護者不時視虐待動物為中國人特有的種族問題，在種族主義情緒濃厚的年代，這種偏見是不難理解的。事實上，即使在英國，雖然在十九世紀初開始出現希望通過立法以保護動物的意識，但社會上絕大部分民眾認為這是沒有必要的。例如瑞福（Mike Radford）的研究指出，英國國會討論立法禁止以狗逗牛的娛樂時，不少人（包括

國會議員）覺得這類討論「瑣碎無意義」（frivolous）及「令人煩厭」（vexatious），不少有關保護動物的法案結果胎死腹中。(30) 社會風氣的改變與法律的改變，當然是互為因果的。但無論如何，為動物賦予法律地位，最終帶動了社會大眾對動物態度的改變，過程雖然漫長，影響卻是非常明顯的。

從防止虐畜到禁吃狗肉

動物保護團體一直希望改善獸籠設計，減輕禽畜在運送過程的痛苦。資料來源：《天光報》，1935年5月25日，第三版。

反對虐畜會

函陳鷄鴨猪　受虐之情況　請速行設法取締

反對虐畜會於昨年大會、已定于本月廿九日星期三日舉行、膝到時論會在港各辦理犬窒外之工作之進行、如除如何殘酷之手段以防止虐待其他之痛苦之狀況、亦將有所計劃、前月精鑼裝猪最爲殘忍、茲將會員料剝、于四月十二三日凡多見、而主張速行設法取締、他內近於橋搬、曾見有兩頭之足斷、另有兩隻不能走動、又開被本人爲香港區之對虐畜會之稽查、已七年于茲、在此期間、曾見千百萬頭生猪、運抵港地、均應廢止採用猪箱、使減少其痛苦、最爲殘忍、主張由外埠運猪到港、或在港內運深、與由政府決定一日、實行廢止採用猪箱他、又倘此辦法難于實行、其他一法、亦可採用、即將猪籠之疏孔改少爲二方寸、並將籠身增大、以減少猪之痛苦、並主張香港九龍間運猪之船艙、應用平底式大艙、杆以小輪拖帶者爲宜、而免去裝籠之苦也云、此圖到會後、照引起會員之注意、想廿九日之大會將有詳細討論與決定也、

霜查科剝

「牠」者再定義

130

註　釋

1　有關英國文化對香港華人游泳風氣的影響，可參看潘淑華、黃永豪：《閒暇、海濱與海浴：香江游泳史》（香港：三聯，2014）。

2　黃紹竑：《五十回憶》（長沙：岳麓書社，1999），頁230。

3　當時有香港中文報章把 HKSPCA 翻譯成「防範虐畜會」或「禁止虐畜會」。此組織於1997年把中文名稱改為「香港愛護動物協會」。

4　有關東亞各國對進食牛肉的迴避態度，可參看 Frederick J.Simoons, *Eat Not This Flesh: Food Avoidances from Prehistory to Present* (Madison: University of Wisconsin Press, 1994), pp. 122–125. 有關中國的吃牛禁忌，可參考 Vincent Goossaert, "The Beef Taboo and the Sacrificial Structure of Late Imperial Chinese Society," in *Of Tripod and Palate: Food, Politics, and Religion in Traditional China*, ed. Roel Sterckx (New York: Palgrave Macmillan, 2005), pp. 237–248.

5　有研究指出一些英國人不但視 bull-baiting 為娛樂，還視之為改良牛肉品質的方法。他們認為牛隻經過與鬥牛犬對抗和廝殺的激烈運動，會令牛肉質地變得柔軟，易於消化。見 Emma Griffin, "Sports and Celebrations in English Market Towns, 1660–1750," *Historical Research* 75 (2002): 188.

6　詳見潘淑華：〈「護生」與「禁屠」：1930年代上海的動物保護與佛教運動〉，載康豹、高萬桑編：《改變中國宗教的五十年，1898–1948》（臺灣：中央研究院近代史研究所，2015），頁399–426。

7　有關英國的「防虐會」，參 Brian Harrison, "Animals and the State in Nineteenth-Century England," *The English Historical Review* 88, no. 349 (Oct., 1973): 786–820。有關塔斯曼尼亞「防虐會」，參 Stefan Petrow, "Civilizing Mission: Animal Protection in Hobart, 1878–1914," in *Britain and the World* 5.1 (2012): 69–95.

8　*Hong Kong Telegraph*, 29 Aug. 1903.

9　*Hong Kong Telegraph*, 4 April 1921；*Hong Kong Daily Press*, 24 June 1921; *Hong Kong Telegraph*, 25 Nov. 1922. 1921年「防虐會」有會員353人，1924年上升至428人，委員會由23人組成，當中包括三名中國人（其

中一位是於1926年首位被委任為香港華人行政局議員的周壽臣，1861–1959），及三名歐亞混血兒。*Hong Kong Daily Press*, 9 Dec. 1921; *Hong Kong Telegraph*, 5 Dec. 1924.

10 *Hong Kong Daily Press*, 12 April 1921; *Hong Kong Daily Press*, 24 June 1921; *Hong Kong Telegraph*, 25 Nov. 1922; *Hong Kong Daily Press*, 24 June 1921; *Hong Kong Telegraph*, 25 Nov. 1922.

11 Ordinance no. 14 of 1845, "An Ordinance for the Preservation of Good Order and Cleanliness within the Colony of Hongkong and its Dependencies."

12 Christopher Munn, *Anglo-China: Chinese People and British Rule in Hong Kong, 1842–1880* (Richmond: Curzon, 2000), p. 148; "Returns of Superior and Subordinate Courts for 1888," *Hong Kong Sessional Papers*, 1889; *China Mail*, 13 April 1882.

13 Wu Tingfang, *America Through the Spectacles of an Oriental Diplomat* (New York: Frederick A. Stokes Co., 1914), p. 156.

14 此取向與當時英美國家保護動物的重點一致，關心的動物主要是活禽畜而非作為寵物的貓狗。見 David Favre and Vivien Tsang, "The Development of Anti-Cruelty Laws during the 1800s," *Detroit College Law Review* 1 (Spring 1993): 1–35.

15 Ordinance no. 15 of 1903 , "Regulations Made by the Government in Council under Section 3 of the Live Stock Import and Export Regulation Ordinance, 1903, the 29 th day of September, 1903," *Government Gazette*, Oct. 2, 1903, p. 1448.

16 此法案在當時沒有正式中文名稱，有中文報章譯作「防範虐待畜牲則例」。見〈雞鴨行商會反對防範虐畜會新例〉，《華字日報》，1925年4月1日。

17 "Bill of the Prevention of Cruelty to Animals Ordinance, 1924," *Government Gazette* (1924), no. 130 , pp. 274–283.

18 *China Mail*, 20 May 1924.

「牠」者再定義

19 *Hong Kong Telegraph*, 26 May, 1924; *China Mail*, 5 June 1924. 「中國沿邊航海師公會」及「中國機務公所」的中文譯名參考黃光域:《近代中國專名翻譯辭典》,(成都:四川人民出版社,2001),頁55、223。

20 〈雞鴨行商會反對防範虐畜會新例〉,《華字日報》,1925年4月1日。

21 〈雞鴨行反對防範虐畜會新例之意見〉,《華字日報》,1925年4月2日;〈雞鴨商反對防範虐畜新章〉,《華字日報》,1925年4月18日;*Hong Kong Telegraph*, 5 December 1924, p. 2.

22 〈被控虐畜〉,《香港工商日報》,1926年4月1日;〈被控虐畜省釋〉,《香港工商日報》,1926年4月8日,〈被控虐畜案〉,《香港工商日報》,1926年4月19日。1935年5月26日,政府即將討論通過「防止虐畜條例」之際,《香港工商日報》大篇幅報道「防虐會」監察員發佈有關牲畜慘況的報告。見〈反對虐畜會稽查科刺函述雞豬受虐之種種〉,《香港工商日報》,1935年5月26日。值得注意的是,《香港工商日報》的其中一位創辦人是周壽臣,而周壽臣是「防虐會」其中一名委員。

23 "S.P.C.A. Annual Meeting: New Legislation on Singapore's Model to be Promoted," *South China Morning Post*, May 30, 1935, p. 11. 食物督察(food officer)隸屬市政局,負責食物衛生。見 "Public Health Food Ordinance, 1935," *Government Gazette*, 1935, no. 65, p. 726.

24 原文是 "No person shall slaughter any dog or cat for use as food whether for mankind or otherwise", "No person shall sell or use or permit the sale or use of the flesh of dogs and cats for food."

25 詳見 Shuk-wah Poon, "Dogs and British Colonialism: The Contested Ban on Eating Dogs in Colonial Hong Kong," *Journal of Imperial and Commonwealth History* (Mar. 2014): 308–328.

26 《華僑日報》,1949年8月6日;《工商日報》,1949年8月29日。請願書的首三位署名請願人士皆為華人,他們是周壽臣、R.C. Lee OBE(利銘澤,Richard Charles Lee)及鄧肇堅。參 Hong Kong Public Records Office,

HKRS41-1-5149.

27 *Hong Kong Hansard, Reports of the Meetings of the Legislative Council of Hong Kong, Session 1949,* pp. 300–302.

28 Hong Kong Public Records Office, HKRS41-1-5149.

29 HKRS41-1-5149. 當時行政局有六位官守議員及六位非官守議員。所有官守議員為西籍人士，非官守議員中有三位為華籍。*Hong Kong Dollar Directory, 1949* (Hong Kong: Local Printing Press, 1950), pp. 441–2.

30 Mike Radford, *Animal Welfare Law in Britain: Regulation and Responsibility* (Oxford: Oxford University Press, 2001), p. 34.

* 此文章在本篇作者已發表的一篇英文論文的基礎上節略及修改而成，論文題目是 "Dogs and British Colonialism: The Contested Ban on Eating Dogs in Colonial Hong Kong," *Journal of Imperial and Commonwealth History* 42, issue 2 (2014): 308–328.

「牠」者再定義

05

凝視動物
香港荔園動物園

潘淑華

2015年的暑假，闊別香港十八年的荔園遊樂場重臨香港，在中環海旁開放三個月供香港人懷緬一番，會場內其中一個極受歡迎的景點是「吸蕉大笨象」（Super Tino）。重建的荔園遊樂場標榜的是「懷舊」及「集體回憶」，然而所謂集體回憶，往往只能容納幸福溫馨的情感，與真實的歷史往往存在一段距離。(1) 當遊人在興致勃勃地把塑膠香蕉擲到「假天奴」口中時，已無暇回想真實的冷冰冰的歷史：被譽為「小朋友寵兒」及「鎮園之寶」的大象天奴，在1989年2月因病被人道毀滅，三噸重的遺體被起重機移走，棄置於將軍澳垃圾堆田區，三十年的感情未能換來一個簡單的告別儀式。(2) 一個月後，香港愛護動物協會（Hong Kong Society for Prevention of Cruelty to Animal，簡稱HKSPCA）向荔園發出指引，敦促荔園改善動物園的居住環境，暗示天奴的死亡與荔園動物園環境欠佳有關。(3) 這段與荔園遊樂場所營造的溫暖和歡樂氣氛格格不入的歷史，自然進不了香港人的集體回憶中。

本文通過香港荔園動物園從成立到結束的三十多年的歷史，探討人們興建動物園以觀看（或凝視）野生動物（zoological gaze）的原因，以及觀看動物的角度和當中蘊含的象徵意義在不同時代的轉變。選擇荔園作為探討的焦點，主要在於它是香港歷史上較具規模及廣受歡迎的動物園，是戰後不少香港人初次體驗觀看野生動物的地方。觀看動物的方式，不單反映動物的文化與社會地位，同時也說明了人如何理解自己及身處的地方。人類通過動物認識自己，我們對待動物的方

式，亦反映了社會倫理價值觀的變化。因而這篇文章探討的不單是荔園動物園，也是香港人在不同時期，通過觀看動物所進行的自我身分的呈現。

為何人類社會需要動物園？

人類對野生動物的態度充滿矛盾，他們一方面把「誤闖」入城市的野生動物趕走，但同時又喜歡把不屬於城市的野生動物搬進城市，放在動物園的獸籠內，作為賞玩或所聲稱的教育用途。學者 Adrian Franklin 把動物園形容為「過時」（outmolded）及「野蠻」（barbaric）的機構，是十九世紀的文化及價值觀的殘餘。(4) 伯格（John Berger）在其著名文章〈為何凝視動物〉（"Why Look at Animals"）中則提出一個有趣的觀點，他認為在過去，人與動物平起平坐，互相觀看與被看，緊密地相互依存。動物園與仿真動物玩具在十九世紀出現，並變得愈來愈受歡迎，這正是因為真正的動物，已從人類的日常生活中消失（已被移除動物本能的「寵物」，以及成為桌上佳餚的動物不包括在內）。我們惟有通過觀看動物園的動物及仿製動物作為心理補償，但這正好反映了動物在人類世界日益被邊緣化的命運。(5) 無論如何，動物園象徵了人類對野生動物的征服，是人類對抗大自然的漫長歷史的又一次勝利。

雖然現代的動物園於十九世紀在西方出現，但人類捕獵野生動物，並將之搬進城市以娛樂民眾，有著悠長的歷史。例如羅馬帝國時代的鬥獸場，讓民眾觀看野獸與格鬥士之間的血腥廝殺；另一個觀看動物的機會，是到不同地區巡迴表演的馬戲團。民眾有時也有機會觀看皇室畜養的野生動物，例如英國倫敦塔（London Tower）內的獅子塔（Lion Tower），最初把別國贈送的動物如獅子與北極熊畜養其中，後來向民眾開放。這類皇家動物園（royal menagerie），隱喻帝國版圖的無遠弗屆及人類對「野性」的征服，可見展示及觀看野生動物是炫耀地位與權力的行為。到了十九世紀，夾持著科學與理性權威的「動物園」（zoo）在西方出現，觀看動物也被賦予了「教育」及「科學」意義。倫敦塔的動物後來被送到成立於1828年的倫敦動物園，西方其他國家也相繼成立動物園以展示其現代性，同時也互相競爭比拼，以能生擒及展示珍奇動物來宣示優越的地位。[6] 而動物園則標榜其教育意義，宣稱遊人觀看園中的動物，可以增加對自然界的知識和理解。

馬戲團及動物園看似是兩種不同的機構，為觀眾提供不同的服務。馬戲團的動物以擬人化的特技表演來娛樂觀眾，觀眾期待觀看絕對馴服的動物，在馴獸師面前乖乖跟從指令。換言之，觀眾看到的，是已被去掉「獸性」（即動物本能）的所謂「動物」。但事實上，馬戲團與動物園之間的界線有時是頗含糊的。對觀眾來說，兩者均提供富於異國情調的、有異於日常生活的經驗。而且動物園的所謂野生動

物，也是已被「馴化」（domesticated）的、失去了野生動物本能的動物。這是不難理解的，沒有經過馴化及適應新環境（acclimatized）的野生動物，根本不可能在人工化的動物園環境中生存。其次，一些動物園亦會訓練動物，使牠們向遊人提供富娛樂性的表演，例如歷史悠久，並強調科學研究的倫敦動物園，也有提供所謂「猩猩茶會」（Chimpanzee Tea Party）的表演，數隻猩猩坐在桌旁模仿人類吃食物及捧著杯子喝茶。訓練員刻意把猩猩訓練得調皮及不守規矩，例如牠們會直接從茶壺口喝茶，讓遊人看著這些「半人半獸」的行為捧腹大笑。直至1970年代，西方對動物權益的關注日益增加，倫敦動物園亦於1972年取消「猩猩茶會」表演。(7)

「動物園」論述在香港

從何時開始，香港人產生了觀看野生動物的期待及需要，並且希望在香港成立動物園？首先，在動物園出現前，在香港也有觀看動物的機會，而且是免費的。像在中國其他地方一樣，香港華人可在街頭看到江湖藝人及他們所畜養的猴子表演「馬騮戲」。而早在1930年代，郊外的野生猴子已成為香港的獨特景觀。1938年由陳公哲編著、商務印書館出版的《香港指南》中，列出了來港旅客值得一看的「香江十景」，當中包括「松壑猴群」，位於現今俗稱「馬騮山」的金山郊野公園。根據指南的描述，「松林中多猴，攜果餌之，諸猴俱集，怪態百

出，別饒趣味。」(8) 可見民眾不但可以觀看猴子，還可以餵飼牠們，
與牠們互動。對於較富裕的市民，馬戲團是另一個觀看野生動物的機
會。戰前已不時有中外馬戲團到香港演出，例如來自印度的「惠羅馬
戲團」(Whiteway Circus)及中國河北省的「中華國術馬戲團」。1930
年4月惠羅馬戲團來港，於灣仔新填地表演，馬戲團的陣容頗強大，
有歐籍及印籍演員50多人、大象五頭、老虎四頭、豹二頭、熊一頭、
猴子四頭及白馬15匹。演出得到各報章的讚賞，其中一項評語是：
「虎象之解人意，猿子之駕御白馬等技，在在足資嘆賞」。(9) 而中華國
術馬戲團的動物數量相對較遜色，1931年的報道指此馬戲團有一頭大
象，一頭老虎，兩頭黑熊及數匹馬。(10)

雖然英國建有世界級的動物園，但香港政府並沒有試圖把動物園
的概念，輸入當時是英國殖民地的香港。根據現存資料，香港在戰前
並沒有出現有關成立動物園的討論。到了戰後，則出現了兩次討論，
分別於1959年由一位市政局議員提出，以及1974年由中文報章提出。
倡議者的主要論點，是香港作為發達及人口眾多的城市，應該擁有一
個像樣的動物園，而興建動物園是政府應當承擔的責任。政府官員的
基本論調則是，興建及營運動物園花費巨大，香港政府缺乏所需的經
費。

但事實上，不能說香港沒有動物園。香港政府於1860年代在港

島中區興建的植物公園（俗稱「兵頭花園」），後來在1950年代陸續加入了一些動物，如猴子、果子狸、山狗（形態與狼相似的野生動物）及黑熊等。(11) 而在1950年代由私人興辦的新巴黎農場（位於港島黃竹坑）、松園仙館（位於新界大埔）及荔園遊樂場（位於九龍荔枝角），也包括小型動物園。(12)1970年代出現的香港海洋公園，則展示了不少珍貴稀有的海洋動物。不過它們都不被視為正式的動物園。海洋公園規模較大，然而它是為了推廣香港旅遊業而出現的旅遊項目，經費由香港賽馬會提供。因而其興建並沒有違背政府不花費公帑經營動物園的原則。

　　有關政府應該興建動物園的討論，在荔園剛成立動物園不久後出現。1959年1月6日舉行的市政局會議，通過了設立動物園的議案，議案由市政局議員張有興（1922–　）提出。對於動物園應該如何興建及在哪裡興建，張議員並沒有提出具體概念，他只是指出了世界所有大城市都擁有動物園，亞洲其他大城市也有出色的動物園，如日本及印度（張沒有提及廣州也成立了動物園，1956年展出了緬甸送給中國的小象芭保，香港報章對此也有報道）。張相信香港的動物園不但對兒童有教育意義，也可吸引遊客到香港參觀。對張來說，動物園有象徵意義及功能意義，它象徵香港已躋身國際大城市，因而可以讓香港人引以自豪，其功能意義則在於傳遞知識及發展旅遊經濟。同一論調亦可見於1960年刊登在香港《兒童報》一篇名為〈我們需要動物園〉的

文章，文章中指「倫敦有著全世界最大的動物園」，「其他著名城市，都有動物園之設，只有香港還沒有哩」，認為動物園是小朋友假期的好去處。(13) 然而市政局當時的主席莫里臣（市政事務署署長兼任），即時以財政理由質疑此建議，他指經營動物園的開支很大，單單一隻大象一天已消耗兩噸食物。最後，市政局通過了設立動物園的議案，但沒有再進一步討論動物園的土地及經費問題。(14)

　　至於1974年有關建立動物園的討論，源於該年7月在旺角運動場發現一頭身高5尺，約100磅重的雌性小黑熊。這頭屬喜馬拉雅山品種的小黑熊，為何突然在市區出現已不可考，由於沒有人認領，香港也沒有空間收容黑熊，擁有三頭喜馬拉雅山品種黑熊的臺北圓山動物園，表示願意收養黑熊，黑熊於是被空運到臺灣。(15) 小黑熊在香港找不到容身之所，而被迫移民臺灣，被視為是香港的羞恥，突顯了香港城市建設的不足，因而引發了數份中英文報章的討論。《星島晚報》指「香港缺乏一個動物園，所以，一隻『無主』的黑熊也不得不要臺北動物園『領養』」。(16)《香港工商日報》直截了當斥責「香港沒有一個動物園是香港地方之羞」，認為「香港有四百餘萬市民，萬不能只有一個小型之獸籠」。報章作者進而批評香港政府只著眼於營利，不願意做不賺錢的事情。(17)1959年及1974出現的討論，沒有對香港政府不願意興建動物園的政策帶來實質改變，不過民眾仍可以到荔園遊樂場的小型動物園，滿足觀看野生動物的願望。

荔園動物園的出現

　　荔園遊樂場於1949年成立，1950年6月正式開幕，當中包括多種遊樂設施，如游泳場、劇場、電影館、舞廳、機動遊戲、溜冰場，還舉行各類展覽，如狗展及農產品展覽等。這種多元化的遊樂空間為香港人帶來嶄新的閒暇休憩方式。1954年出版的《新界概覽》，對荔園遊樂場介紹如下：「（荔園）以一般平民為對象，所以其第一原則就是收費低廉，門券每紙六毫，而付出這六毫代價後的娛樂享受，卻是種目浩繁，不勝枚舉。」(18) 文句中雖然充滿宣傳意味，但也能讓人理解荔園的成功關鍵。對普羅大眾來說，以低廉的收費，一家老少在遊樂場各適其適，享受多元化的娛樂項目，是頗有吸引力的。荔園遊樂場的兩任董事長皆是來自上海的商人，並曾在香港擔任商會會長。創建荔園遊樂場的張軍光（1909–1987）是華利織造廠的創辦人及九龍總商會永遠會長，而於1963年接手經營荔園的邱德根（1925–2015）是新界商會會長。(19)

　　荔園遊樂場初期並沒有展示動物的計劃。有報章報道1952年11月荔園從越南運進如金錢豹等猛獸，由法國人管理，但可惜未能找到更多相關資料，以說明此時期荔園遊樂場內展示動物的情況。荔園於1958年11月正式成立動物園，動物來自世界各地。1963年5月荔園易手後，進一步建成「萬牲園」。(20) 荔園動物園的出現，很大動力來

自蕭雲厂（即庵），動物園不少動物來自他的私人動物園。他1959年10月撰寫《香港動物園報告書》（下稱《報告書》），呈交給香港政府，計劃以個人資金在黃大仙租下的7萬平方呎的私人土地成立動物園，並聲稱已有足夠動物、資金及人才。蕭雲厂有此建議，有可能是因為1959年1月市政局通過設立動物園議案所鼓勵，也可能是蕭雲厂興建動物園的想法及人脈關係，令市政局通過議案，設立動物園。

我們對蕭雲厂的生平所知不多，《報告書》中提到他當時約52歲，父親是西醫，為澳洲雪梨老華僑。他祖籍廣東中山，1932年回到廣東中山的縣立女子師範任教務主任，1934年到上海出任進步書局的編輯。1939及1940年分別在上海成立一所收購動物的公司及水族館。蕭於1951年來到香港。但《報告書》隻字不提他在1940年至1950年的經歷。事實上，他當時遊歷了中國內地不少地方，1949年在上海出版的《旅行雜誌》刊登了不少遊記，〈儸儸國探奇〉一文中有他與儸儸公主在大涼山（位於四川、雲南及西康之間）的合照。[21] 而在名為〈鬼林行腳〉（鬼林位於青海省東部）的文章中，蕭略述了自己的生平：「十二歲跟隨父親浪遊於南洋群島及澳大利亞一帶。十三歲到過錫蘭。後來又浮海到安達曼群島去，和獵頭民族的野蠻人住過一個時期。」[22] 然而這些內容的真實性已無從考究。

蕭雲厂的《報告書》中繪有動物園的構想圖，內設「世界十大風景

區」，包括中國區、英倫區、馬來亞區、印度區、日本區、澳洲區、剛果區、非洲區、印第安區及北極區，每一個風景區放置代表當地的動物。動物園並設有昆蟲館、圖書閱覽室及多種娛樂設施，如游泳池、溜冰場及兒童遊樂場等。蕭的藍圖表現出極大野心，試圖建立一座包羅萬有的休閒遊樂中心，類似現今的「主題公園」。蕭強調動物園的旅遊及教育意義，認為動物園可「吸引世界各地遊客到香港」，並為香港學生及兒童「許多學術的常識和智慧」。(23) 這與當時附設有舞廳的荔園遊樂場，性質有所分別。蕭雲廠又設立動物園訓練班，1961 年 1 月29 日舉行畢業禮。當時有 22 位畢業生，當中四人姓蕭，包括蕭幗芳、蕭國貞、蕭國威及蕭國勇，可能皆是蕭雲廠的兒女。在《報告書》中，羅列了現有負責人員的名字及照片，當中介紹蕭國威及蕭國勇為動物園的「青年馴獸師」。(24)

政府官員對蕭雲廠的《報告書》持保留態度。首先，有官員質疑蕭管理動物園的能力。1959 年 1 月茶果嶺發生老虎險從籠中逃出的事件，蕭的住宅及私人動物園位於茶果嶺，因而有官員懷疑蕭與此事件有關。這懷疑是非常合理的。報章報道老虎由荔園從印度以 1,800 元購得，先安置於茶果嶺一座農場的石屋中，1959 年 1 月 23 日，工人到茶果嶺準備把老虎轉到另一個獸籠，運往荔園，本來四腳被綑綁的老虎，先是一隻腳鬆了綁，一陣掙扎後，另外兩隻腳也鬆了綁。工人在情急之下以利器活生生把老虎鋤死。報道更指慘死的老虎後來被烹食，剩

下的虎皮及虎骨將會送到荔園展覽。(25) 由於荔園不少動物由蕭提供，蕭把從印度買來的老虎先放置於茶果嶺的私人動物園，是很合理的。但為何當時不使用麻醉槍令老虎昏迷呢？由於麻醉槍在 1950 年代才由澳洲獸醫 Colin A. Murdoch 發明，事件發生時仍未普及使用。(26)

　　最後，由於得不到政府的許可，蕭雲厂未能建成動物園，他因而把私人動物園的動物送到荔園動物園，成為荔園動物園的發展基礎，他的兒子蕭國威也在 1965 年開始，成為荔園動物園唯一的馴獸師，在荔園工作了十八年。(27)

在荔園動物園凝視動物

　　到過荔園動物園的香港人的回憶中，總是少不了大象天奴，餵牠吃香蕉及被牠噴水愚弄是不少人的集體回憶。然而天奴如何成為動物園的一分子，卻是撲朔迷離。在 2015 年暑假短暫重現的荔園遊樂場中，簡述了荔園的歷史，當中指天奴來自馬戲團：牠跟隨沈常福馬戲團由泰國到香港表演，馬戲團因反應不理想而破產，天奴因而被遺棄在香港，「多得荔園收留，天奴終於有一個新屋企（作者按：屋企在廣府話即指家）」。在「吸蕉大笨象」遊戲旁的欄杆上所標示的解說，則指天奴在 1952 年到了荔園，牠當時 12 歲。把天奴描述為被馬戲團遺棄、最後被荔園收養的孤兒，為荔園打造了動物救星的形象。但此說

法與史實不符。沈常福馬戲團（Sheum's Circus）在1950年代及1960年代初多次到香港表演，極受歡迎，並沒有在香港破產。直至1963年，馬戲團到南韓表演，虧損了10多萬港元，結果馬戲團流落異鄉，沈常福唯有在當地變賣動物，包括兩匹馬和兩隻大象等。事件的來龍去脈見於香港《大公報》〈沈常福馬戲團南朝鮮落難記〉一文。[28] 可見，馬戲團因虧損而變賣大象的事件的確曾經發生，但事件發生的地點並非香港，而是在南韓，事發時間是1963年，當時天奴應已落戶荔園數年。1958年12月一篇標題為〈非洲小象到港，昨在荔園露面〉的報章報道，則為天奴的身世提供另一個截然不同、但較為可靠的版本。報道指當時6歲的「小笨象天奴」日前到了香港，天奴「經短期訓練，故性殊馴」。[29] 當中沒有提到天奴來自沈常福馬戲團，但報道指天奴來自非洲顯然有錯誤。從天奴耳朵的形狀及大小可以斷定，天奴是亞洲象而不是非洲象。[30]

在一篇回憶荔園遊樂場的文章中，作者說他特別「懷念荔園的動物園，喜歡看獅子、老虎，尤其是大象，更視為朋友。」[31] 1963年香港出版的《兒童報》上刊登了一篇題為〈動物園裏的大象和老虎〉的文章，這位小學三年班的小作者並沒有說明遊覽哪一個動物園，由於香港只有在荔園動物園可以看見大象和老虎，而小朋友若有機會到外地的動物園，大多會在文章中吹噓一番，我們因而可以假定他是在荔園觀看動物。他在文中表現出對大象特別鍾愛，原因在於他與大象之

間的互動：「我們把東西丟在地上，牠便用鼻子捲起來，非常好看。」
為何遊人特別喜歡看大象天奴，而且建立了親密的關係呢？相信這是
由於大象與其他動物不同，並不是關在籠中。遊人與大象之間以較矮
的欄杆分隔，中間再隔以數尺寬的水溝。雖然天奴的其中一條腿被鐵
鍊鎖上，但其長長的象鼻可自由伸展，遊人可以餵牠吃香蕉，牠也可
以用象鼻捉弄遊人，兩者之間因而得以互動交流，這讓人們產生大象
比其他困在籠中的猛獸享受較大自由的錯覺。這種避免把動物困在籠
中，並模擬大自然的動物園設計始於德國動物收藏家格根貝克（Carl
Hagenbeck（1844–1913），有人把他的設計視為「革命」，稱之為哈根
貝克革命（Hagenbeck revolution），亦有批評者視之為「神話」，認為
此設計不過是建構了動物在動物園內享有自由的錯覺及幻想。[32]

　　對於上文的小學三年班學生來說，被觀看的動物是否困在籠中，
顯然影響他對動物的感覺。對於老虎，他只覺可憐：「兩隻老虎，關
在鐵籠裏面……我們把食物擲給牠，牠們嚇得身子縮了一縮，又可憐
又可笑。」[33] 雖然作者只是一名小學生，但已感受到猛獸被關在籠
中失去自由的「可憐」，以及自身得以征服猛獸而產生的高高在上的優
越感，他也因而覺得老虎表現出的莫名其妙的驚恐顯得「可笑」。John
Berger 認為我們在動物園，站在獸籠前觀看被困在裏面的動物，就如
同在畫廊欣賞畫作一樣。一個個的獸籠就如畫框，我們一個接一個的
欣賞。在觀看的過程中，動物完全被物化，失去了主體性。[34] 伯格

的觀察是非常敏銳精警的，但他忽略了在動物園中，人與不同動物的關係的微細差異。例如上文所見，遊人以不同方式觀看大象與老虎。其次，伯格似乎抹殺了這種關係及觀看方式改變的可能性（見下文）。

動物園如何把荔園遊樂場重新定位？由於動物園是免費入場的，因而幾乎是遊覽荔園的必然項目之一。觀看「珍禽異獸、水陸奇畜」，成為遊荔園的其中一個標記。可以說，動物園為遊荔園賦予了「世界視野」及「教育」意義，到荔園遊玩被視為益智的活動。學校帶領學生到荔園旅行，保良局的婦孺亦被安排暢遊荔園。當時的報章報道，學生及婦孺遊覽荔園動物園後，「對生物知識，增進不少。」1963年萬牲園落成後，荔園歡迎各學校團體參觀，由荔園安排專人講解，並會引動「獅吼虎嘯」以增加參觀的娛樂性。<u>(35)</u> 荔園的對象是普羅大眾，對勞工階層及他們的子女來說，到荔園動物園的主要目的，雖然是為了尋求富獵奇色彩的免費娛樂，但在社會上缺乏其他文化設施的年代，到動物園觀看來自世界各地的動物，也因而被視為可以加強世界視野、富有教育意義的文化行為。這儘管與荔園遊樂場不時被批評提供色情艷舞表演的形象有點格格不入，但毫無疑問，動物園為遊荔園賦予了正面的教化形象與意義。

然而，遊人觀看動物的方式是隨著人如何看待動物而不斷變化的。1950年代及60年代令人感覺新奇的事物，在1970及80年代逐漸被

視為過時，而過去被接受的對待動物的方式，也隨著動物保護意識日益高漲而受到抨擊，到香港旅遊的西方遊客，成為當中一個主要動力。若經營動物園的其中一個原因是為了吸引旅客、促進旅遊業的話，在1980年代，荔園動物園已成為香港旅遊業的「負資產」，不少外國旅客向香港政府或香港愛護動物協會投訴，他們在荔園看到的動物，境況可憐，徹底破壞了他們在香港旅遊的雅興，他們敦促政府改善荔園動物園內動物的處境。一位英國女遊客對荔園動物園最深刻的印象，是被獨自困圍於一角，被一溝死水圍繞，孤伶伶的大象天奴。她說曾聽聞有人建議給天奴一些玩具，以增加他的活動量，但由於動物園擔心天奴會把玩具擲向遊人而弄傷遊人，此建議被否決。她對此感到非常憤怒，認為當中的潛在危險根本微不足道。(36)

荔園另一個備受遊客非議的動物景觀是宋城的「猴子戲」。兩隻猴子穿上中國傳統服飾，模仿人類推動人力車及載有洋娃娃的嬰兒車。1988年，多位外國遊客投書政府或香港愛護動物協會，指訓練猴子的人，手拿著鞭子，強迫鎖上鐵鍊的兩隻猴子表演。來自吉隆坡的一位男遊客指猴子非常可憐，認為在場的大部分遊客根本不覺得這場表演有任何娛樂性。另一位來自英國的女遊客，形容猴子所受到的對待為「野蠻」，她向政府投訴，這次經歷完全破壞了她本來非常愉快的香港之旅。(37) 事實上，這裏的「猴子戲」與西方的「猩猩茶會」極為相似，兩者皆是訓練靈長類動物模仿人類的行為，作滑稽逗趣的表演。但上

文已提到，英國倫敦動物園早於 1972 年已取消「猩猩茶會」，反映西方已不能接受動物園利用動物為純粹的表演工具，而完全無視動物利益的行為。

結語

1993 年 7 月 31 日，有 30 多年歷史的荔園動物園終於停辦，園中的動物被送到深圳野生動物園。[38] 這不但是因為「鎮園之寶」天奴在 1989 年離世，令動物園黯然失色；更重要的是，這反映了人們觀看動物的方式及期望已經改變。對於香港的動物要被送到深圳，香港媒體及大眾的反應極為平靜，情況與 20 年前香港小黑熊被迫移民臺灣完全不同。在普羅大眾缺乏渠道參與其他「文化活動」的年代，到動物園觀看野生動物被賦予了教育意義，儘管當時已有個別遊人對鐵籠中的動物產生一點點的愧疚與憐憫。當人們可以通過其他方法，去觀看他們相信正在自由自在地生活的野生動物的時候，把動物困在獸籠中，慢慢被視為過時甚至是野蠻的行為。當然，這種新穎的、「人道」的觀看動物的方式，是否真正的「人道」？還是只不過是另一個被建構出來的幻象與神話？進一步的討論，可參看本文集黃豪賢的文章。

凝視動物

NEW CHANGE OF PROGRAMME
FROM TO-DAY.
WHITEWAY CIRCUS
and
ROYAL MENAGERIE
NOW PERFORMING NIGHTLY at 9.15 o'clock.
MATINEES WED., SAT. & SUN. at 4 o'clock.
AT WANCHAI PRAYA RECLAMATION.

Rates of Admission, Full Box 6 seats $20,00, Single Seat in Box $4.00, 1st Class $3.00, 2nd Class $2.00, Carpet Gallery $1.00, Gallery 50 cts.

Military, Navy and Police in Uniform Half Price on all classes except box seats and gallery. Half Rate for Children under 12 years to

惠羅馬戲團於1930年在香港
表演的廣告。(來源:*Hong
Kong Sunday Herald,* 6 April
1930)

蕭雲厂《香港動物園報告書》內
的大象及袋鼠飼養場草圖。

註　釋

1　以懷舊情感為賣點的有關荔園遊樂場的書寫，其中一個例子是梁廣福的《再會‧遊樂場》（香港：中華書局，2014）。

2　〈大象天雷葬於垃圾堆昨被吊上貨車送往坑口堆填區〉，《大公報》，1989年2月5日；〈五六年來港轉瞬卅餘年天雷光輝歲月曾是馬戲班之王〉，《華僑日報》，1989年2月5日。

3　〈愛護動物會送上報告，促荔園管理當局，改善動物園環境〉，《華僑日報》，1989年6月15日。報導指該年3月，「愛協」向荔園負責人提交報告，指出其管理之不足，並希望安排會面，商討改善辦法。

4　Adrian Franklin, *Animals and Modern Cultures: A Sociology of Human-Animal Relations in Modernity* (London: SAGE, 1999), p. 63.

5　John Berger, "Why Look at Animals," in *About Looking* (New York: Pantheon Books, 1980), p. 26.

6　有關西方動物園的發展歷史，可參 Eric Baratay & Elisabeth Hardouin-Fugier, *Zoo: A History of Zoological Gardens in the West* (London: Reaktion, 2002).

7　"The Chimpanzee Tea Party: Anthropomorphism, Orientalism, and Colonialism," *Visual Anthropology Review*, 10:2 (September 1994): 45–46.

8　另外九景分別是「香江燈火」（從九龍遠望港島山麓的萬家燈火）、「小港夜月」（香港仔月夜）、「筲箕夜泊」（筲箕灣艇家）、「升旗落日」（升旗山觀日落）、「西高夏蘭」（西高山的蘭花）、「宋台憑弔」（宋皇台）、「破堞斜陽」（九龍城）、「古剎鏗聲」（青山禪院）及「海國浮沉」（淺水灣畔的海國浴場）。陳公哲：《香港指南》（長沙：商務印書館，1938），頁22–23。葉靈鳳指「馬騮山」的猴群並非香港原生的野猴，而是曾被人畜養的猴子，被野放後繁殖而出現的。見葉靈鳳：〈香港的野馬騮〉，《香港方物志》（南昌：江西教育出版社，2013），頁19–20。

9　〈馬戲班來港表演〉，《工商日報》，1930年3月25日；〈惠羅馬戲班又換新節目〉，《工商日報》，1930年4月19日；*Hong Kong Sunday Herald*, 6 April 1930；Sreedharan Champad, *An Album of Indian Big Tops (History of*

Indian Circus) (Houston: Strategic Book Publishing, 2013), pp. 23–24.

10　〈中華馬戲班來港表演〉，《華字日報》，1931年3月2日。「中華國術馬戲團」的團主是孫福有，馬戲團原是來自河北省吳橋縣的雜技團「孫家班」，在廣東精武體育會的建議下，於1928年改組為「中華國術馬戲團」。見馮仲元，〈中華國術馬戲團始末〉，《吳橋縣文史資料》第1輯，（1991年11月），頁71–73。

11　〈植物公園內動物園臭氣係山狗發出〉，《工商晚報》，1958年8月27日；〈植物公園添新動物　一隻馬來塵甚有趣〉，《工商日報》，1962年10月21日，頁5。植物公園於1975年更名為「動植物公園」（Zoological and Botanical Gardens）。見 D.A. Griffiths and S.P. Lau, "The Hong Kong Botanical Gardens: a Historical Overview," *Journal of the Hong Kong Branch of the Royal Asiatic Society* 26 (1986): 76.

12　〈大埔松園仙館增設動物園〉，《工商日報》，1960年1月4日；〈香港仔黃竹坑新巴黎農場餐室　周爵紳主持展綵〉，《華僑日報》，1956年6月11日；〈黃竹坑新巴黎農場　一頭浣熊走脫〉，《工商日報》，1957年9月2日；〈新春何處去　郊遊玩意多〉，《大公報》，1963年1月23日。新巴黎農場畜養的動物，包括供食用的豬、雞及羊，以及供旅客觀賞的猴子、大蛇、小豹、浣熊及名為「露露」的黑熊等。

13　〈我們需要動物園〉，《兒童報》，1960年4月16日，第一版。《兒童報》於1960年由劉惠瓊創辦。

14　〈動物園雖然好玩　大笨象食量甚宏〉，《大公報》，1959年1月7日；〈市政局會議通過設立動物園〉，《工商日報》，1959年1月7日。

15　〈無主黑熊逃出生天〉，《華僑日報》，1974年8月4日；〈流浪小黑熊今飛臺北〉，《華僑日報》，1974年8月16日；〈香港無主孤熊終於乘機抵台〉，《華僑日報》，1974年8月17日。

16　〈香港應有動物園〉，《星島晚報》，1974年8月19日。

17　〈不是一種賺錢的生意〉，《工商日報》，1974年8月19日。

「牠」者再定義

18　李祈：《新界概覽》,〈荔園娛樂場〉,(香港：新界出版社,1954),頁43。

19　〈本港工商界知名人士張軍光逝世〉,《華僑日報》,1987年8月2日。

20　〈荔園建成萬牲園〉,《工商日報》,1963年5月14日。

21　蕭雲厂：《香港動物園報告書》,1960年,頁171,178–179。香港科技大學華南研究資料中心館藏：〈儸儸國探奇〉,《茶話》,1949年第34期,頁15。

22　蕭雲厂：〈鬼林行腳〉,《旅行雜誌》,1949年第23卷第1號,頁28。

23　蕭雲厂：《香港動物園報告書》,1960年,頁9。荔園自1950年開始已設有舞廳。〈荔園舞廳下月開幕〉,《工商晚報》,1950年5月25日。

24　〈動物園管訓班畢業禮〉,《華僑日報》,1961年1月30日。不過根據蕭國威的口述訪問,他在1958至1961年跟隨臺灣著名馴獸師沈常福,在其馬戲團學習馴獸。2015年9月5日下午,筆者與蕭國威先生在茶果嶺榮華冰室訪談。

25　"Memorandum from the Director of Urban Services to the Colonial Secretary," 14 Dec 1959, BL1/591/59, HKRS156-1-6586, Hong Kong Public Records Office;〈荔園動物園猛虎幾出柙〉,《華僑日報》,1959年1月24日；〈茶果嶺殺虎記〉,《大公報》,1959年1月24日。蕭國威憶述亦曾有黑熊在颱風期間,從茶果嶺的獸籠逃出,他無奈以插在靴間的短劍將之殺死。2015年9月5日下午,筆者與蕭國威先生在茶果嶺榮華冰室訪談。

26　但麻醉槍並不一定保障動物的安全。1974年12月,有老虎從荔園籠中逃出,警方發射三枚麻醉彈制服老虎,老虎救治無效死亡。〈荔園猛虎出籠被擊昏死〉,《華僑日報》,1974年12月10日。

27　2015年9月5日下午,筆者與蕭國威先生在茶果嶺榮華冰室訪談。

28　〈沈常福馬戲團南朝鮮落難記〉,《大公報》,1964年1月23日。

29　〈非洲小象到港,昨在荔園露臉〉,《工商日報》,1958年12月9日。

30　根據蕭國威憶述,天奴並非來自沈常福馬戲團。當時荔園動物園有一對大象,分別名為「天奴」及「天霸」,牠們到香港後,先被送到大埔頭的「松園仙館」飼獸場馴化,然後才送到荔園。2015年9月5日下午,筆者與蕭國威先生在茶果嶺榮華冰室訪談。

凝視動物

31   何國強：〈荔園的回憶〉，《香港文學》，第148期，1997年4月1日。

32   Nigel Rothfels, *Savages and Beasts: The Birth of the Modern Zoo* (Baltimore: Johns Hopkins University Press, 2002), pp. 195, 199, 201.

33   〈動物園裡的大象和老虎〉，《兒童報》，1963年，176號，第六版。

34   Berger, "Why Look at Animals," pp. 23–24.

35   〈保良局婦孺暢遊荔園〉，《華僑日報》，1960年1月10日；〈港九唯一動物園荔園擴建牲園〉，《華僑日報》，1963年5月15日。

36   Lorna R. Show 於1988年4月14日給香港愛護動物協會的信件。

37   這些信件現藏於香港愛護動物協會。筆者在此感謝香港愛護動物協會的協助，允許筆者在研究過程中，參考這些信件。

38   〈告別荔園動物園〉，《華僑日報》，1993年8月1日。

「牠」者再定義

06

大自然的哨兵
香港觀鳥人

Frédéric Keck

近年來，觀鳥組織逐漸受到社會科學和環境人文學科（environmental humanities）的關注。觀鳥活動是很好的切入點，以探討人們如何把個人對大自然的熱愛轉化為政治上的投入，希望通過政治行動保護大自然。這種環境和政治的關係是與地方脈絡緊扣的，我們必須從地方社會的思考與行為模式去理解。人類學家魏樂博（Robert Paul Weller）指出，臺灣和中國大陸的觀鳥組織的發展，與非政府組織把西方對大自然環境的概念全球化是息息相關的。他寫道：「在中國大陸和臺灣，觀鳥活動反映了大眾對大自然的觀感正在改變。」[1]他進一步指出，在反對一些工程項目時，非政府組織抱持著源於西方的對自然環境的觀點，與在地群體時而聯合，時而衝突。

觀鳥者參與保育自然始於美國。[2] 十九世紀初，美國畫家兼博物學家奧杜邦（John James Audubon, 1785–1851）出版了他的鳥類圖鑒。之後，觀鳥組織與狩獵組織抗衡，並嘗試制約他們的狩獵活動。與此同時，以保育原野和生物多樣性為目的的國家公園亦在美國出現。觀鳥者反對狩獵雀鳥，而提倡以肉眼、望遠鏡或通過拍照的方式觀察鳥類。對他們來說，對大自然的關懷並非手段，而是終極目的。魏樂博說，如果觀鳥活動是一種人類閒暇和集體活動，那麼劃定自然保育區，並把保育區內的雀鳥整理出細緻的名單，是十九世紀美國的發明，這發明被「進口」到臺灣和中國大陸。[3]

然而，若說非政府組織「進口」西方對大自然的觀念，這並不足以解釋中國民眾所採用的觀鳥方式，是如何「挪用」西方概念。由於雀鳥既是土地上的資源，同時也對土地的其他資源構成威脅，觀鳥活動因而不單是對大自然環境的一種凝視，更是帝國主義工程中，用以監控領土資源的工具。觀鳥活動所蘊含的，不僅是對雀鳥的熱情，同時也是把林林總總的雀鳥種類列入清單細目的繁複工作。(4) 我們必須理解觀鳥者如何處理這種矛盾情緒，才能明白中國人如何把對個別雀鳥的情感轉化為整體地保護大自然的力量。我們以人類學方式理解全球化之餘，亦必須輔以社會學的批判思維，才能充分了解民眾如何理解觀鳥活動，以至被動員參與保育大自然。結果，雀鳥成為大自然群體的一員，而大自然群體所包括的成員亦不斷地增加。(5)

　　本文以「哨兵」(sentinel)的概念解釋生物多樣性 (biodiversity) 和生物安全性 (biosecurity) 這兩種西方價值之間的矛盾關係，這兩種價值皆融入了中國的觀鳥活動中。在這裏，哨兵是指戰場上的前線人員，這裏比其他地域更容易監測到各種威脅的信號。以觀鳥作為監察環境威脅的哨兵已成潮流，因為雀鳥美麗的外觀正好把不同團體聚合起來，一起保護被人虎視眈眈的雀鳥棲息地。不過，這些「旗艦物種」(flagship species，譯者註：保護生物學中的概念，是指具號召力和吸引力的物種，能夠提高公眾對環境的關注。)一方面促使遊客或政客奮起保衛受威脅的大自然環境，另一方面也有可能把保護大自然的目

的簡化為保衛單一雀鳥物種，令保護自然環境的價值大打折扣。<u>(6)</u>

本文考察觀鳥活動在香港的本土化，希望理解觀鳥如何從軍事性質的監控模式，轉化為平民性質的監察活動。通過市民大眾參與保育環境的觀鳥活動，本文希望對香港「後殖民社會」研究有所裨益。文章分為兩部分：第一部分追溯香港觀鳥組織在英國影響下的發展，第二部分則介紹觀鳥組織的平民化和獨立過程，以及他們的觀鳥活動。

中國人的動物世界充滿了真實及幻想的雀鳥。<u>(7)</u> 然而，收集和區分雀鳥的方法，則是由十九世紀的英國自然學家郇和（Robert Swinhoe）和拉都希（David Digues La Touche）等人所引入。<u>(8)</u> 這些代表殖民者思維的自然學家，收集不同的物種及監察生物多樣性。由於他們以殖民地官員的身分，在殖民專制管治方式下進行狩獵和監察，他們活動也可說是「軍事性」的。到了二十世紀末的「後殖民時期」，香港觀鳥活動逐漸本地化。原本屬軍事模式的觀鳥活動，如何在「後殖民時期」轉化為有廣泛民眾參與的運動？其次，觀鳥活動如何從保衛領土以對抗政治敵人，過渡至現今的保護雀鳥棲息地以對抗人們對自然環境的威脅？

香港觀鳥會

香港觀鳥會（Hong Kong Bird Watching Society）於1957年由英國官員成立，目的是希望建立一份香港雀鳥清單，作環境保育之用。由於珠江三角洲擁有大片濕地為雀鳥提供食物，香港成為候鳥遷移路線「東亞——澳大拉西亞候鳥飛行航道」的主要中途站。據估計，香港約有500個鳥類品種（包括候鳥、留鳥和遷徙鳥）。英國官員以香港作為哨站，以觀察途經東亞海岸雀鳥的多樣性。

香港的陸軍元帥約翰・集蒲爵士（Sir John Chapple）是港督尤德爵士的朋友，也是一位熱心的觀鳥者。他曾把中國難民比喻為途經香港的候鳥，比擬矚目。他負責監察位於珠江三角洲末端的米埔濕地，強調持續軍事控制香港邊境和監察生物多樣性的重要。他認為香港的人和動物皆受到邊境另一邊的非法行為威脅：

> 軍事控制對進出人流作出管制；軍防巡邏堵塞非法入境者（再不稱為難民），變成不斷的監察，有效停止了區內的非法捕獵；交通管制有助推動正面的環境學術研究以及浮橋和觀鳥屋的興建。(9)

1984年，政府把米埔濕地劃作自然保護區，並委託世界自然基金會（World Wild Fund，簡稱WWF）負責管理。世界自然基金會1961年由總部設於瑞士的國際自然保護聯盟（International Union for Conservation of Nature，簡稱IUCN）成立，宗旨是推廣全球野生動物保育。菲臘親王被委任為英國分會會長，香港分會亦於1981年設

立。米埔1995年獲《拉姆薩爾公約》（The Ramsar Convention）列為「國際重要濕地」。(10) 梅爾維爾（David Melville）是米埔自然保護區首任經理，在此之前，他於1974至1980年間於政府任職鳥類學家。

世界自然基金會聘請當地漁民，並傳授他們保育的技術，成功把米埔從一個養魚蝦的地方轉化為自然保護區。保護區保留了之前的基圍蝦塘。過去，漁民每天把基圍的水排去，撈起圍內的蝦運到市場出售。現在，水閘系統可以控制基圍的水位，令基圍內的蝦清晰可見，成為棲息保護區的雀鳥的食物。漁民被招募參與保育工作，為雀鳥而非個人利益學習使用水閘系統，與仍維持生產的漁民有時會產生矛盾。世界自然基金會每年都舉辦豐收祭，以蝦塘即時捕獲的蝦隻製作鮮蝦宴，並邀請職員和漁民共享鮮蝦。

自1984年以來，世界自然基金會每年冬季都會舉行觀鳥大賽。參賽隊伍在一天內於香港不同地區記錄看到的鳥類，數目最多者勝出。他們一般以大埔滘的林鳥作起點，以米埔的水鳥作終結。觀鳥大賽由個別人士贊助。參賽隊伍穿著代表贊助人顏色的制服，而贊助人根據參賽隊伍的名聲捐款支持自然保育。

世界自然基金會把原來屬於軍事性質的觀鳥活動，逐漸擴展為較大眾化的活動。可是，他們不時與本地人發生衝突，例如那些因保育

工程而被迫改變謀生方式的漁民。當中一個事例，很能夠說明世界自然基金會和香港市民之間的矛盾。米埔自然保護區由世界自然基金管理，擁有者卻是香港政府，因此香港政府有權下令關閉自然保護區。1997年，香港爆發禽流感，政府決定一旦在保護區3公里範圍內發現受感染的雀鳥，會即時關閉保護區。政府的決定引來漁民的不滿，他們認為米埔雀鳥增加的主要原因，是政府干預漁民過去在這裏的作業方式。他們質疑：「如果雀鳥帶來病毒，為什麼還要保護牠們？」政府的決定顯示觀鳥者並不如家禽業具影響力，而家禽業才是禽流感病毒變異和傳播的主要溫床。一位來自英國的香港觀鳥會成員因此說道：

> 米埔可能是世界上檢測野生雀鳥最嚴謹的地方。檢驗結果中沒有一隻野鳥受感染。我知道有一兩隻雀鳥被發現死於自然保護區內，有人因而聲稱候鳥引致人類死亡，那簡直是一派胡言。關於野鳥活動的研究少之又少，我為此感到無奈。事實上，政府可以輕而易舉地把雀鳥當為代罪羔羊。若果你說「射殺雀鳥」，你得應付幾個環保團體。但如果你說「把家禽農場關掉」，那你是與全球農產業對著幹。(11)

事實證明米埔自然保護區內沒有發現可以傳染人類的禽流感病毒，政府的決定因而被視為不公平。世界自然基金會強調米埔自然保護區是香港生物多樣性調查最仔細的地方，促請政府利用本地觀鳥者的知識監測香港地區的禽流感。禽流感的個案揭露了跨境的病毒傳播

模式，這種對跨境禽鳥的監測，延續過去帝國主義對領土的軍事性監察。過去對於領土安全的關注，藉由觀鳥者的參與延伸至對生物安全性的關注。

觀鳥組織因而扮演了「哨兵」角色。愈來愈平民化的觀鳥組織，如何改變了生物安全性和生物多樣性之間的關係？它們有否成功發展出一套對自然環境的批判思維，而不受政府由上而下的指揮？ (12) 它們又如何改變觀鳥活動（例如觀鳥書籍和觀鳥大賽）的內容？

邁向平民化的觀鳥組織

由於雀鳥品種眾多，人們在岸邊、森林，甚至市區隨時可以觀看到雀鳥，因此觀鳥活動可說是工業社會最普及的大自然休閒活動。1889 年成立的英國皇家鳥類保護協會（Royal Society for the Protection of Birds）擁有 100 萬名會員，是全球最大的環境保護機構。在美國，1905 年成立的奧杜邦學會（The National Audubon Society）擁有約 60 萬名會員。下文將會分析，始於西方軍事監察活動的觀鳥組織，在香港如何經歷了平民化的過程。然而，觀鳥組織的擴張和本地化如何改變其運作和組織模式，仍有待觀察。

1997 年香港主權交還中國後，香港觀鳥會的華人會員達 1,500

「牠」者再定義

人，數目已超過外籍人士，這使香港觀鳥會成為香港最大的環保組織。當時的天文台台長林超英擔任觀鳥會主席。林超英1976年跟隨當時的香港觀鳥會主席 Mike Webster 修讀「香港雀鳥」課程，是香港觀鳥會首名華人會員。在林超英的領導下，香港觀鳥會會員通訊開始出版中文版，內容也由少數軍事精英感興趣的鳥類名錄和觀鳥比賽，擴展至更大眾化的環境保護議題。林超英回想當年香港觀鳥會的重視紀律和設備的軍事思維，如何轉變為較隨性和大眾化的氛圍：

> 以前他們以為人人都有私家車；我開始為會員安排大型旅遊巴士前往米埔。以前他們認為觀鳥者天光就應到達米埔；但我讓旅遊巴士早上8時才開動，好讓更多普羅大眾也能參與。(13)

　　普及化的副作用是觀鳥組織變得更像一個業餘群體，而非專業團體。業餘者滿足於以昂貴奢華的相機拍攝和分享精美的雀鳥照片，而不是利用雀鳥圖鑑去認識不同的雀鳥品種。香港觀鳥會利用該會自1957年成立以來的雀鳥記錄輯印成書，於2001年出版《香港鳥類名錄》（*The Avifauna of Hong Kong*）。(14) 大多數剛入門的觀鳥者則在香港觀鳥會網站搜尋香港境內雀鳥品種的照片和知識，並且在網站上分享他們拍到的雀鳥照片。不過香港觀鳥會經常要提醒會員，要清楚標示雀鳥的名稱和拍攝地點。另一個由一位前香港觀鳥會會員成立的網站「香港自然生態論壇」，亦收集各種香港動植物的照片，但沒有標示拍攝地點。業餘者提供的雀鳥照片是否有價值，引起激烈討論。假若業

餘者拍攝到首次在香港發現的雀鳥，而且又能提供拍攝地點的話，他們的照片的確有助較專業的觀鳥者建立香港雀鳥的數據庫。另外，業餘者特別喜歡在特定的觀鳥地點拍攝雀鳥，這種地點的依附是專業觀鳥者所缺少的。白理桃（Ruy Barretto）是一位律師和香港觀鳥會的成員，他因此認為：

> 觀鳥者們經常到處走，又有充裕的物質支援，而且擅於表達意見，因而能為環境保育出一分力。他們可以擬訂計劃書和組織抗議行動。如果哪裏出現環境問題，他們可以拍照為證。業餘並不是壞事，當中既有稚嫩，也有熱情，業餘者提供的資料，可以成為有用的數據。(15)

香港環境保育運動的平民化，為不同地區的觀鳥組織提供互相交流、切磋的機會，而且強化他們作為「哨兵」的角色。這是一個轉捩點。對觀鳥組織至為關鍵的影響因素，不再是政府的保育政策，而是觀鳥組織本身所建立的國際網絡，保育新界北部的塱原濕地是一例。

位於新界北部的塱原濕地受九廣鐵路（現已合併入港鐵）的落馬洲支線工程威脅，香港觀鳥會投入塱原濕地的保育運動而為人所熟悉。香港觀鳥會指出，有多於210種雀鳥於塱原棲息，當中不少品種在中國內地的雀鳥棲息地已經找不到。1999至2001年間，香港觀鳥會發起公眾運動，要求鐵路改為以地下隧道的方式穿過塱原，避免對雀鳥

棲息地造成影響。根據林超英的回憶：

> 回想當時，我們面對財雄勢大的鐵路公司，又被標籤為「少數」的
> 觀鳥者，運動起步時毫無勝算，幸好大量鳥友熱情投入，或寫信、
> 或獻策、或幫忙聯繫友會和傳播媒介、或採取法律行動，總之，
> 能走一步就一步。(16)

那是香港觀鳥會和公眾溝通的草創經驗。塱原事件好幾次登上
《南華早報》(*South China Morning Post*) 的頭條新聞。國際鳥盟 (Birdlife
International) (17) 的專家亦專程到香港，調查環境影響評估的過程，
並指出塱原濕地的保育價值被低估。基爾伯恩 (Mike Kilburn) 是香港
觀鳥會保育委員會的活躍成員，2000 年他在國際鳥盟的期刊《世界觀
鳥》(*World Bird Watch*) 上刊登關於塱原濕地的文章。(18) 身為公共
關係專家，基爾伯恩希望向大眾提供他認為被香港政府隱瞞的重要資
訊。(譯者按：香港環境保護署最終拒絕向鐵路公司發出環境許可證，
鐵路支線因而未能動工。鐵路公司改為挖掘地下隧道，穿越塱原濕地。
落馬洲支線於 2007 年通車。)

香港觀鳥會負責監察塱原的生物多樣性。然而，該處土地由私人
地主擁有，仍然面對發展工程的威脅。香港觀鳥會呼籲會員到塱原考
察，並把所拍得的雀鳥照片傳送給政府，以證明該地的保育價值。(19)
此反映了在保衛塱原的生態價值時，塱原濕地的觀鳥者並沒有得到當

地村民的參與，而需要依賴政府的支持。

結語

中國的經濟發展，一方面使更多業餘者投入觀鳥活動，但另一方面亦對雀鳥的棲息地構成威脅。香港的觀鳥者將他們對雀鳥的熱愛與環境保育聯繫起來，並且把西方的環境保育模式本土化。在中國的環境保育發展中，香港扮演了先導及「哨兵」的角色。通過諮詢和交流，香港觀鳥者把本地的觀鳥情懷和數據資料，轉化為有關南中國海一帶的生態知識。不過，米埔被劃為自然保護區的例子，並不足以保證西方保育模式能夠順利全球化。在自然環境的保育運動中，香港本地民眾的參與及本地知識的生產，比劃定自然保護區域本身更為重要。當中至為關鍵的是作為「哨兵」的香港觀鳥組織的逐漸平民化，讓處於中港邊界的雀鳥與人類得以發展出長遠而和諧的關係。

米埔自然保護區內的觀鳥屋。
（黃永豪於 2017 年 8 月 17 日攝
於米埔自然保護區。）

大自然的哨兵

註　釋

1　Robert P. Weller, *Discovering Nature: Globalization and Environmental Culture in China and Taiwan* (Cambridge: Cambridge University Press, 2006), p. 70.

2　Mark Barrow, *A Passion for Birds: American Ornithology after Audubon* (Princeton: Princeton University Press, 1998).

3　Barrow, *A Passion for Birds*, p. 164.

4　Vanessa Manceron, *Limn*, no. 3, 2013: http://www.limn.it/recording-and-monitoring-between-twoforms-of-surveillance（2015 年 3 月 5 日檢索）。時至今日，英國的觀鳥者自稱為「義務者」（volunteers），此詞語原意是「提供軍事服務的人」。

5　Luc Boltanski and Laurent Thévenot, *De la justification. Les économies de la grandeur* (Paris: Gallimard, 1991)；Claudette Lafaye and Laurent Thévenot, "Une justification écologique? Conflits dans l'aménagement de la nature," *Revue française de sociologie* 34, no. 4 (1993): 495–524; Francis Chateauraynaud and Didier Torny, *Les sombres précurseurs: une sociologie pragmatique de l'alerte et du risque* (Paris: EHESS, 1999). 有關人類投入環保運動是基於他們與動物的關係，可參看 Bruno Latour, *Politiques de la nature. Comment faire entrer les sciences en démocratie* (Paris: La Découverte, 1999)；及 Philippe Descola, *Par-delà nature et culture* (Paris: Gallimard, 2005).

6　參看 Diogo Veríssimoetalii, "Birds as Tourism Flagship Species: A Case Study of Tropical Islands," *Animal Conservation* 12, no. 6 (2009): 549–558。關於人類把野生動物視為具代表性的符號（iconic），見 Joy Zhang and Michael Barr, *Green Politics* in *China: Environmental Governance and State-Society Relations* (London: Pluto Press, 2013), chap. 2, "Ways of Seeing" (on the Yunnan "snub-nosed monkey" and the Tibetan antelope)。也可參看 Chris Coggins, *The Tiger and the Pangolin: Nature, Culture, and Conservation in China* (Honolulu: University of Hawaii Press, 2002)。

7   參 Roel Stercx, *The Animal and the Daemon in Early China* (Albany: State University of New York Press, 2002); Carla Nappi, *The Monkey and the Inkpot: Natural History and its Transformations in Early Modern China* (Cambridge: Harvard University Press, 2009), p. 116.

8   在1855至1875年間，羅伯特‧郇和任職廈門和寧波的英國領事。1860至1866年，他先後出任香港和臺灣副領事，並在當地觀察雀鳥。他的筆記在1861年出版於英國鳥類會（British Ornithological Union）的期刊。拉都希任職於英國海關，1882和1921年間居於福建。在1925及1934年，他出版了《東亞雀鳥手冊》（*A Handbook of the Birds of East Asia*）。見 Fa-Ti Fan, *British Naturalists in Qing China: Science, Empire, and Cultural Encounter* (Cambridge: Harvard University Press, 2004)。另外，在1870年代，法國天主教遣使會會士譚衛道（Père Armand David），在中國發現了熊貓和不同品種的雀鳥。

9   "Letter from Field Marshal Sir John Chapple," *HKBWS Bulletin*, no. 207 (2008): 7.

10 《拉姆薩爾公約》是在1971年簽訂的國際公約，旨在透過保育濕地，以保護濕地的生態、經濟、文娛和科學價值。香港和中國分別在1979年和1992年成為締約成員。現時中國共有30個拉姆薩爾濕地。

11 作者與 Mike Kilburn 2007年9月25日在香港的訪談。

12 在這裏，「上」和「下」的概念來自魏樂博的著作，當中他引述中國人的諺語「上有政策，下有對策」。參看 Weller, *Discovering Nature*, p. 138.

13 作者於2008年12月8日在香港進行的訪談。

14 Geoff Carey et al., *The Avifauna of Hong Kong* (Hong Kong: Hong Kong Birdwatching Society, 2001).

15 作者於2011年7月14日在香港的訪談。

16 Chiu Ying Lam, "Thirty Years with the HKBWS," *HKBWS Bulletin*, no. 207 (2008): 11.

17   「國際鳥盟」為非政府組織，原名「國際鳥類保育協會」(International Council for Bird Preservation)，1922 年由美國和法國的鳥類學家吉爾伯特‧皮爾遜 (Thomas Gilbert Pearson) 和讓‧德拉庫爾 (Jean Delacour) 成立。組織於 1993 年更名「國際鳥盟」，與世界各地超過 120 個觀鳥機構進行協作。香港觀鳥會和臺灣中華鳥會分別於 1994 年和 1996 年加入成為會員。

18   Mike Kilburn, "Railway Development Threatens Long Valley," *World Bird Watch* 22, no. 3 (2000): 8. 亦見 Robert Allison, "An Object Lesson in Balancing Business and Nature in Hong Kong: Saving the Birds of Long Valley," Lene Bomann-Larsen and Oddny Wiggen eds., *Responsibility in World Business: Managing Harmful Side-effects of Corporate Activity* (United Nations, 2004), pp. 121–137.

19   "Help to Save Long Valley with Words & Photo,"HKBWS, http://www.hkbws. org.hk/BBS/viewthread.php?tid=10197&extra=page%3D4（2015 年 3 月 5 日檢索）。

* 本文得到作者 Frédéric Keck 的允許，節譯自其英文文章 "Sentinels for the Environment: Birdwatchers in Taiwan and Hong Kong," *China Perspectives*, no. 2 (2015): 43–52. 文章探討香港與臺灣觀鳥組織的發展，並將兩者作比較。本文僅節錄有關香港的部分。本文由邱嘉露翻譯，陳燕遐及潘淑華校訂。

07

城鄉共存／享

香港城市發展中人與野豬關係的變化

盧玉珍

過去，香港市民只需要向政府成功申請獵殺野豬的牌照，便能以保護財產及農作物為理由，合法獵殺野豬；香港報章亦曾刊登烹調野豬肉為補品的食譜。到了今天，獵殺野豬依舊合法，而狩獵隊亦如往昔般打著「保護市民」的旗號出動。然而，今天卻有市民因被懷疑虐待他的「寵物」——野豬「Tommy仔」而被起訴。此外，「香港野豬關注組」在2013年成立，旨在「保育及研究本土物種野豬」。可見香港人與野豬的關係出現了變化。

　　這篇文章旨在分析香港人對野豬態度的變化與城市發展的關係：現時野豬被列為野生（但不受保護）動物，卻經常遊走於城鄉之間，有時更在鬧市出現。可是，在香港從鄉村社會邁向都市化前，人與野豬的分界線可說是對立分明，人對野豬的分類絕對而清晰：野豬既是對人類有害的猛獸、獵物，也是食物。現今在香港，野豬是唯一可以被合法獵殺的野生動物。與流浪狗和流浪牛等同樣經常流連街頭及山邊的動物相比，為何我們對野豬的包容相對較低？

　　根據現有紀錄，香港陸地上最大的哺乳類動物野豬 (1)，早於1905年已首次被發現在香港出現。牠們經常於樹林和鄉郊地區出沒，尤其荃灣區城門水塘、元朗區大欖郊野公園、粉嶺、大埔和西貢等新界地區。根據漁農自然護理署的界定，野豬並不是受保護的野生動物，而是「害獸」（pest）。(2) 牠們會用鼻翻找泥土裏的植物根莖或昆

蟲蚯蚓作為食物，有些野豬「會走到鄉村或市區覓食，因而造成滋擾及破壞農作物或其他個人財產。」[3] 在這種界定下，獵殺野豬被視為保護農作物及財產的重要工作。香港現有兩支獵殺野豬隊，分別是1981年成立的西貢野豬狩獵隊，以及1995年成立的大埔野豬狩獵隊。他們由民間志願人士組成，擁有由香港警務處發出的槍械牌照。[4]

到了二十世紀末，香港人對野豬的定義及其權益的看法逐漸變得具爭議性。在日益城市化的影響下，城鄉的界線愈見模糊，生活於城市邊緣的野豬經常誤闖市區。不同背景及階層的市民，因而有更多機會在日常生活中遇見野豬。而當中有些人會因而逐漸對野豬產生同情，甚至發展出強烈的情感（有學者稱之為「情感依附」，emotional attachment），有動物團體更倡議將野豬權益納入動物權益的項目之一。例如香港野豬關注組於 2013 年成立，宣揚野豬權益，反對肆意獵殺野豬。

事實上，人們如何對待及「利用」其他動物，很大程度是基於人類對牠們所作出的歸類和定義。本文將會參考本地報章報道和政府文件，分析二十世紀初至現今的香港，在城市化下的野豬是如何被逐步塑造和定義。更重要的是，希望透過這篇文章，讓我們反思應該如何看待與我們居住在同一空間的其他動物的價值，以及我們對牠們的道德責任。

害獸、食物：人類中心主義對野豬的定義

正如上文所述，香港政府視野豬為害獸，允許獵殺以保障市民安全。此歸類與行動可追溯至1920年代。在1921年的一份政府報告中，提到1920年曾經有人於上水丙崗發現一群野豬損害農作物，嘗試射殺牠們失敗後，繼續在粉嶺和合石，甚至大帽山追捕野豬。[5] 另外，從本地報章報道可得知，過去野豬狩獵在警方及民間都是平常的事情，野豬經常被視為捕獵對象。例如1946年大帽山附近曾盛傳發現老虎蹤影，警方應鄉民請求配備武器搜索老虎。最後遍尋不獲，卻在途中順道獵殺了野豬。[6] 獵人解釋其獵殺行動是由於野豬數目增長速度太快，更經常破壞耕地和農作物，嚴重影響農民耕作。1948年11月《工商日報》報道，一頭200餘斤重的巨型野豬被一名槍店東主擊斃。「此等野豬常出沒於田野，為害農作物甚鉅，農民常受其擾」[7]，因此獵殺這些「為害甚鉅」的野豬是合理的。當時香港新界鄉郊的大部分土地並未開發，不少市民以農業為生。而野豬則有可能在農地裏翻找食物時破壞農作物，影響市民利益。人們於是視野豬為「害獸」，認為消滅損害自己利益的野豬，是理所當然而正當的行為。因此，狩獵野豬在當時並沒有引起爭議。

不過，對於持有槍械和狩獵牌照者來說，野豬又是甚麼？狩獵野豬的動機又是甚麼？狩獵者甚少從事農耕工作，野豬在農地翻找食物

的行為並沒有對他們的利益構成直接的損害。事實上，狩獵在當時是一種英式休閒活動。1910年，申請打獵牌照的費用是10元，而當時訂閱中文報章一年的費用是7元。(8) 可見狩獵對普羅大眾來說並非能輕易負擔的消閒活動。對於狩獵者而言，可通過狩獵獲得征服其他野生動物和凌駕一般市民的自豪和優越感，而這種態度可於當時的報章報道和照片推敲得到。上文提到1948年擊斃巨型野豬的報道，對狩獵者有如下描述：

> 香港槍店東主……在新界大埔墟附近海邊狩獵，用獵槍擊斃一頭巨型野豬，重三百九十二磅……據黃氏（槍店東主）云：此豬僅用一粒子彈，即已將其射中近肋骨處之要害，當堂擊斃……今所獵得者，其碩大無朋，可稱打破一切紀錄。(9)

報道附加一幅獵人站於被倒吊的野豬的屍體旁，雙手交叉疊於胸前的照片，顯示狩獵者覺得能夠成功獵殺「碩大無朋」的野豬，是一種勝利，令其自我感覺良好。此外，狩獵並非當時普羅大眾能夠負擔的活動，市民須付出不少金錢，以獲取牌照和槍械等設備。因此，狩獵可說是一種彰顯男性剛強形象的活動，讓參與者感受到征服野性自然和超越普羅市民的優越感。

野豬除了被界定為害獸和獵物外，亦被歸類為食物。野豬肉有益身體的觀念源遠流長，可追溯至明朝李時珍（1518–1593）的《本草

綱目》，當中已記載野豬「甘，平，無毒」，能夠「補肌膚，益五臟。」(10)
1950年，有報章記載沙田村民曾「狙擊」一頭162斤的野豬，「村民把
牠抬返鄉中，吃了一個痛快」。(11)1957年更有報章刊登野豬肉補品
食譜。縱使當時報章形容野豬有「可怕的獠牙」，獵人一旦惹怒牠，就
會被牠撞到，性命不保，甚至說連老虎都害怕牠們。但似乎愈難獲得
就令其愈顯得珍貴，有食品公司專門搜羅野豬肉，以高價4元一斤販
賣，亦有內行人詳細說明烹調野豬肉的肉質口感，以及將之製成補品
的炮製方法。(12) 可見時人只視野豬為滿足口腹之欲的「補身食品」，
當中並不牽涉任何道德或情感。

人們進行狩獵或支持狩獵的邏輯背後帶有「人類中心主義」
（anthropocentrism）思想，相信人類在世界上擁有至高無上的地位，
可任意利用其他動物，並掌控牠們的生死。野豬被定義為害獸和食
物，人類對野豬便沒有任何道德責任，自然也不會對野豬產生惻隱之
心，因而會毫不猶疑地除之而後快。這種定義及區分建構了人與其他
動物的關係，人們不需用道德觀念去判斷這種對待動物的方式是否合
理，又是否一種剝削。(13)

在郊野與城市的罅隙中求存的野豬

自1950年代起，政府計劃發展新市鎮，擴大新界的土地用途，開

發沙田、粉嶺、上水和大埔等地區，以滿足隨著人口增長而出現的龐大土地需求。當中有不少鄉郊區域都是野豬活躍的地方。在新市鎮急促發展下，城鄉之間的空間距離逐漸拉近，城市人與野生動物的界線亦愈見模糊。

1970 年代新市鎮發展第一期計劃中的沙田是其中一個例子。大型住屋和公共設施計劃展開，政府需徵收地主的農地，將土地由農業用途改為高密度住宅用途。(14) 在一輪商議和爭拗後，大部分村民終於同意放棄務農，加上工業快速發展，香港的農業逐漸式微。隨著住宅落成，愈來愈多並非以務農為生的居民遷入這些地區。而這群居民，後來也成為有關野豬地位和野豬狩獵活動爭議的重要持分者。

在城市發展的同時，由英國人領導的香港殖民政府，把當時歐美關注自然與野生動物的思潮引進香港。1971 至 1982 年出任港督的麥理浩（1917–2000），亦曾表示他對欣賞和保護大自然與野生動物之興趣。(15)1976 年，港府正式通過《郊野公園條例》，將合適的鄉郊土地開闢為郊野公園，為大眾在郊外提供康樂及旅遊場地。(16) 同年港府修訂《保護野生動物條例》，限制狩獵的時間、品種和區域，將野生動物如穿山甲、果子狸和海龜等列為受保護物種，並將米埔沼澤等有生態價值的棲息地區劃為「特別保護區」，重視野生動物的特有價值。(17) 港督夫人曾於 1978 年表示，計劃於未來 5 年內開闢全港過半面積的土

地為郊野公園。(18) 可見郊野公園的範圍日益擴展，郊遊市民日漸增多，可供狩獵的地方亦隨之減少，在郊野進行狩獵活動更有可能影響郊遊市民的安全。1981 年，港府正式立例禁止任何形式的休閒狩獵，停止發牌予一般市民。此例亦考慮到野豬的狀況，指出新界村民亦不能傷害野豬，好讓牠們能「自由自在隨意在田裏打滾，吃蕃薯和合時的鮮橘子」。(19) 可見城市發展和港府發展郊野公園的政策，使城郊界線重疊，但同時亦希望關注到野豬等的野生動物及牠們的生存環境。

然而，法例必須建基於社會共識和普遍市民認同的信念，才能實際及有效地推廣，否則條例只會淪為一紙空文。(20) 縱然法例的改變增加了對非受保護野生動物（包括野豬）的保障，使之能獲得一定程度上的法律地位，但這主要是出於對大自然環境的保護和興趣，而非宣傳和鼓勵市民關注動物或野豬的權益。法例的改變或能減低野豬因休閒狩獵而被捕獵的機會，但對於大部分香港市民而言，野豬依然沒有特別的保護價值。

在沙田大部分土地已發展的同時，有部分歷史建築和農地在一番爭議後獲得保留。一些林木和墳墓亦因風水原因而被保留下來。(21) 野豬常在民居出沒，翻找食物和墳地上拜祭先人的供品，引起部分擁有這些財產的村民不滿，對他們來說，野豬對耕地和農作物構成威脅。在投訴和衝突持續下，政府遂批准發牌給一支野豬狩獵隊，允許他們

為保障村民利益和安全而捕捉野豬。1995年，另一支野豬捕獵隊成立，獲發槍械牌照以解決野豬問題。在城郊發展政策下，野豬等野生動物，未能得到市民大眾接受於同一地方和諧共處，而迫於在田野與石屎森林之間東躲西避以求生存。

城鄉界線模糊：野豬待遇之爭議

在城市化影響下，土地用途愈趨混雜，愈來愈多不同背景的人共處於同一區域，亦使人們對野豬的態度出現變化。因著部分持分者的利益，野豬或被視為物化的客體（object）。另一方面，由於實質距離拉近，亦為人與野豬之間的關係及界線帶來不確定性。[22] 野豬經常出現於人前，兩者之間開始發展出無形的連結。愈來愈多人覺得野豬不再只是「某件東西」（something），而是「有價值的生命」（somebody）。[23] 人們開始關心野豬的生活和飲食，有野豬關注組成立，甚至有人視牠們為寵物。在二十一世紀，野豬的地位與形象開始出現新的轉變。以下將會分析不同群體如何理解他們與野豬的關係。

一、觀點一：視野豬為「東西」（something）

(1) 居於野豬聚居地附近的村民：

如前文所言，野豬有可能破壞農地，啃食墳前的水果祭品，於是部分居民或會傾向向漁護署投訴，並支持野豬狩獵隊的行動。這種以

個人為中心的想法依然存在，當與自身利益有衝突的「東西」出現時，他們較少會把其聯繫到道德層面，而是傾向立即消除「它們」。

　　但與過往不同的是，有時居民向漁護署投訴，並非由於野豬對農作物或財產造成實際破壞，而只是因為他們對於在城市內發現野豬的蹤影感到詫異。(24) 一種動物是否生活於人類的生活圈子（human culture）內，是人類區別動物的道德地位（moral status）和應有的待遇的其中一項決定性因素。(25) 野豬居於民居之外，林木之中，被界定為野生動物，因此理應被排除於人類生活圈子外。不過，香港部分動物，如流浪狗和流浪牛等都同樣經常在城市內流連，但與野豬相比，牠們較少受居民投訴、驅趕，甚至消滅。為何人類會更傾向投訴野豬，卻對其他流浪／野生動物的容忍度相對較高，亦較容易同情牠們呢？

　　當動物被賦予「野」的身分，暗示了人與此類動物的界線更為明確和對立，也暗示著不同的觀感和待遇。一些名為「流浪」的動物如流浪狗，與其他「野」字為首的動物（如野狗、野猴和野豬）相比，前者會較容易牽動人們的同情心。而當野生動物「突然闖入」市區或出沒於人前，人們會感到緊張和驚慌，甚至避開牠們。這些野生動物會較易被視為「入侵者」，有些人更會報警求助，希望「入侵者」盡快消失。當人們劃下一條無形的文化和道德界線，分隔自己與其他野生動

物時，兩者之間便難以建構任何情感關係。(26) 因此，對某些人而言，較難產生對野豬的同情和關注。

當然亦有例外。除了海洋公園的海豚外，香港海域的海豚，也如野豬一樣被歸類為野生動物。但海豚的居住環境和牠們的權益，很多時候較能引起大眾的關注和保衛。相比之下，野豬在香港只喚起少數人的關心。當中一個關鍵的解釋是，海豚比野豬展現更多的魅力（charisma），更容易激起人們的同情和憐憫。(27) 大眾媒體和政府政策對不同物種的動物的再現和演繹，也很容易影響人們對動物的印象和判斷。動物沒有較正面的形象，是較難引起人們的道德關懷和保護的。(28) 海豚經常被呈現為可愛和聰明；相反，媒體多把野豬塑造成負面的形象，令人覺得牠們是骯髒的、醜陋的、具攻擊性的和對人類有害的。例如主流報紙報道：「野豬群踩躪滘西洲高球場……嚇煞一眾打波人士」。(29) 但嘉道理農場動物保育部高級保育主任高保然（Paul Crow）指出野豬不會主動襲擊人，除非牠們被挑釁，感到害怕和受威脅。即使受到威脅，牠們會先嘗試逃跑而不是作出攻擊。(30)

雖然主流報章的描述未必充分反映事實，但這些負面論述和印象已深深影響人們對野豬的判斷。大部分市民從來沒有真正接觸過野豬，一旦發現野豬卻會先感到害怕，即使野豬沒有作出任何攻擊行為，他們也會傾向報警尋求幫助。誤解、負面印象、抱怨和投訴重複

地出現，加強惡性循環。這種誤述（misrepresentation）是拉遠人與動物的聯繫和距離的重要因素，(31) 因此抱有這種態度和印象的人，會較少考慮到野豬的道德地位，並傾向支持狩獵野豬的行動。

(2) 志願野豬狩獵隊

香港現時有兩支野豬狩獵隊。漁護署接獲市民的舉報和投訴，若預防措施無效時，署方會建議狩獵隊出動獵捉野豬。狩獵隊聲稱其工作宗旨是保護民眾安全。西貢野豬狩獵隊隊長陳更，認為野豬沒有天敵，繁殖率高，因而要以人工捕獵來控制野豬數量。(32) 可是，「保護民眾安全」真的是獵殺野豬的唯一目的嗎？或許與過往的狩獵者一樣，獵殺野豬的部分原因，是為了表現征服其他動物的優越感。現今的隊員依然會笑著與獵物野豬的屍體合照，他們所流露出的自豪、勝利和優越感，與前文所論及的獵人極為相似。(33)

對狩獵隊而言，野豬不單是獵物，有時更是食物。政府部門曾指出野豬的屍體應交由食物環境衛生署（下稱「食環署」）處理。(34) 但事實上，隊員獵殺野豬後又是如何處理牠們？狩獵隊隊長陳更曾表示，他們有時會把屍體運送到食環署或送給村民，有時組員又會分嚐野豬肉。他認為野豬比家豬更美味，因為野外生長的豬走動更多，肉質沒有多餘脂肪，氣味也較香濃。(35) 對於被歸類為獵物或食物的動物的生命，人們不會認為有需要對其施予任何道德考慮。因此野豬在狩獵

「牠」者再定義

隊的分類系統裏，地位顯然是較低等的。

二、觀點二：視野豬為有價值的生命

(1) 其他居於野豬出沒處附近的居民

在城市發展下，城鄉的界線拉近，人與其他動物長久共處同一空間，會有更多的機會產生感情連結，慢慢發展出過去從未出現的關係，部分人會因而對野豬產生新的看法和定義。居住於1983年落成的沙田隆亨邨的居民便是一例。沙田是新市鎮發展計劃之一，區內包括市區和鄉村土地。野豬偶然出沒是隆亨邨居民日常所見的場景，加上大多數邨內居民都不是農民，與野豬的利害衝突較少。

人們對動物的觀感和印象可以通過「以動物為本的正面經驗」（positive animal-oriented experience）而改變。(36) 居民在日常生活中經常接近野豬，得以了解更多野豬的習性，發現野豬並不如大眾想像般具侵略性。部分居民逐漸不再在意野豬的出現，甚或開始對野豬產生「情感依附」，開始關心牠們。一些居民更開始餵飼和照料野豬，視野豬為鄰居。(37) 在現代城市化下城鄉混合的城市裏，人類通過與其他動物交流和聯繫，便孕育了這種人與動物之間的道德橋樑（ethical bridge-building）。人們會對野豬流露更多的同情，同時傾向反對在野豬沒有傷害任何人的情況下捕獵，甚至射殺牠們。

城鄉共存／享

此外，有些人更進而對野豬產生深厚的感情，經年餵養牠們，視之為寵物，照顧牠們如孩子。2014年首次有野豬公開地被冠以名字，被稱為「Tommy 仔」。<u>(38)</u> 有學者認為，人們愈是對動物有感情，對牠們愈寵愛，便愈有可能給予牠們一個像人名的名字。<u>(39)</u> 這是一個顯著的轉變，有市民為野豬起名字，表現了他們對野豬較豐富的情感，甚至將其歸類為寵物（或稱為「同伴動物」companion animals），會開始思考過去野豬所受到的待遇是否正當合理。<u>(40)</u> 儘管如此，同情心和情感上的依附，並不完全直接關聯到野豬的權益，更算不上是承認和宣揚野豬與其他動物享有同樣的地位和權利。

(2) 香港野豬關注組

與此同時，亦有另一部分人開始公開捍衛野豬權益，視之為保護動物權益議程的一部分，這不僅是由於人與野豬之間的界線愈來愈模糊，關係愈來愈密切，更重要的是西方保護動物權益的意識對香港市民所產生的影響。關注組成員黃豪賢在2013年11月親身目睹隆亨邨的狩獵隊行動後，發現野豬並不如此可怕和具侵略性。他不滿當天狩獵隊槍殺野豬的原因和方式，於是在同年成立「香港野豬關注組」，這是香港首個倡導野豬權利的組織，認為野豬應享有如海豚和貓狗等動物相同的地位。黃豪賢是動物權益關注者，也是關注海豚權益組織「豚聚一家」的召集人。野豬關注組的其中一個宗旨是與漁護署定期會晤，商議野豬保育和教育公眾進一步認識這批香港「老居民」。關注組

認為野豬是我們的鄰居，是香港的重要組成部分，彼此之間應存在正面的關係，希望碰到野豬的人會享受這次偶遇。(41)

黃豪賢另一篇文章寫到：
生存本身是價值，每樣生命的個體誕下來已享有價值和權利，而同樣我們不會漠視一些失去自由意志、天生腦部殘缺的人類的生存權，守護他們的基本權益，動物亦然。(42)
倡議「動物權益」的理念，從來與智力不是掛勾，至少智力較高的動物，是沒有特權享有較優厚的待遇和保障 [……] 而談權益，背後所追求的正正是普世的平等價值，而這價值必然超越瀕危指標、智力高低、外貌美醜還是年長幼嫩的框架，邁向大同。(43)

這兩段引文與兩位著名西方學者雷根（Tom Regan）與辛格（Peter Singer）所提出的有關動物權益的哲學有相似之處。首段引文與雷根的論點相似，兩人均相信每種動物及每個生命都有固有價值（inherent values），值得尊重。(44) 而第二段引文則與辛格的信念有共通之處，兩人都反對物種主義（speciesism），認為以是否擁有道德觀、智力及能力的高低，去決定一種動物應否享有權利是不正當的。(45) 這是其中一個重要的突破點，香港野豬數十年來一直被視為害獸、獵物和食物，現在開始有團體公開地捍衛野豬的權利和道德地位。

由於關注組的宣導，社區內的市民對野豬地位的意識愈見提高。

逐漸地，愈來愈多人關注野豬權益，認同牠們也是城市的一分子，跟其他動物一樣應該受到尊重。

結語

　　近年來，野豬的歸類和定義逐漸地改變。人與野豬的界線在過去絕對且分明，野豬被視作害獸及食物，人可以捕捉、獵殺，滿足口腹之欲，顯現自我優越感。自1990年代至今，在城市的急速發展下，城鄉分界拉近，人與野豬的情感連結有了發展的可能。更有動物保護者捍衛野豬的權益，視之為保護動物權益的一部分。大眾的態度與取向因而愈見多元化。

　　直至今天，不同的利益團體對於野豬的待遇仍有爭拗，但最重要的一點是，當我們衡量城市裏一隻動物、一個生命的價值時，應該抱持甚麼樣的準則？同樣遊走於城鄉之中，為何我們對貓狗等動物的容忍度較野豬高？又或者，單單因著不同的歸類或利害衝突而輕易排斥或消滅一個生命，是否真的如斯理所當然，正當而合理？

　　這篇文章討論的是人與野豬之間不斷變化的關係，但同時也是為了了解和聆聽我們的城市鄰居的故事。城市發展，不應只講求擴展土地去滿足人的需求，更應考慮我們的「鄰居」——共住於同一城

市的「居民」——野豬、貓、狗、牛，以至各種野生動物。野豬跟每個「居民」一樣，有自己的歷史，是城市的一段故事。曾有報道寫到路上的車輛遇到野豬，會逕自繞過，沒有打擾牠們或向政府部門投訴。(46) 這是一種有別於過去的野豬論述。城市裏的野豬不斷被我們塑造和定義，重要的是，我們能否為香港這個城市「寫一個更具包容性（inclusive）和更人道」的故事？(47)

城鄉共存／享

圖片來源：《工商日報》，1948年11月14日。

圖片來源：〈野豬群蹂躪澇西洲高球場　西貢野豬隊獵殺2野豬〉，《東方日報》，2014年9月24日。（獲《東方日報》授權刊登）

「牠」者再定義

註　釋

1　漁農自然護理署：〈野豬滋擾〉，http://www.afcd.gov.hk/tc_chi/conservation/
　　con_fau/con_fau_nui/con_fau_nui_pig/con_fau_nui_pig.html.

2　Information Services Department, "Press Releases-LCQ13：Wild Pig Hunting",
　　news.gov.hk, July 9 ,2014 ,http://www.info.gov.hk/gia/general/201407 /09 /
　　P201407090411.html.

3　漁農自然護理署：〈野豬滋擾〉，http://www.afcd.gov.hk/tc_chi/conservation/
　　con_fau/con_fau_nui/con_fau_nui_pig/con_fau_nui_pig.html。

4　Information Services Department, "Press Releases-LCQ13：Wild Pig
　　Hunting."

5　"Appendix J: Report on the New Territories for the Year 1920,"*Administrative
　　Reports for the Year of 1920*, p. J4, Hong Kong Government Reports Online
　　(1842–1941), http://sunzi.lib.hku.hk/hkgro/view/a1920/412.pdf.

6　〈大帽山附近發現虎蹤　鄉民報警出動搜尋結果捕獲野豬一頭〉，《工商晚報》，
　　1946 年 10 月 28 日。

7　〈二百餘斤巨型野豬 在大埔墟附近擊斃〉，《工商日報》，1948 年 11 月 14 日。

8　〈領打獵牌照者須知〉，《香港華字日報》，1910 年 8 月 22 日。

9　〈二百餘斤巨型野豬　在大埔墟附近擊斃〉，《工商日報》，1948 年 11 月 14 日。

10　李時珍，《本草綱目》（明萬曆 31 年刊本），獸部，卷五十一，頁 21–22。

11　〈沙田農民狩獵　昨獲一頭野豬〉，《大公報》，1950 年 11 月 2 日。

12　〈野豬及黃羊到香港〉，《大公報》，1957 年 10 月 11 日。

13　James Serpell and Elizabeth Paul, "Pets and the Development of Positive
　　Attitudes to Animals," in *Animals and Human Society: Changing Perspectives*,
　　ed. Aubrey Manning and James Serpell (London: Routledge, 1994), pp. 129,
　　132–133.

14　Jeffrey W. Cody and James R. Richardson, "Urbanizing Forest and Village
　　Trees in Hong Kong's Sha Tin Valley, 1976–1997," *Traditional Dwellings
　　and Settlements Review* 9 (1997): 26.

城鄉共存 / 享

15 Harriet Ritvo, "The Emergence of Modern Pet-keeping," in *Social Creatures: A Human and Animal Studies Reader*, ed. Clifton P. Flynn (New York: Lantern Books, 2008), pp. 98–99.

16 〈郊野公園條例下週一起生效〉,《工商日報》,1976年8月14日。

17 〈漁農處官員透露修例　本港擬禁狩獵　不久將來會停止發出狩獵牌照〉,《大公報》,1980年1月23日。

18 〈港督夫人遊覽西貢郊野公園〉,《工商日報》,1978年1月25日。

19 〈保護野生生物,發掘自然真趣,本港禁止狩獵野豬也不能傷害〉,《華僑日報》,1984年8月12日。

20 Song Wei, "Animal Welfare Legislation in China: Public Understanding and Education," in *Animals, Ethics and Trade: The Challenge of Animal Sentience*, ed. Jacky Turner and Joyce D'Silva (London: Earthscan, 2006), p. 102.

21 Cody and Richardson, "Urbanizing Forest and Village Trees in Hong Kong's Sha Tin Valley, 1976–1997," pp. 24, 31.

22 Richard W. Bulliet, *Hunters, Herders and Hamburgers: The Past and Future of Human-Animal Relationship* (New York: Columbia University Press, 2005), p. 202.

23 Tom Regan, "The rights view," in *Animal-Human Relationships: Some Philosophers' Views* (Horsham: RSPCA, 1990), p. 8.

24 Kevin Sinclair, "They Shoot Wild Pigs, Don't They?" *South Morning China Post*, 31 January 2006.

25 Margo DeMello, *Animals and Society: An Introduction to Human-Animal Studies* (New York: Columbia University Press, 2012), p. 47.

26 DeMello, *Animals and Society*, p. 49。

27 DeMello, *Animals and Society*, p. 53。

28 Hal Herzog, *Some We Love, Some We Hate, Some We Eat: Why It's*

    So Hard to Think Straight about Animals (New York: Harper Collins Publishers, 2011), p. 152.

29 〈野豬群踩蹦濟西洲高球場　西貢野豬隊獵殺2野豬〉,《東方日報》,2015年9月24日。

30 〈專訪嘉道理專家高保然：野豬不會主動襲擊人,應以安置取代槍殺〉,香港獨立媒體網,2013年12月2日, 2015年4月25日瀏覽,http://www.inmediahk.net/node/1019550。

31 Andrew Linzey, "What Prevents us from Recognizing Animal Sentience?" in *Animal, Ethics and Trade: The Challenge of Animal Sentience*, ed. Jacky Turner and Joyce D'Silva (London: Earthscan, 2006), p. 69.

32 Sinclair, "They Shoot Wild Pigs, Don't They?"

33 〈野豬群踩蹦濟西洲高球場西貢野豬隊獵殺2野豬〉,《東方日報》,2015年9月24日。

34 Information Services Department, "Press Releases-LCQ13: Wild Pig Hunting."

35 "Lau Kit-wai, "Life on the Wild Side," *South China Morning Post*, 11 February 2007.

36 Serpell and Paul, "Pets and the Development of Positive Attitudes to Animals," p. 128.

37 〈市民亂餵食　大圍村民感騷擾　野豬也維權　力抗獵殺隊〉,《蘋果日報》,2013年11月23日。

38 Samuel Chan, "'I Saved His Bacon': Man Denies Mistreating Pet Wild Boar 'Little Tommy' after Bite," *South China Morning Post*, 15 April 2014.

39 Keith Thomas, *Man and the Natural World: Changing Attitudes in England 1500–1800* (Harmondsworth: Allen Lane, 1983), p. 114.

40 Chan, "I Saved His Bacon."

41 黃豪賢：〈生存本身就是價值〉, *Pet Arte*(寵藝透視)59 (2014),頁54。

42 黃豪賢：〈生存本身就是價值〉。

43　黃豪賢:〈沒有一種宰殺叫「人道」〉,香港獨立媒體網,2014年12月18日,
　　2015年4月25日瀏覽,http://www.inmediahk.net/node/1029693。

44　Demello. *Animals and Society*, p. 387.

45　Demello. *Animals and Society*, p. 387.

46　〈3隻小野豬出現那打素　想睇急症?〉,《東方日報》,2015年3月22日。

47　Demello, *Animals and Society*, p. 55.

動物倫理篇

08

一套動物權益視角的野豬論述

謝曉陽

北歐神話中，有野豬「古林博斯蒂」被視作「聖獸」，海上能游，陸上能跑，而且跑起來比馬還要快；中國漢朝也有以「豬突豨勇」形容軍隊像野豬一樣勇猛奔逐。野豬，曾經像戰神一般被仰視。然而，近些世紀，人類自詡主宰大地，破滅神話，槍砲堅利，野豬似無用武之地。今天，野豬更成了過街老鼠，被驅趕被獵殺。以棲息地及習性來說，野豬當屬野生動物，但大部分地區如美國多個州分、澳洲、臺灣、馬來西亞，以及香港，均沒有將野豬列入相關保護野生動物條例的名單內，於是，各地官方及民間在類近的論述結構下合法地獵殺野豬。然而，論述並非真理，它不過是發出論述者（speaker）與其聽眾（listener）的密切關係，當中暗含了權力的施加和承受。(1) 同時，論述永遠是動態的、意有所圖的（intentional）。(2) 言下之意，它會被形構，亦可以被解構及重構。本文透過介紹「香港野豬關注組」近年的工作，記錄一個動物維權組織如何重構一套有關野豬的論述。

2014年的農曆新年，全球第一張農曆新年野豬賀年卡誕生，這大概是「香港野豬關注組」成立後兩個多月的事。有關野豬論述的故事，就從這張賀年宣傳開始講起吧！

這張賀年卡，是一紙兩頁四開的宣傳品，封面畫上「馬年多福、金豬滿屋」，一隻可愛矇眼的肥野豬；背面是「遇見野豬，點做好？」以及答案「1. 唔好驚；2. 保持安靜；3. 讓路畀牠們離開；4. 切勿嘗試

觸摸牠們；5. 不用報警；6. 享受這次相遇」。扼要告訴市民「遇到野豬應該點做」；內頁則包括兩部分：「認識野豬」及「保育野豬」，介紹野豬習性及提出如何尊重野豬生存權。三年多來，透過分析野豬並非惡獸、介紹野豬基本知識，以及提出野豬是城市一分子不應殺害等主張，香港野豬關注組希望重新建構一套有關人和野豬關係的論述，以打破多年來香港人被主流論述影響對野豬產生的扭曲印象，這些印象包括：野豬會咬人、野豬是惡獸、野豬入侵城市等等。

　　形成扭曲野豬印象的主因，與大眾媒體用辭關係密切。翻看近年報章內容，或可看出端倪。2004年3月15日《星島日報》有一則標題為「香港五惡獸　虎鱷豬貓犬」的新聞，內容指野豬是僅次於老虎和鱷魚的兇惡野獸，經常在香港出沒，擁有一對獠牙及衝撞能力，內文並以「危險動物」來形容野豬。(3) 同年5月20日，《星島日報》另一篇以「警搜山發現野豬穴」為題的報道，則引述新界某村傳聞，指「小童聽聞野豬出現感驚慌，恐怕野豬吃光全邨貓狗後，會對小童打主意，希望當局盡快捉走野豬。」(4) 另外，2007年8月12日的《蘋果日報》也有一則以「野豬行兇　青年八鄉上山尋犬遇襲」為標題的報道，內容有如《水滸傳》中的武松打虎情節：

　　　一名追狗上山的青年走近一處矮樹林時，突然冷風撲面，風過之
　　　處野草亂動沙沙作響，一頭接近100公斤（約200多磅）的大野豬，
　　　咧著獠牙從草叢撲出逞兇，猛撞向嚇得魂飛魄散的青年。他閉著

眼以右手擋豬、左手不斷揮動樹枝。三秒鐘後，他睜開眼後發現自己鼻孔噴血，而野豬已不知所終。(5)

這兩則新聞來自兩家主流媒體，分別以「危險」、「猛撞」將野豬形容成「惡獸」，也是近年主流媒體慣常形容野豬的用字。

傅柯（Michel Foucault）的著作，包括《瘋狂與文明》（*Madness and Civilization*）、《臨床醫學的誕生》（*The Birth of the Clinic*）、《事物的秩序》（*The Order of Things*），都是透過實例去分析不同時代產生不同論述的背景及原因，而《知識的考掘》（*The Archaeology of Knowledge*）則提供論述分析的方法論。「論述」是一組「陳述」經過有系統的組織，表達出具有意義的概念。(6) 論述並非真理，那是一套權力運作，(7) 而權力與知識關係密切，相生相長，建構論述，使論述成為權力行使的戰術，客體化論述對象。(8) 這些權力及知識的運作及體現，正如王德威對《瘋狂與文明》的分析：「每一時期對『瘋狂』的定義都取決於社會型態、文化模式，甚至經濟結構的變動，而人們對瘋人的處置亦因之而異。」(9) 論述的表現形式可以包括制度、文字、語言、圖像、聲音，加上在大眾傳播媒介的散播下，深入民心，產生影響力。

這些年來，香港主流媒體報道野豬主要有兩個特點：「稀釋」（rarefaction）及「排他性」（exclusion）。首先，媒體在缺乏提供基本

知識的情況下，透過拼湊片段成為事件，製造一個只有頭尾虛構內容的幻象，以方便讀者迅速接收，傅柯將此現象稱為「稀釋」。(10) 此外，媒體使用「排他性」的語言，(11) 像塑造野豬成凶猛會襲擊人的巨獸，從而排除野豬作為野生動物見到人類慌張忙亂的習性。透過這些論述方式，主流媒體建構了一套有關野豬的論述。但這套由主流媒體主導的野豬論述，自從「隆亨一役」後，被逐漸拆解。

2013年11月某天下午，「民間野豬狩獵隊」一行9人，帶了一袋袋用作誘餌野豬的蕃薯，到達沙田隆亨邨，攀上走廊頂面，準備射殺散居附近山頭的野豬群。當時動物保護（下稱「動保」）人士想，雖然不忍動物被射殺，但若野豬真的凶猛襲擊人，還能做什麼呢？隆亨現場，一頭野豬正在鐵欄另一邊的山腰散步覓食，這時正值下午4時學生放學，家長及家傭帶著小孩回家經過，紛紛駐足笑看野豬，野豬懶理繼續覓蚯蚓樹根。好一幅人類與動物和諧的畫面。不是說野豬是惡獸？不是說野豬會咬人？隆亨邨居民和這頭野豬相處的這幅景象，似乎打破了這套野豬論述。但同時，狩獵隊數枝散彈長槍已對準這頭野豬，隨時準備扣扳機。野豬到底是什麼樣的生物？當野豬被人類世界不斷他者化和扭曲，完全沒有發言權的時候，我們該如何拆解這些主流論述，建構另一套有關動物權益視角的野豬論述？接下來，本文將記錄「香港野豬關注組」如何透過媒體去重構有關野豬的知識，從而構建一套新的野豬論述。

這四年來，關注組所使用的媒體包括新媒體及傳統媒體，策略主要是透過主動在新媒體發佈消息，引起討論，然後吸引傳統媒體跟進。新媒體方面，早期已在臉書（Facebook）開立名為「香港野豬關注組」的專頁，並在網媒開設新帳戶，傳播有關野豬最新訊息及關注組對相關訊息的立場，然後引發其他新媒體及傳統媒體跟進。

　　在互聯網時代，構建論述除了需要知識，還要有即時性。網絡時代，第一時間對某事件作出反應將可能引導討論事件的方向。譬如2015年11月1日，《蘋果日報》即時新聞播放了一則短片，題為〈唔爽，野豬游水被捉上岸〉，內容大致是一群人在海面練習爬龍舟，遇著一隻野豬海中游泳，將牠「救」起，理由是「佢無咩目的咁游，好似無咩力，驚佢遇溺。」關注組並不同意這種做法，因為野豬本身很熟水性，人類不必介入其在大自然的活動。於是，關注組隨即在臉書分享這則新聞，並留言指出：「野豬自由地在海上暢泳，為何要強行捕捉？既把小豬嚇倒，亦可能令大家受傷，是極不合適的做法……」關注組希望透過即時反應事件，提供市民多一個參考角度。結果，同一貼文的留言中，大多數市民都認為這幾位龍舟好手「厚多士」。(12) 關注組這種及時回應，除了希望透過臉書專頁傳播不要干擾大自然中野豬生存的訊息外，同時亦傳遞被大眾及主流媒體忽視的事物狀態，如野豬懂得游泳，而且可以游很遠。

透過即時回應來講述野豬與大自然的關係，固然是建構野豬論述的重要一環，但隨著城市發展不斷入侵野豬生存空間，野豬和人類的倫理關係，在建構論述時，也同樣重要。2015 年 9 月，《明報》報道一則題為〈過馬路小野豬撞死〉的新聞，關注組亦即時在臉書專頁分享這則新聞並予以短評。(13) 當時，輿論對動物被車撞死意見兩極，一方認為，那是不幸事件，野豬跑得太快太急，駕駛人士也無從躲避；另一方認為野豬很可憐，希望駕駛人士小心。關注組則在臉書專頁提出，「是否政府道路交通安全不足」，並希望駕駛人士多加注意路上動物。有趣的是，約 3 個月後，《都市日報》報道了一則新聞，內容是私家車車主在路上被野豬包圍，司機不僅停下來，而且呼籲其他駕駛人士也應慢駛注意動物安全。儘管相關政府部門依然未有具體法例保障動物的道路安全，然而，一種駕駛者必須注意路上動物安全，將動物納入倫理對象的轉變，逐漸蔓延。

除了在臉書開設專頁，透過已經擁有一定讀者的網媒去增加傳遞訊息的效率，也是建構論述的重要元素。香港野豬關注組成立之初，在網媒開設帳戶，此帳戶主要功能是上載關注組的聲明，使關注組對某事件的立場可以透過網絡媒體加速廣傳。比如針對「Tommy 仔」事件的聲明「野放生命非兒戲，評估成效才合理」，(14) 以及「以教育取代血腥殺戮，建立人和野豬共融關係——有關野豬家庭出現北角之聲明」(15) 及「有關受傷野豬『獲救』後即晚被『人道毀滅』之處理質疑」(16)

等等。透過在網媒發表聲明的原意，除了時效性外，還希望打破社會對動保運動的看法。一直以來，主流媒體甚至參與社會運動人士都不會將動物權益運動看作社運，主因是儘管社運人士關顧弱勢，卻依舊拘泥於「以人為本」的思維，沒有將動物納入弱勢關懷的對象，以辛格（Peter Singer）的說法，即沒有將動物納入人類的道德倫理範圍內進行思考，是「物種歧視」，(17) 那麼，這種關懷弱勢還是非常有局限的。在這個背景下，關注組希望透過在網媒發表聲明，提出爭取動物權益也是一項爭取公義的運動。

除了時間性，構建論述同樣重要的，還有一套具有說服力的說法，所謂說服力，主要來自三個方面，專業知識、動之以情，以及與政治權威之互動。

第一、專業知識方面，香港對野生動物具有專業知識的人寥寥可數，嘉道理農場的專家及漁護署的官員是其中一二。針對這些年來「惡獸」野豬之名及「野豬入侵人類居住地」的說法，關注組透過引述嘉道理農場動物保育部高級保育主任高保然（Paul Crow）有關野豬特性的分析，予以反駁。首先，高保然在接受媒體採訪時，分析野豬會咬人的說法有誤導，因為「野豬不會主動襲擊人」。(18) 在這個專業分析之下，我們拆解了原本「野豬是惡獸，會咬人」的說法，並發展出一套全新論述：野豬膽小，遇到人類大呼小叫、甚至攻擊牠們時，會因

為受驚過度而驚惶亂竄，才可能出現撞到人的情況。亦在這套論述之下，關注組提出了賀年宣傳單張中遇到野豬，應「保持安靜」、「讓牠們安靜離開」的建議。這套透過權威專家提供的有關野豬「知識」，從而推翻野豬惡名的做法頗為成功。這從關注組臉書專頁的留言及近年主流媒體報道野豬相關新聞時的內容轉向，得以引證。

此外，有關「野豬入侵人類居所」的說法，是人類為了掩飾城市發展蓋屋建樓、不斷侵入野生動物生活空間所建構的顛倒及排他性論述。針對這一點，關注組也引用了高保然的分析：「我們應尊重香港的野生動物，牠們和我們一樣有權住在此地，我們有責任學習與自然共處。」根據高保然這套描述人、野豬和城市的關係的說法，在往後多次野豬出現城市覓食的情況下，關注組均開始強調「野豬是城市一分子」、「野豬是城市的原居民」，這些文章包括：〈城市人，別讓野豬太驚嚇〉、(19) 〈妖魔化的野豬是怎樣練成的？〉(20) 等。

專業知識中除了包括野豬日常習性及與人類的倫理關係之外，還包括基本資料及知識。因此，除了引用專家意見之外，關注組也從漁護署野生動物組、外國相關組織網站收集大量有關野豬的資料及知識，包括野豬壽命、體重、與家豬的關係、年幼野豬之皮毛特色等等。關注組將這些內容印成宣傳單張，亦有上載臉書專頁，希望可以讓大眾知性地了解野豬，這些年來，關注組成員派發的宣傳單張累計已有

一萬張，網上分享的更不計其數。

　　第二、動之以情方面，站在關注組的立場，野豬本來就是野生動物，人們不必將之當作家中寵物般愛惜，只要與之保持距離，讓牠們自在覓食生存便可。然而，一片「惡獸」之聲下，關注組初期也難免繪形繪色地以漫畫方式重新包裝野豬形象，以消解「惡獸」污名，其中一項是透過漫畫表達。除了文字外，關注組成立之初，其中一位幹事便開始繪畫可愛野豬圖畫，四年來，由關注組成員親手繪畫的約有7幅，市民繪畫共享的不計其數；這些漫畫大部分均呈現了野豬可愛或可憐一面。在關注組製作中，包括一幅醒目黃色底豬媽帶著豬B的「野豬·冷眼·看世情」，這圖後來成了關注組臉書專頁背景圖。還有「同德押·藍屋·野豬」，是希望透過漫畫傳出野豬出現市區不必大驚小怪的信息，野豬與同德押及藍屋一樣，應該被保育；而「愛我，就別餵食」，是透過一隻肥頭紅唇野豬去推廣餵飼野生動物，最終只會使牠們失去天生覓食本能的信息。此外，還有與「Tommy仔」有關的「放監『唔』放生」，繪圖師特定在Tommy仔眼角加了一滴大眼淚，透過呈現可憐的Tommy仔來批評漁護署當時扣押Tommy仔當作「證物」的做法。另外數幅有關野豬的漫畫，包括〈九月七日，旺角街站見〉、〈遇到野豬點算好〉和〈紅鼻豬家族〉等等。這些漫畫，主要目的，無疑是透過將野豬卡通化來褪卻原來「惡獸」的形象。

除了漫畫，關注組亦透過描述野豬如何被人類，尤其野豬狩獵隊槍殺，來重建人們對其他生物都追求生存的同理心。譬如，關注組引述沙田隆亨邨何伯目睹自己餵飼多年的野豬被狩獵隊殺害；早年狩獵隊威風凜凜站在三具豬屍後合照；被撞死野豬、受傷野豬等等。透過呈現這些文字及圖片，我們看到市民逐漸對野豬改觀。又如，2016年1月23日，關注組上載了一張小野豬被群狗咬至重傷的照片，留言數以百計，分享者逾150次，「like」數逾1,200個，觸及5萬多名臉書用戶。這在動物新聞，尤其對向來被認為是「惡獸」的野豬來說，是一項紀錄。一直以來，人們從媒體看到的野豬，主要包括電視畫面裏那頭被漁護署和警察追逼得東奔西撞，時凶時慌的野豬，但受傷的豬爸爸、豬媽媽，死在狩獵人槍下的豬哥哥，還有野外求生不幸遭襲的小豬，這些同樣有關野豬的日常和生與死，卻極少出現人前。因此，關注組立體地呈現野豬的生存故事，要讓讀者和網民了解到，野豬與我們一樣，有肉有血有家庭，有生亦有死。

第三、與政治權威互動方面，在香港這個大部分市民都奉公守法的城市，政治權威即使再遭質疑，對部分市民來說，還是有一定的叫座力。尤其，他們確實掌握公權力。因此，關注組也注重與政治權威的互動，亦構成這場有野豬論述戰中重要一環。這裏主要包括兩部分：其一，以合法打非法，透過漁護署釐訂的「民間野豬狩獵隊行動守則」去檢視及揭露狩獵隊的非法行為，從而提出其行動缺乏正當性；其二，

透過與漁護署的互動，建立市民對關注組的信心。

根據漁護署2016年版本的「民間野豬狩獵隊行動守則」，香港有兩支野豬狩獵隊，每次行動，狩獵隊均需獲得漁護署批出的「特別許可證」，行動者必須同時擁有由警務署發出的有效槍牌，才可以行動。在這裏，我們看到由法定機構發出的「特別許可證」及「槍牌」是野豬狩獵隊行動的法理依據，亦從而建構了野豬狩獵隊守法和專業的形象。然而，透過具體例子，關注組發現野豬狩獵隊的守法及專業形象非常可議。

2014年11月26日，星期六，關注組接獲市民通報，於將軍澳魷魚灣村發現一張由西貢野豬狩臘隊張掛的告示，表示實彈狩獵在進行中。但根據「民間野豬狩獵隊行動守則」，狩獵隊「在任何情況下，不得在星期六、日及公眾假期進行狩臘」。於是，關注組隨即派員趕往現場，發現該告示牌掛於山邊草地圍欄外，極接近民居。關注組立刻致電漁護署及將軍澳警署查詢，兩個部門均稱沒有批核當天任何狩獵行動。事件顯示，狩獵隊並沒有遵守「行動守則」。

此外，關注組成立之初，已和漁護署濕地及動物護理部專責人員緊密聯絡，了解香港野豬分佈情況及生態的同時，也希望透過該部門及時了解野豬的現況，並及時準確地告知市民。譬如，2016年2月

3日早上，沙田博康邨有一中小型豬出現，市民報警，漁護署獸醫及職員趕往，並現場以麻醉槍射向野豬。以往，遇到這種情況，市民會有很多疑問，到底野豬最終命運如何？有些人甚至會認為野豬最終必成桌上餚，對漁護署等執法人員信心缺缺。這近五年來，類似情況多不勝數，每一次，關注組都扮演著通報最新情況的角色，直接向專責人員查詢野豬去處，是生是死，馬上告知大眾。絕大部分情況下，涉事野豬事後都是野放郊野公園。關注組即時向漁護署查詢被捕野豬去向，並於臉書專頁公佈的做法，有以下好處：

(1) 提高整個捕捉野豬的透明度，以及市民的知情權；

(2) 稍為改善漁護署的形象，不至於被認為將野豬拿去劏去食；

(3) 對關注組來說，第一時間追蹤事件，並交代野豬去向，增加了關注組在市民心中的公信力；

(4) 這種將執法人員運作透明度的方法，亦是保護野豬的方式。

此外，關注組亦在多個保護和保育野豬的議題上主動和漁護署合作，像2013年12月7日，便合作在沙田隆亨邨舉辦了一個「豬家清潔大行動」，一邊派發宣傳單張，希望附近居民善待野生動物及不要餵飼；另一方面，部分愛護動物人士餵飼山頭動物時遺留膠袋膠盤等雜物，弄得山頭臭氣熏天，影響附近居民對野生動物的印象。此外，在新界搜查捕獸器、三椏村破獲捕獸籠等多宗案件中 (21)，關注組和漁護署都有不同程度的合作。這裏必須強調，在與漁護署建立關係一事

上，保護野豬的運動和其他動保運動稍有不同，關注組並沒有完全否定漁護署的工作。

關注組成立之初，已經釐訂短中長期的目標：

(1) 爭取「香港野豬狩獵隊」納歸漁護署；

(2) 漁護署及相關部門和「關注組」舉行定期會議，做好野豬保育工作；

(3) 漁護署聯同「關注組」共議，商討一系列教育宣導工作，讓香港人重新認識野豬，這群香港的老居民。

關注組成立至今近五年，這三項目標沒有一項完全達成，但透過一場又一場的論述戰，野豬在香港被污名化的程度大大減少；今天，已極少媒體形容野豬為「惡獸」，取而代之的是，主流媒體爭相採訪關注組成員及野豬新聞外，他們撰寫報道及所取的標題，已明顯採取了偏向尊重野豬同為生命，同是城市一員的立場。譬如2015年5月，《新假期》以野豬作為封面故事，除了採訪了關注組成員黃豪賢（Roni），並引用他的話「人類是野豬頭號天敵」為內文標題外，封面更以「香港野豬大平反」以推翻野豬被抹黑之名；(22) 同年，《都市日報》也以「好危險，係錯覺」形容人類對野豬天性的誤讀；(23) 2014年12月，《壹週刊》也以〈野豬血淚史〉為標題來報道野豬在香港被剝削及壓迫的生存空間。(24)

一套動物權益視角的野豬論述

總的來說，這近五年來，不僅更多媒體關注並報道野豬的新聞，更重要的是，在大多數的情況下，這些媒體已經不再以「凶惡」、「猛撞」、「惡獸」等文字來形容野豬，取而代之的是較親切的用辭如「大野豬戲水，小野豬闖商場」，又或是替其平反的「野豬血淚史」來描寫野豬的狀況。可見論述轉向之明顯。(25)

　　論述的轉向，對現行政策亦產生具體影響。儘管漁護署還沒有解散野豬狩獵隊，但比較 2013 年及 2016 年的「野豬狩獵隊守則」，有關「行動守則」的內容略見進步。2013 年的「守則」明列，漁護署若接獲市民投訴，指野豬威脅人身安全及破壞財物，即使警方證實野豬沒有對市民構成即時危險，但若野豬仍有潛在威脅，漁護署將會發出書面通知予狩獵隊隊長，使他們在「適當時間內於受影響地點安排狩獵野豬行動」。(26) 到了 2016 年，「守則」的內容則改成，漁護署接獲野豬出沒的報告後，若確認野豬持續出現，並可能持續地構成威脅或危害公眾安全，加上防範措施都不奏效，漁護署會向野豬狩獵隊隊長發出狩獵通知書，指示他們在「適當時間內跟進有關野豬出現情況」。兩者明顯的差別在於：

　　第一、2016 年的「守則」，已經刪除「破壞財物」可以作為出動狩獵隊的理由，即只有野豬「持續地危害公眾安全」，才有可能殺豬。這種將動物生命凌駕人類財產的做法，似是邁向生命平等的路向。

　　第二、2016 年的「守則」裏，漁護署不再一接到市民投訴，便馬

「牠」者再定義

上准許狩獵隊出動，署方會要求相關人士做好防範措施，只有在「防範措施都不奏效」的情況下，才會派出狩獵隊。

第三、根據2016年「守則」，即使漁護署准許狩獵隊出動，但也沒有白紙黑字建議狩獵隊進行「狩獵野豬行動」，只是要求狩獵隊「跟進」野豬情況。從以上「行動守則」的變化來看，儘管野豬狩獵隊沒有被解散，但其出動的正當性已被大大削弱。

到了2017年底，有關保護野豬的運動有了明顯成效。漁護署暫時停止「民間野豬狩獵隊」的行動，同時，漁護署已開始野豬避孕試驗計劃，為野豬打避孕針。雖然這在保護動物界和保育界之間仍有道德爭議，但野豬關注組仍抱持觀望態度，這畢竟代表官方有意重新釐定野豬與這座城市的關係。

寫到這裏，記得2011年11月，臺灣中央研究院研究員錢永祥和文化人梁文道在香港中文大學的一場演講，題為「動物倫理與道德進步」。錢永祥指出，動物和人的關係是會隨著道德文明而進步，不是一成不變的，他引用了辛格在《動物解放》裏的內容指出，黑人民權運動與婦女運動，都是人類兩個重大的歷史運動，都是隨著人類道德進步才得以走到今天，保護動物運動為什麼不可能呢？在這些轉變過程中，道德感召並非憑空而來，它是權力／知識不斷互相增強的產物，而論述在當中扮演了重要角色。(27) 這近五年來，透過不斷的構

建及調整論述，社會在談論野豬時，確是出現了更多的可能性，不再局限在「惡獸」、「咬人」等字眼，然而，希望透過論述建構再達至徹底修訂相關法例，如解散野豬狩獵隊等，卻還有一段很漫長的路。

野豬關注組成員繪畫野豬圖
畫，希望告訴市民野豬出現在
社區不必大驚小怪的訊息。

關注組另一張繪圖還特意在
Tommy 仔的眼角加了一大滴眼
淚，以 Tommy 仔被扣押在漁
護署的慘況來批評這做法。

註　釋

1　　傅柯著、王德威譯：《知識的考掘》（臺北：麥田出版，1997），頁20。

2　　傅柯：《知識的考掘》，頁31。

3　　〈香港五惡獸　虎鱷豬貓犬〉，《星島日報》，2004年3月15日，A10。

4　　〈警搜山發現野豬穴〉，《星島日報》，2004年5月20日，A10。

5　　〈野豬行兇　青年八鄉上山尋犬遇襲〉，《蘋果日報》，2007年8月12日，A01。

6　　M. Foucault, *The Archaeology of Knowledge and the Discourse in Language* (New York: Pantheon Books, 1972), p. 117.

7　　M. Foucault, "Nietzsche, Genealogy, History," in *Aesthetics, Method, and Epistemology*, edited by J. D. Faubion (New York: The New Press, 1998), pp. 387–389.

8　　M. Foucault, *Power/Knowledge: Selected Interviews 1972–1977*, edited by Colin Gordon (New York: Pantheon Books, 1980), pp. 117, 131.

9　　傅柯：《知識的考掘》，頁16。

10　　Foucault, *The Archaeology of Knowledge*, pp. 221–233.

11　　Foucault, *The Archaeology of Knowledge*, p. 154.

12　　廣東話「好多事」諧音，指好管閒事。

13　　〈過馬路小野豬撞死〉，《明報》，2015年9月30日。

14　　香港野豬關注組：〈野放生命非兒戲，評估成效才合理〉，香港獨立媒體網，2014年7月4日，http://www.inmediahk.net/node/1022078。

15　　香港野豬關注組：〈以教育取代血腥殺戮，建立人和野豬共融關係──有關野豬家庭出現北角之聲明〉，香港獨立媒體網，2015年3月10日，http://www.inmediahk.net/node/1032217。

16　　香港野豬關注組：〈有關受傷野豬「獲救」後即晚被「人道毀滅」之處理質疑〉，香港獨立媒體網，2014年11月4日，http://www.inmediahk.net/node/1028172。

17　　辛格著，孟祥森、錢永祥譯：《動物解放》（臺北：關懷生命協會，1996），頁

62–72。

18　劉軒：〈專訪嘉道理專家高保然：野豬不會主動襲擊人，應以安置取代槍殺〉，香港獨立媒體網，2013 年 12 月 12 日，http://www.inmediahk.net/node/1019550。

19　謝曉陽：〈城市人，別讓野豬太驚嚇〉，香港獨立媒體網，2015 年 5 月 11 日，http://www.inmediahk.net/node/10341744。

20　Doris Wong：〈妖魔化的野豬是怎樣練成的？〉，香港獨立媒體網，2015 年 5 月 18 日，http://www.inmediahk.net/node/1022078。

21　〈社交網驚傳大埔「野豬宴」〉，《東方日報》，2013 年 12 月 11 日，A2。

22　〈野豬大平反〉，《新假期》，2015 年 5 月 8 日，頁 8–17

23　〈港男愛野豬〉，《都市日報》，2015 年 5 月 18 日，頁 2。

24　〈野豬血淚史〉，《壹週刊》，2014 年 12 月 18 日，頁 102–104。

25　〈大野豬戲水，小野豬闖商場〉，《大公報》，2015 年 5 月 11 日，A14。

26　守則屬漁護署與野豬狩獵隊往來文件，全文並不對外公開。

27　錢永祥、梁文道：〈動物倫理與道德進步〉（演講，博群論壇，香港中文大學，2011 年 11 月 15 日），http://www.cpr.cuhk.edu.hk/cutv/detail/186?t。

一套動物權益視角的野豬論述

09

海豚在香港

談野生海豚與圈養海豚的保育問題

鄭家泰

「或者海豚是幸運的」，這是我以前的想法。海豚是動物界裏的明星，他們聰明、美麗、活潑，嘴角似乎永遠都掛著一絲微笑；在海洋裏他們是「頂級獵食者」(1)，有著令人類驚嘆的獵食技巧和生活方式；他們有著複雜的大腦結構，負責情感的區域甚至比人類的大腦還要大和發達。(2)「鯨目動物」（當中包括鯨、海豚及鼠海豚）(3) 有複雜的社會結構，某些品種的海豚，例如殺人鯨（殺人鯨是最大的海豚科動物，過去很多人因其俗名而誤以為他們 (4) 屬於鯨類）一生都不會離開自己的家族，直至家族中最年老的雌性死亡，就會由下一隻年紀最大的雌性接替，繼續領導整個家族。海豚偶爾會出現在新聞上，像某地又有海豚救起滑浪者，或從鯊魚的口中拯救人類。在電影中，海豚是人類的朋友，除了寵物貓狗以外，彷彿沒有一種動物會和我們如此親近。令人摸不著頭腦的是，為什麼如此幸運可愛的海豚卻遭受威脅？

　　在中國，中華白海豚被稱為「海上的大熊貓」，大熊貓不是全世界最受重視的動物嗎？海豚理應受到最高級別的保護。在香港，現在有兩個海岸公園為保護白海豚而設，分別是 1996 年 11 月成立的沙洲及龍鼓洲海岸公園，和 2016 年 12 月成立的大小磨刀洲海岸公園，而大小磨刀洲海岸公園是港珠澳大橋的補償措施。可是這兩個海岸公園周圍環境卻是滿目瘡痍，被海上發展嚴重破壞，令人質疑海岸公園的實際作用。除了成立這兩個海岸公園（和下文提及的觀豚守則），和繼續通過研究去監測持續下跌的海豚數字外，我們好像已沒有其他方法保護他

們。放眼世界，現時有多個品種的鯨豚科動物正面臨絕種的威脅 (5)，甚至有鯨豚動物在近年「功能性滅絕」。(6) 究竟海豚保育出了什麼問題？

對大部分公眾來說，認識海豚的途徑不多，大多數人都是在畜養了海豚的主題公園初次看到海豚。每當跟朋友說起我的工作與海豚有關，不少人會先想起海洋公園的海豚，然後才會想到粉紅色的中華白海豚。這與香港的教育及香港海洋公園在本地的影響有關。可能你不認為這兩種素未謀面、毫不相干的海豚有任何關聯，但在保育海豚的路途上，他們的命運其實是互相牽連，不可分割的。

中華白海豚：香港的原居民

時空轉移，回到香港經濟未騰飛的年代，很多香港居民依靠捕魚維生。在漁網的周圍，一種身體呈淺白色（實為粉紅色）的動物在海中暢泳。他們與漁民時而為敵，時而為友，分享著海中的漁獲。漁民對他們又愛又恨，稱他們為「白忌」，有尊敬和畏懼之意，有些甚至將他們奉為神明。他們就是中華白海豚，在香港的水域已經生存了上千年，早於十七世紀已有歷史記載。(7) 這裏是白海豚的水域，他們可說是這片海域的原居民（香港還有另一種鯨豚動物，名為「江豚」）。(8)

直至人類開始污染海洋、開始使用以燃料推動引擎的船隻、開始填海造地、興建跨海大橋，海豚的生活從此不再一樣。很多市民會認為，我們十年都不會看到一次白海豚，大家生活的距離如此遙遠，香港人日常的行為怎會影響到他們呢？然而，看不到他們不代表兩者毫不相干，我們和地球上的各種生物本來就生活在同一自然環境中。當香港人每天忍受著不斷增加的生活壓力，以及環境污染帶來的問題，在香港水域生活的白海豚，他們的命運也和我們緊緊相連，尤其對海豚這種智力極高，有自我意識，甚至有文化、語言的動物，他們每天面對的處境，定必比我們想像的複雜得多。<u>(9)</u>

　　中華白海豚是近岸聚居的品種，由於生活距離與我們相當接近，我們生活的每一個環節都會對他們構成影響：

　　(1) 我們在生活中製造的垃圾和生產生活用品的工廠（例如電子廠），還有中國內地的農地排出海中的有毒化學物，每一秒都在毒害海洋生態。處於海洋食物鏈最高層的白海豚，不斷透過食物吸收這些毒素，不少年幼海豚因此夭折，慢慢地整個群種會出現青黃不接的情況。

　　(2) 香港人喜歡吃海鮮，多年來已把海中的魚捕捉得所剩無幾，海豚食物短缺，惟有待在漁船附近，希望能吃到漁網中的魚，但他們有時候會誤纏漁網，不少海豚因此受傷，甚至死亡。很多香港的海豚身上都有因漁網誤纏造成的傷痕。根據一項研究統計，在1993年5月至1998年3月於香港水域收集到的擱淺白海豚樣本中，有約兩成的白

海豚因誤纏漁網而死亡。[(10)]

(3) 海上交通工具是人類生活往來的產物，客運及貨運船隻每天在香港水域頻繁穿梭，有可能撞傷海豚，大型高速船甚至會將海豚攔腰切開。除了有碰撞的危險外，船隻噪音亦會影響海豚溝通、獵食和探索環境的能力，干擾海豚的活動範圍。根據 2014 年香港機場管理局公佈的環境評估報告，研究團隊從陸上調查發現海豚明顯避開使用機場北面的高速船航道，證明海豚會迴避船隻頻繁出沒的區域。[(11)]

(4) 香港政府對觀豚活動沒有足夠規管，負責觀豚的船家對保護海豚意識不高，未有嚴格遵守漁護署頒佈的觀豚守則。[(12)] 大量觀豚船在海豚附近加速、轉向，有機會改變海豚的自然行為，增加了海豚潛泳的時間，或令海豚避免使用某些水域，船隻甚至有可能撞傷海豚。

(5) 沿岸發展不斷令海豚棲息地萎縮，填海工程沒完沒了。自 1990 年代開始，一項接一項的大型填海工程在大嶼山周圍進行，包括興建赤鱲角機場、東涌新市鎮、屯門 38 區、迪士尼樂園，以及今年竣工的港珠澳大橋，整個生態環境根本沒有喘息的機會。

香港水域出沒的中華白海豚，由 2003 年的 188 條，到 2016 年只剩下 47 條，數字大跌逾七成，情況令人非常擔憂。當我們不斷向公眾公佈這些令人憂慮的數據，希望政府慎重評估各項基建對海港水域生態的影響，政府卻一意孤行，在爭議聲中，將可能是有史以來對香港

水域的白海豚帶來最大影響的赤鱲角機場「三跑」工程（擴建第三條跑道），硬推上馬。

反三跑：一場有名有姓的動保運動

2014年6月，為了反對赤鱲角機場興建第三條跑道，香港海豚保育學會為30條海豚冠上了名字，並根據多年的研究，編寫及出版了30個有依據的海豚幻想故事，名為「海豚三十——聽豚說故事」。(13) 曾經有朋友以沒有惡意的口吻問我，為什麼你們會認為自己有資格為動物命名呢？首個為野生動物命名的人是英國動物行為學家珍・古德（Jane Goodall），1960年代，珍為她觀察研究的每隻黑猩猩冠上人性化的名字，並以人類行為模式來解釋猩猩的行為。她的做法備受當時的科學家抨擊，理由是科學家不應將研究對象當作人類般看待，因為當科學家對研究對象產生感情時，有可能會影響研究分析的客觀性。這些反對聲音亦與當年女性地位被壓抑有關，女性科學家的言論經常被忽略，甚至打壓。但事實上，近年某些鯨魚品種已經被證實有自己獨特的叫聲，科學家稱之為「標誌性的口哨聲」（signature whistle）。(14) 換言之，在鯨豚的世界裏，他們本來就有某種代表自己，類似名字的標記。

我們應否為野生動物命名，或許需要更多的討論。為動物命名的

確是一種以人類為中心（anthropocentric）的行為，但當時我們為海豚加上名字的目的只有一個──希望香港的白海豚成為香港社會的一分子，讓香港人知道每一隻白海豚都有獨特的身分和故事，是獨一無二的個體。很多動物在大眾的心裏是「集體化」的，是「可替代」的，像一個大魚缸裏的魚，每一尾魚看上去都一模一樣，你無法分辨誰是誰。但一旦了解到原來香港的海豚，就如我們的家人和朋友一樣，消失了就不會再回來，大家或許會更珍惜他們，當時我們希望建立的，就是這個概念。

動保運動是成功，還是失敗？

2014年，香港機場管理局向環境諮詢委員會，提交香港國際機場興建第三條跑道的環境評估報告（簡稱「三跑環評報告」）。根據規定，環境諮詢委員會審批環評報告前，設有30天公眾諮詢期，收集公眾意見，讓委員參考。在這30天時間（2014年6月20日至7月19日），我們拿著30個海豚故事，在街頭呼籲市民提交意見，是當時少數可以做到以喚起公眾關注的事。市民的反應是令人鼓舞的，在街頭上不乏市民主動上前簽名提出意見，又向我們表達支持。這次活動可算是香港史上最成功的「反環評」運動，最後有超過兩萬人表達了不滿三跑環評報告的意見。作為「反環評」運動的前線成員，我認為這次運動是成功的，至少我們看到不少市民明白保護海豚和經濟發展之間存在衝突，

亦發現很多香港人願意付出時間、甚至金錢去保護白海豚。

　　然而，就結果而言，運動卻是失敗的。事實證明，兩萬封意見書並不足以動搖環境諮詢委員會的決定，政府從來沒有真正重視民意，只會利用專業人士為政策開路護航，而政策往往向中產階層和大財團傾斜。2016年8月，雖然環保觸覺和市民何來提出的司法覆核仍在進行中，行政會議卻繞過立法會，通過機管局的融資方案，正式讓三跑工程上馬。

海洋沒有海豚　海豚哪裏尋

　　海豚保育運動未能大規模在香港推動，反映了香港政府對動物保育的意識不高，沒有在教育中宣揚保育的資訊；亦體現了環評制度在香港名存實亡的悲哀。貌似獨立的環境諮詢委員會，並沒有為環境保育把關，阻止破壞環境的發展工程，最後只成為政府的橡皮圖章。香港的教育制度亦缺乏對環境和保育生態課題的關注，對大眾來說，要先被關注的，都是以人類為中心的問題，例如土地問題、房屋問題、社會福利、政治、經濟發展等等，皆被放在動物議題之上，享有絕對優先權。最後香港的大自然生態在大家的忽視當中慢慢消失⋯⋯

　　然後，有一把聲音似乎要告訴大家，「不要緊，香港還有我們這個

保育機構，住在我們園區裏的動物都過著天堂般的生活，而且他們都是保育大使！」一不小心，很多人也會被「它」欺騙。喜歡動物的我，亦曾經憧憬在這種環境工作，認為可以拉近與動物的距離。的確，在很多人眼中，海洋公園是一個歡樂天地。然而，這種「保育和教育」卻需要犧牲動物的自由來達到。不少海豚和其他動物更是從野外捕捉，捕捉的過程是殘酷血腥的。這個產業一直將這些鮮為人知的真相隱藏在美麗的糖衣裏，糖衣包裹著的不僅是對動物的傷害，而且是對整個人類社會的毒害。

1960 年代的美國，以海豚為主角的電視節目 Flipper 相當受歡迎，海豚圈養在歐美國家開始成為熱潮。過往很多關於海豚的研究都在圈養環境中進行，因而現今很多對海豚的知識，都是來自圈養海豚的科研成果。對當時大部分人來說，圈養的海豚的確是唯一讓人們認識海豚的途徑。在資訊未發達的年代，很多人不知道圈養海豚背後的真相，因而接受圈養海豚的做法是可以理解的。事實上，要獲得一條圈養海豚，必須從野外捕捉，捕捉的過程血腥殘忍，並且會造成大量野生海豚死亡——因為捕豚者和訓練員會挑選年幼的雌性海豚賣到水族館，原因是他們比較容易訓練，而不獲選中的海豚經常會被殺死。對於社群結構和情感都非常複雜的海豚，野捕對他們來說，等同於人類社會中拆散家庭、拐帶兒童的行為。即使某些水族館以人工繁殖技術來維持動物數量，水族館間仍需要定期交換動物，以保證基因池的

豐富度，所以圈養業界需要依靠其他仍擁有野捕海豚的水族館。為了圈養一隻海豚，犧牲了數之不盡的生命，但他們的犧牲成就了一個更好的社會嗎？

隨著科研的進步，科學家發現鯨豚類動物極不適合在圈養環境中生活；與其說海豚在海洋公園中「生活」，更正確的說法是他們只是在水池裏「生存」。海豚在圈養環境中不能展示自然的行為，水池只有海洋的千分、甚至萬分之一的體積，海豚猶如一生被困在監牢裏。欠缺生活環境上的探索及刺激，加上生活空間異常狹小，令海豚慢慢形成各種刻板行為，精神受盡折磨；吵耳的音樂和遊人的叫囂聲，令聽覺極度敏銳的海豚承受著極大的壓力；食物只有數種冰鮮魚，營養完全比不上新鮮的獵物，訓練員要長期加入補充營養的藥物於食物中；池水含有高濃度的消毒物質，對皮膚和眼睛等造成慢性的傷害，部分海豚因而長期閉上眼睛；海豚被迫以人工繁殖來取精和人工授精，在非自然的環境下繼續在水池中繁衍。由此可見，圈養為海豚帶來的問題數之不盡。(15) 那為什麼我們每次到海洋公園都看不出來呢？

遊客遊覽海洋公園，其實只看到整個畫面的一部分。一場 30 分鐘的海豚表演中，我們看到的海豚乖乖聽著訓練員的指揮，做出美麗的跳躍動作，那是一場有劇本、有演員、有背景音樂，經過彩排的表演。表演過後，我們沒有關心在餘下的時間，海豚過著怎樣的生活。如果

你有時間站在一個海豚展館一整天，不難在圈養海豚身上看到一些刻板行為，因為他們除了表演和受訓，可以做的只有百無聊賴地呆在水池。他們會像木頭浮於水面、機械式打圈游泳、啃咬牆壁或欄閘，直到一天精神錯亂，一頭撞到牆上。(16) 這些都是圈養機構不希望我們看到的，因為這是圈養的陰暗面，讓大家知道了，可能很多人再不會光顧水族館。在水族館裏，我們看到的是一個假象，學習不到真正有意義的科學知識，犧牲這麼多生命和海豚一生的自由，最後換來的，原來只是我們30分鐘的歡樂。

受傷海豚　救與不救的衝突

2015年1月，有人在大澳水域發現了一條懷疑被船隻撞傷的白海豚。海豚尾部嚴重受傷，但仍能浮上水面呼吸，並慢慢游離事發現場。他是「WL212」，(17) 被海洋公園命名「希望」（Hope）。WL212受傷的照片很快被傳媒瘋傳，社會上出現了究竟應否救起海豚的討論。出自惻隱之心，大部分人都希望負責的政府部門作出營救，負責救援的海洋公園結果順應民意，展開拯救行動。

若當時有人提出不應拯救 WL212，會與主流意見有極大的衝突。然而這樣的建議並非毫無根據，而是充分考慮不同可能性後才提出的。首先 WL212 仍有能力在海中游動，能避開船隻，並且有進食，可見

他的求生意志非常強烈。此外，拯救的過程並不像在陸上拯救動物般簡單，而是需要在海中捕捉 WL212，再運到海洋公園，這有機會令 WL212 和負責行動的訓練員受傷，甚至令傷勢嚴重的 WL212 即時死亡。我們參考過不少受傷海豚後來自行痊癒的外國例子，當中有些海豚傷勢非常嚴重，但幾年後，研究員仍能發現他們的蹤影，傷口甚至完全癒合。

在海上救起 WL212 的過程仍歷歷在目，海洋公園獸醫和訓練員嘗試了五次捕捉，分別利用頸套和圍網為工具，但都被 WL212 避開。到了第六次，救援人員以鎮靜劑減他的活動能力，終於成功將頸套套在海豚身上。WL212 被訓練員強行拖到船尾，海豚在過程中不斷掙扎，尾部劇烈擺動，整個過程可能比他被船隻撞擊還要可怕。當海洋公園人員把 WL212 放到船尾板上，海豚的身體再沒有擺動過，只剩下氣孔在呼吸。直至他被放進海洋公園的水池，仍未見他游動。獸醫為 WL212 驗血、照 X 光檢查，證實他的傷口已觸及脊椎，傷勢可以致命。捕捉成功的翌日，海洋公園發佈一段關於 WL212 的影片，影片中見到訓練員撐開他的嘴巴，並把魚放進他口中。整個過程中，WL212 並沒有主動吃魚，然而海洋公園似乎希望市民覺得海豚傷勢已經好轉。捕捉後的第四天，海洋公園宣佈 WL212 沒有能力存活，在獸醫的判斷下，決定為其進行安樂死。

若當天不強行「救」起 WL212，他有可能到今天仍然存活。用捕捉的形式拯救他，是當時社會上的主流聲音，然而對 WL212 卻不一定是最好和最有利他繼續存活的方式。

　　現在再討論應否進行拯救行動，可能已經毫無意義了，因為 WL212 已返魂乏術。然而最重要的是我們從這件事件中，能夠學到什麼。我認為事件的發展是一個人類自我中心的結果，我們看到海豚受傷，感到不忍，所以希望救起海豚，卻沒有想過救援行動對 WL212 來說是好事，還是壞事。WL212 因為人為因素而受重傷，幫助他是理所當然的；但更根本的問題是，負責救援的海洋公園有否盡力做好教育工作，呼籲市民要好好保護仍在野外努力求存的海豚，抑或只是繼續利用海豚作為生財工具？

　　香港海豚保育學會平日帶公眾出海探訪海豚，不少人（尤其小朋友）會問我們可否餵飼海豚、可否觸碰海豚，這就是圈養海豚帶來的錯誤信息。市民在水族館花了一整天，結果連如何尊重野生動物的最基本概念也沒有建立起來。海洋公園把「教育工作」建立在海豚的痛苦上，並且向公眾傳遞錯誤對待海豚的資訊。

保育海豚的未來

　　海豚真的幸運嗎？保育海豚的工作又真的比保育其他物種來得容易嗎？其實不然。也許海豚太聰明了，人類以他們的聰明為藉口，肆意破壞他們的家園，聲稱海豚自然有方法躲避人類帶來的影響。香港機場管理局的專家告訴公眾，海豚會在三跑工程期間自行躲避，並且會在工程完成後乖乖游回來，但誰能保證他們會回來呢？也許海豚太美麗了，人類的目光都被海豚跳躍騰空的姿態所吸引，動物園狠下心腸將美麗的生命囚禁在石屎水池裏，訓練他們成為奴隸，為人類表演。人人都愛海豚，但保育工作做起來卻是舉步維艱。

　　世界各地有許多以保育之名進行的活動，到了今天，我們應該仔細檢視保育工作的真正成效。例如廣受注目的中國大熊貓，保育大熊貓的工作進行了幾十年，終於在 2016 年 9 月被「國際自然保護聯盟」(International Union for Conservation of Nature and Natural Resources，簡稱 IUCN) 紅色名錄降低瀕危級別，由「瀕危」降至「易危」，這全因中國政府透過國際環保組織向公眾發佈訊息，指野生大熊貓的數量上升了 16.8%。可是科學家質疑調查結果可能只是因為調查方式較過去成熟，令數字上升。(18) 然而事實上，大熊貓的棲息地仍然因為人類活動，變得愈來愈支離破碎，竹葉的數量愈來愈少。動物園繼續研究如何提高圈養大熊貓的繁殖能力，讓大熊貓看「色情影片」

學習交配，並且向公眾聲稱讓熊貓成功懷孕是極為艱鉅的任務。[19]
試想像，如果野生熊貓遇上一隻需要看影片學習交配的圈養熊貓，是
一個多麼可笑的情景。當圈養熊貓數量即將達 500 隻時，又有多少圈
養熊貓能夠成功回到野外呢？一次又一次野放失敗，犧牲的都是無辜
的生命。[20] 最後，圈養熊貓繼續扮演中國保育大使的角色，並淪為
外交工具，終生被囚禁在牢獄般的主題樂園。

再看看「海上的大熊貓」，白海豚在香港水域已經所餘無幾，究
竟他們可否繼續生活在這裏？圈養海豚的悲慘命運又要持續多久？這
兩種海豚的命運，最終取決於香港市民對他們有多重視。假若我們繼
續埋首於自己的生活，對他們不聞不問，他們就會無聲無息地繼續受
苦，一條條海豚的生命慢慢消逝。我們需要的是意識上的轉變，我們
太習慣於舊時代的一切，活在根深柢固的習慣和思想裏，害怕改變，
害怕否認過去。像舊社會的黑奴問題，或女性被壓抑的問題，假若
當時不是有人察覺問題存在，而發出改革的呼聲，這些社會的弱勢群
體，恐怕直到今天仍難以扭轉自己的命運。同樣地，如果我們只顧繼
續活在舒適安全、重複而不脫軌的生活裏，不踏出一步為野生動物發
聲，野生動物的未來將會如何？

最重要的是，保育香港的海豚，已經沒有多少時間。

「海豚三十」透過不同地區活動
宣傳保護海豚，圖為政府總部
附近。

圖為「WL212」救援過程。

1　「頂級獵食者」即食物鏈中最高級的獵食者，在其生活環境中不會有其他物種對其進行獵食行為，因為頂級獵食者可以透過獵食控制食物鏈下層的動物數量，所以通常有著平衡整個生態系統的作用。

2　美國神經學家分析海豚的腦部結構和進化史，發現海豚和人類在進化過程中同樣經歷了大腦容量膨脹，而鯨豚和靈長類動物各自因應自己的生存環境和需要，走上了不同的進化道路。近年科學家更發現鯨豚類動物大腦負責情感和社交的部分，可能比其他動物、甚至人類更為複雜，代表鯨豚動物的情感極度豐富，在面對不幸時可能比我們所能感受的更深。見 Lori Marino, "Brain structure and intelligence in cetaceans," in *Whales and Dolphins: Cognition, Culture, Conservation and Human Perceptions*, eds. Philippa Brakes and Mark Peter Simmonds (Oxon: Earthscan, 2011), pp. 115–128；Lori Marino, "Cetacean Brain Evolution: Multiplication Generates Complexity," *International Journal of Comparative Psychology* 17, issue 1 (2004): 1–16.

3　「鯨目動物」為海洋哺乳動物，現在已被發現的鯨目動物大概有90種。

4　因為海豚的大腦、社群結構和行為的複雜性，世界上已經有聲音希望把海豚當作「非人類的人」看待。而我一直認為人類語言將人和動物區分（包括中文的「他」、「她」對比「牠」，以及英文的 I、You、He、She 對比 It），是動物權益難以得到提高的原因和體現。所以此文中用「他」作為動物的代詞。

5　在現今已知的 90 種鯨豚類動物中，其中 87 種已經被「國際自然保護聯盟」（International Union for Conservation of Nature and Natural Resources，簡稱 IUCN）列為紅色名錄評級，當中 2 種被列為極危，7 種列為瀕危，6 種為易危，5 種為近危，45 種為數據缺乏，只有 22 種是「無危」。現時世上最瀕危的鯨豚品種為加灣鼠海豚，從 1997 年科學家發現野外有 567 條，到 2016 年，只剩下約 30 條。2017 年，在野外可能只餘兩、三條加灣鼠海豚。加灣鼠海豚主要面臨的威脅是誤捕，因墨西哥當地漁民大規模捕捉可以製作名貴花膠的石首魚，而石首魚體型與加灣鼠海豚相若，令其被誤捕。"Status of the World's Cetaceans," IUCN-SSC: Cetacean Specialist Group, http://www.iucn-csg.

org/index.php/status-of-the-worlds-cetaceans/; "Phocoena sinus," The Society for Marine Mammalogy, https://www.marinemammalscience.org/facts/phocoena-sinus/.

6   白鱀豚是近 50 年唯一一種因人類活動而絕種的鯨豚類動物。生活在長江流域的白鱀豚因大規模的拖網捕魚和長江的發展，令他們糧食短缺和棲息地變得支離破碎，數量由 1950 年代的 6,000 條，直至 1990 年代只餘下約 100 條。1997 年，科學家發現只餘下 13 條白鱀豚。

7   香港水域的中華白海豚在 1637 年首次被冒險家 Peter Mundy 記錄。見 R. Carnac Temple, *The Travels of Peter Mundy, in Europe and Asia 1608–1667* vol.3, part 1 (London: Hakluyt Society, 1919), p. 171.

8   江豚是除了中華白海豚外，另一種長期定居香港水域的鯨豚類動物，正式名稱為「印度太平洋露脊豚」，屬鼠海豚科，而非海豚科。在香港，江豚分佈在東南面水域，在大嶼山南面水域、南丫島水域、蒲台、果洲群島，以至西貢水域都有其蹤影。江豚體型比白海豚細小，成年體長約 1.7 至 1.8 米，身體為深灰色，因缺少背鰭而較難被觀察到。

9   海豚是少數被發現有自我意識的高智慧動物，即他們擁有知道自己存在的能力，能在鏡中辨認自己，此能力暫時只在猿類（如人類、黑猩猩等）和大象等幾種動物身上被發現，而人類亦要在兩歲左右才擁有此能力。而有幾種海豚被發現擁有使用工具獵食的能力，例如利用大海的海綿動物保護吻部獵食，而該能力是一代傳一代，科學家形容此現象為文化的傳承。見 Janet Mann et al., "Social Networks Reveal Cultural Behaviour in Tool-using Dolphins," *Nature Communications* 3 (2012): 980.

10   E. C. M. Parsons and T. A. Jefferson, "Post-mortem Investigations on Stranded Dolphins and Porpoises from Hong Kong Waters," *Journal of Wildlife Diseases* 36, issue 2 (2000): 342–356.

11   機管局三跑道計劃的環評報告中，四個陸上觀察點的海豚和船隻分佈：http://www.epd.gov.hk/eia/register/report/eiareport/eia_2232014 /html/MCL-

海豚在香港

P132-EIA-13-022.pdf。

12　漁農自然護理署於2000年頒佈觀豚守則，鼓勵觀豚從業者遵從守則，保障海豚的安全，然而此是一個沒有法律約束力的守則。守則內容可參看： https://www.afcd.gov.hk/tc_chi/conservation/con_mar/con_mar_chi/con_mar_chi_chi/con_mar_chi_chi_con_is.html。

13　香港海豚保育學會成立於2003年，是香港唯一一個專為鯨豚保育而成立的慈善團體，致力於保育香港水域的海豚（包括中華白海豚和江豚）及世界各地的海洋哺乳類動物生態，令市民了解保護本地海豚及其生態環境的重要性，提高香港觀豚業質素，並關注國際鯨豚保育問題，如海豚馴養、捕鯨、漁民誤捕及海洋污染等問題。

14　科學家在瓶鼻海豚身上發現標誌性的口哨聲。見 Stephanie L. King and Vincent M. Janik, "Bottlenose Dolphins can use Learned Vocal Labels to Address Each Other," *Proceedings of the National Academy of Sciences* 110.32 (2013), pp. 13216–13221.

15　關於海豚不適合圈養環境的研究，可參閱 Naomi A. Rose et al., *The Case against Marine Mammals in Captivity* (The Humane Society of the United States, 2009).

16　2013年，香港海洋公園一條瓶鼻海豚 Pinky 被公眾發現撞牆的異常行為，香港海豚保育學會洪家耀博士評論事件，認為雖然不能確定海豚撞牆是自殘，但肯定是不自然的行為，質疑海豚的精神可能已出現問題。見〈「囚」於海洋公園　不斷衝池邊翻騰　海豚 Pinky 疑自殘抗議〉，《蘋果日報》，2013年5月28日。

17　研究團隊一般依靠海豚身上的特徵，例如背鰭形狀、傷痕或斑點，來辨別海豚個體。調查員會根據被首次辨認海豚個體的區域和數字順序，給予海豚一個編號。例如 EL01 是調查員在大嶼山東面水域第一條辨認出的海豚，EL 代表 East Lautau。WL212 是在大嶼山西面第212條被辨認的海豚，WL 代表 West Lautau。

18 中國第四次全國熊貓調查的調查範圍，比上一次進行的調查覆蓋的範圍大 72%，令兩次調查的數據不能隨便比較。另一方面，傳統的統計熊貓方法為觀察竹樹不同大小的咬痕，來估算熊貓數量，但通常會出現低估的情況。科學家現在以解讀熊貓糞便的基因組來估計該範圍的熊貓數量，比傳統的估算方法準確。Jane Qiu, "Experts Question China's Panda Survey," *Nature*, 28 February 2015，http://www.nature.com/news/experts-question-china-s-panda-survey-1.17020。

19 圈養大熊貓因為沒機會目睹長輩交配，獸醫遂以動物交配影片刺激熊貓的性慾。另外，由於大熊貓一年中的發情期很短，香港海洋公園經常會對雌性大熊貓進行人工授孕。這些例子顯示圈養中的大熊貓行為不自然，人類要用盡各種有違自然的原則，幫助他們繁殖。〈海洋公園播動物交配片供模仿，大熊貓製造生命片段曝光〉，《蘋果日報》，2011 年 3 月 20 日。

20 2006 年中國正式啟動大熊貓野放項目，當中有不少失敗個案。2006 年被野放的大熊貓「祥祥」，於 2007 年 2 月 19 日下午因為與野生大熊貓打鬥，在逃跑過程中從高處摔落死亡。大熊貓「雪雪」於 2014 年 10 月 14 日在栗子坪自然保護區被野放，同年 11 月 23 日死亡。2016 年 7 月大熊貓「和盛」進入野外環境接受訓練，同年 9 月被發現死亡，身上有明顯外傷。〈遭不明動物襲擊野化放歸大熊貓「和盛」敗血病亡　事隔半年方通報〉，《香港01》，2017 年 3 月 31 日。

海豚在香港

10

海豚在海洋，不在公園

黃豪賢

從香港海洋公園歷史看動物權益運動的轉變

位於香港仔黃竹坑的香港海洋公園，其所在地原為「新巴黎農場」。1950年代初，農場由謝德安經營，主要以菜地、餐廳、小型機動遊戲及動物園（包括圈養猴子、馬匹、豬、孔雀等）作招徠。新巴黎農場成為普羅大眾消遣娛樂的好去處，當時農場引入名為「露露」的馬來西亞月熊作展覽，市民爭相參觀，有些觀眾更花費一毫購買冰棒給黑熊吃。1967年，政府接受香港旅遊協會的建議，設立海洋水族館，並於1971年得到香港賽馬會答應負責水族館1億5千萬港元的費用。「海洋公園有限公司」遂告成立，海洋公園興建工程於1972年啟動，新巴黎農場的土地亦因而被收回，正式結業。(1)

海洋公園於1977年1月正式開幕。開幕初期，公園以展覽海洋動物為主，而機動遊戲設施亦有限。早期海洋公園的營運資金，主要依賴門票收入及香港賽馬會的撥款支持。因為入場費偏低，所以海洋公園大部分時間處於虧蝕狀態。這個時期以動物作為教育和宣揚保育的角色並不明顯，可以說幾乎不受重視。1987年7月，港英政府通過《海洋公園公司條例》，公園脫離賽馬會獨立，成為獨立法定機構「海洋公園公司」，由政府委任董事局成員管理，同時賽馬會撥款2億港元成立信託基金，以確保公園日後發展的穩定性。現時，海洋公園由法定機構海洋公園公司經營，是一所非牟利自負盈虧的機構，公園所得的盈

餘均會用作提升及發展景點設施，以及寓教育於娛樂的元素，宣揚保育的訊息。(2)

　　隨著公眾對海豚和動物權益的意識逐漸增加，在環保和動物團體的反對聲音中，時任海洋公園主席盛智文2011年初宣佈擱置引入北極熊和白鯨的計劃。然而2012年公園為配合日漸增加的遊客數量，決意將海洋劇場的海豚表演，由每日4場增加至6場，結果引起動物保育團體不滿，於海洋公園門外附近空地示威。海洋公園最終維持原有場次，加上該年度不斷傳出海洋公園內的動物死亡的消息，園內動物的福祉和權益進一步受大眾關注。

　　作為一家非牟利的公營機構，香港海洋公園受《海洋公園公司條例》監管。自正式開幕至今，海洋公園發生不少具爭議性的虐待動物及動物死亡事件，例如海洋公園前獸醫木下禮美在其2003年完成的論文中就指出，1974至2002年期間，園內的海豚死亡總數達131條。(3)此外，根據媒體報道：

　　2008年，5尾北京政府贈送的中華鱘被海狼咬死。(4)

　　2011年，公園擬引入白鯨和北極熊，因環保及保育團體施壓而決定放棄。(5)

　　2012年，公園提出增加海洋劇場的場數，由4場增至6場。(6)

　　2013年，6尾鎚頭鯊集體死亡，公園並承認三年前引入的80尾藍

「她」者再定義

鰭吞拿魚，已全部死亡。(7)

2015年，熊貓盈盈長途跋涉，由香港往返四川參與繁殖計劃，期間被強迫與其他雄性熊貓交配和人工授精，雖曾一度懷孕，最終胎兒被「母體吸收」而流產。(8)

關於海洋公園與動物權益議題，最具代表性的新聞，相信是發生於2013年5月初，一尾樽鼻海豚 Pinky 的撞牆事件。(9) 當時「豚聚一家」組織尚未成立，我與一位友人參觀公園的海洋哺乳動物繁殖及研究中心，在研究中心逗留的2小時內，多次看見海豚的異常行為，包括2次看見海豚 Pinky 撞向池邊再翻身直插池底，尾鰭用力撞向池邊發出巨響。此外，又多次看見牠們超難度地在水池打圈游，再擱在淺水區。海豚 Pinky 撞牆事件特別具代表性，不僅由於此事件在當時引起本地及國際傳媒的廣泛報道，而且更促使動物保護團體「豚聚一家」（Dolphin Family）的成立。

早在海豚 Pinky 撞牆事件發生前，已有不同的動物保育團體，批評過園內動物的困養和表演。以下是當時媒體就2012年公園擬增加海洋劇場的場數，由4場增至6場，報道了抗議團體的看法：

> 海洋公園海洋劇場維持每日四場海豚表演，14個動物關注團體約60名代表，昨午到海洋公園外舉行集會，指園方未有回應「海豚

奴隸」問題。團體向園方再次提出四大訴求，要求立即將海洋劇場次數減至每日三次，停止向公眾傳遞錯誤動物知識，並訂出取消馬戲班式表演的長遠時間表。

……

抗議團體強調，海洋劇場一直以來進行的馬戲團式表演，是洗腦教育，是一種「假保育」，向園方提出四大訴求，包括立即將表演次數減至一日三次，令海豚及海獅在表演間得到休息；承諾不再增加海豚及其他動物的表演場次及時間；承諾不再增加園內海豚等動物的數目，長遠取消馬戲班式動物表演，以及每年公佈購入及死亡動物的資料，讓公眾進行監察。(10)

另一參與抗議的動物團體「動物友善政策關注小組」，亦在社交媒體撰文評論此事：

首先，如果不涉及虐待，便可以將野生動物馴養表演合理化，那末，日漸式微的馬戲班表演，就不會受日漸進步的社會非議。原因是，尊重動物的人，利用誘使及訓練動物，從中剝奪牠們在野外的自由，去替你賺表演的錢，本來就是一種勞役。否決馬戲式表演，那正等如當年黑奴被解放的原理是一模一樣的。

其次是，海洋公園是一所遊客常到的地方，在動物保育層面上，對教育公眾是責無旁貸的，如把沒有保育關係的表演，能逐漸把馬戲式的表演取締，在國際間的海洋館上，好明顯已成為大勢。(11)

依據當時傳媒的報道，可見動物團體向園方提出的訴求，主要是針對個別物種尤其海豚的相關福利，進行抗議。值得留意的是，抗議團體當時普遍傾向認為具保育價值、教育性質的動物展示和表演，不應完全被取締，在轉型後值得保留。Pinky 事件發生後，「豚聚一家」於 2013 年 6 月中旬成立，是傾向關注「動物權益」的組織，倡議「零表演、零囚禁」的理念，聚焦於以往動物團體甚少關注的動物圈養問題，而動物權益的平權關顧對象，首次更鮮明地涵蓋海豚及其他展示動物，希望所有被人類用作表演、實驗、展示的海洋動物，經詳細評估後，均得到釋放，重歸自然。「豚聚一家」摒棄「動物福利主義」，明確指出動物能夠感受肉體和精神的痛苦，故不應被人類禁錮消費、勞役表演，甚至淪為圖利和政治工具。

海洋公園的公關技巧

猶記得在「豚聚一家」成立初期，透過議員的聯繫，於立法會會議廳與時任海洋公園主席的盛智文會面。即使當時園方依然封鎖園內動物死亡的消息，但仍然樂意與我們及其他保育團體會面及溝通。而多年來，傳媒及動物團體一直追問園方於 2011 年購入的 80 尾藍鰭吞拿魚的去向。會議上，管理層終於承認藍鰭吞拿魚已全部死亡。(12)海洋公園在會上更表示，如果經常公佈動物的死亡數字，香港人會「crazy」，所以除了瀕危物種外，其他動物的死亡數字，只在年報公佈

便可以了。2016年中旬，盛智文卸任海洋公園主席，新主席孔令成上任後，動物的福利及權益並沒有得到改善，反而開倒車。之後園方更與內地簽署熊貓、海豹、中華鱘等動物繁殖及交換協議，引進更多國家野生動物，如澳洲的袋鼠和樹熊等。在多次大型國際反鯨豚表演及反圈養的示威中，請願者的訴求均不被重視。我們草擬的請願信件，市民收集的簽名，園方選擇漠視不理。(13) 相較過去盛智文管理的時期，海洋公園的對外公關轉趨封閉。

主流傳媒絕不會得失海洋公園這個大客戶，以免影響廣告收入。「豚聚一家」有以下的親身經驗：2016年我們籌備國際反鯨豚示威（Empty the Tanks）時，曾計劃於主流報章刊登全頁廣告，呼籲市民於指定日子到海洋公園示威，惟該媒體堅決要求我們更改地點名稱，不能直指公園，必須使用「黃竹坑道180號」，才能刊登廣告，但這樣便大大削弱了行動的號召力。海洋公園除了透過主流媒體操控話語權，更會透過鐵路廣告、快餐店、學校及團體優惠宣傳，助長消費動物的意識。

2016年初，我們獲邀請到大埔一所幼稚園，向學生講解動物表演和困養的問題。在學校接待處登記後，我背著擠滿教育單張和道具的背包走進課室，剛抵達課室門口，老師便領著30名小孩唸讀《小海豚愛表演》的詩詞，內容如下：「小海豚，水裏游，跳出水面翻筋斗，頂

球跳圈不失手，喜歡與人交朋友！」當我們問同學們在哪裏見過海豚時，他們絕大部分回答是在香港海洋公園。

對學校和家長而言，計劃及安排課外活動耗時甚多，並且必須顧及學生的安全，因而大部分學校，不論是幼稚園、小學及中學，均會安排學生前往海洋公園參觀，背後原因除了購買門票享有優惠外，園內的講解員及導賞員會安排學生整天的行程，包括額外付費的參觀動物幕後之旅，讓同學們親身接觸圈養動物。由於參觀可免卻校方在行程上所花費的籌備時間，因此普遍受學校歡迎。海洋公園的優勢，固然是在於坐擁豐富的土地資源（以1元租借政府土地），也因為其保育基金的現任主席是前國務院港澳辦副主任陳佐洱的女兒陳晴，故此園方能不斷引進內地的動物（如熊貓、金絲猴、海豹、中華鱘等），交換和繁殖計劃頻繁。香港海洋公園打著保育名號，把源源不絕的珍稀動物千里迢迢運來香港，供教育單位及市民消費。

「豚聚一家」（或其他動保團體）在資源懸殊的情況下，應對的策略，只能廣泛利用網媒資源（social media）及公民記者的角色，進行即時的示威和行動報道，並透過文章、相片和影片，加強示威行動在社會上的影響力。除此以外，有別於過往各團體的行動方式，我們會於海洋公園門外及各區擺設街站，透過印制《豚在野》教育單張，主動於街頭接觸市民和進園遊人，將議題持續普及和生活化，將訊息直接

傳遞給目標受眾。與此同時,在進入學校分享時,我們深知要學生深刻理解「動物權益」的概念非常困難,所以我們創立了一套角色扮演的小遊戲,希望推廣至不同學校。以下是我在大埔一所幼稚園的經驗:

首先,將班中30多位同學平均分為3組,分別扮演3種角色:海豚訓練員、海豚和觀眾。遊戲開始時,扮演海豚的10名同學在課室內自由自在地暢泳,他們互相嬉戲、互相追逐,非常寫意。接著,海豚訓練員瞬間空群而出,拿出道具繩網圍捕課室的「海豚」,有些「小海豚」較為幸運,僥倖逃離;不幸的「海豚」則遭突如其來的10名訓練員重重包圍。其中一位扮演海豚的小同學,被捕後明顯露出一臉徬徨的神色,而所有被捕獲的「海豚」則會被囚禁在課室擠迫的一角,不能逃走,不能喧嘩,不能進食。

在囚禁「海豚」的過程裏,身為訓練員的同學可以任意指使海豚做出任何動作,包括穿呼拉圈、頂球、轉圈等。在觀眾熱鬧的歡呼聲下,訓練員不斷勞役海豚,懲罰不合作的海豚。起初,扮演海豚的同學尚算雀躍地跟隨訓練員的指令表演,但隨著表演的難度和時間增加,有些同學出現氣喘的情況,好些更表示有點餓要吃茶點,而班中較為活躍的同學也認為表演動作乏味,漸漸露出疲態。當然,也有零星的「小海豚」在訓練員「快些!快些!」的喝令下,勉力表演。遊戲結束後,所有同學返回座位。這角色扮演讓他們親身體驗到海豚是怎

樣失去自由，怎樣和一起生活的摯親離別，怎樣被勞役，活動後都同聲答應：「不再觀看海豚（動物）表演！」

教育對我們來說，固然是艱辛及漫長的旅程，要將動物的遭遇真相呈現媒體上，我們不得不透過示威行動，讓動保話題進入社會輿論。較為深刻的抗爭經歷，發生在2013年發起的「良心杯葛海洋公園行動」。為更有效讓公眾關注困養背後的殘酷現實，我們首次在海洋公園正門附近擺設街站，即場「嗌咪」並派發《豚在野》單張，展示園內大量海豚死亡的真相，向入場遊客宣傳動物權益訊息。但城巴和園方為隔離遊客和「豚聚一家」，阻止乘坐巴士到達的遊客接收單張，更一度私自「搬巴士站」，避免市民接觸我們提供的教育資訊。但由於擅自臨時更改巴士落客位置，做法不僅違規違章，更剝削遊客和市民的知情權，在團體抗議下，巴士站最終被搬回原處。

海洋公園雖然屬政府租借土地，但公園範圍仍是私人地方，進行任何形式的示威、使用揚聲器、展示標語，也有可能觸犯公園附例。因此，我們於2014年中組織了一次海洋監獄導賞團之旅，以旅行團的方式連同20多名「團友」到園區與遊客接觸，講解動物表演和困養的殘酷事實，保安反應激烈，力阻尊重動物的市民表達意見。

多年來不同的動物福利、動物保育和環境保護團體為動物發聲，

我們不難察覺到，在 Pinky 事件後，海洋公園對於虐待動物指控的辯護更趨謹慎。園方投放更龐大的資源，試圖透過獨立顧問調查、學術研究、專業人士和機構的認證，引述知名雜誌、獎狀的認可，以強調圈養動物的合理性。2012 年 8 月，《蘋果日報》報道海洋公園增加海豚表演的場次，海洋公園的回應是：「海豚分組輪流參與不同時段的表演，確保牠們健康不受影響。而海豚參與演出，可讓牠們玩耍及與訓練員和同類互動，提升身心健康。」然而，記者拍得海豚因疲倦而拒絕表演，部分更拒絕聽從訓練員指令，逕自游走。海豚依靠聲納溝通，表演期間海洋劇場喧嘩嘈雜，石屎缸不斷回彈海豚發出的超聲波。海豚生活在此環境下，身心如何得以健康？此外，園方強化教育和保育的論述，掩飾勞役和囚禁動物的痛苦真相，利用不盡不實的數據和資訊，以應付我們所提倡的動物平權的主張。

以下是海洋公園 2013 年 11 月 9 日就「『豚聚一家』討論會邀請——我們的海洋公園生病了嗎？」的信件回覆（節錄）：

荀子有一句名言：「耳聞之，不如目見之；目見之，不如足踐之。」香港人生活在人煙稠密、節奏急速和充滿壓力的城市。隨著科技日漸進步，人們把大部分時間花在使用電子產品上，與大自然之間的聯繫愈來愈少。在海洋公園，我們的動物大使每年均觸動超過七百五十萬名遊人的心靈。根據 Harris Interactive® 於二零一二年所做的調查結果顯示，大部分參與調查人士均非常支持獲

認證的動物園及水族館設施，並認為如果沒有了這些設施，小孩和成年人未必會有機會觀賞、體驗及學習愛護海洋哺乳類動物。

海洋公園飼養的海豚、海獅及其他海洋哺乳動物在教育及保育上扮演著一個關鍵角色。公園會定期舉辦（編按：辦）及參與國際性研討會，並進行及支持野外生態保育研究、動物拯救或療養項目，如海洋公園保育基金長期致力研究香港水域的鯨豚擱淺，以及海洋公園最近與內地水生生物研究所合作照顧及繁殖極度瀕危的長江淡水江豚，期望可增加牠們在長江流域的數量。

不少已榮獲動物園及水族館協會（The Association of Zoos & Aquariums, AZA）認可的動物園設施多年來致力推廣教育，其重要性及所產生的正面影響更加是無容置疑的，當中已紀錄在案的包括：

· 獨立調查顧問——精確市場研究中心於海洋公園進行了一系列調查，以評估動物展示對於宣傳動物教育及保育的成效。受訪者包括本地人及外地遊客。

1. 於二零一二年九月至二零一三年五月期間進行的一項調查訪問了六千三百名遊人，當中有百分之九十七受訪者相信，參觀動物展館能加強他們對保育大自然的投入。

2. 另一項於二零一二年十一月至二零一三年一月期間進行的調查訪問了一千五百名遊人，當中超過百分之九十受訪者認為保護生態環境是必須的；超過95%受訪者在參觀過海洋公園之後，

行為上出現了或傾向出現轉變。

3. 另一項調查於二零一二年十一月至二零一三年一月期間訪問了二千四百名遊人，比對他們在參觀個別動物展館之前及之後的分別，當中顯示海洋劇場的海洋哺乳動物展示是最能有效地傳遞保育訊息及啟發保育行為的動物景點；百分之八十一受訪者表示自己關心展館的動物；而百分之七十四受訪者在參觀過動物展館後，變得更加積極地採取行動支持保育。

· 另一項由昆士蘭大學於二零零八年在海洋公園進行的研究（Professor Roy Ballantyne 及 Dr Jan Packer），測試了遊人在參觀海洋公園的動物展示後，在保育知識、態度及行為上的改變。遊人認為這些體驗令他們對野生生態產生了更大的興趣，並更深刻地體會到動物保育對他們的重要性。超過百分之八十的遊人能記起遊園期間所學到的保育訊息。當中遊人印象最深刻的保育訊息是海洋生物在野外受到的威脅，特別是人為造成的。大部分遊人認為參觀海洋公園可加強他們對保育的態度，令他們更積極地採取保育行動，如在家中及工作時節省能源、回收膠樽、鋁罐及廢紙。

· Dr. Lance Miller 在美國南密西西比大學修讀深造學位時進行了一項研究，證實了觀賞海豚演出能即時加強遊人對保育的認知，改變他們對保育的態度及行為。在觀賞海豚演出三個月後的跟進訪問中，遊人表示，他們較觀賞海豚演出前更加積極實

踐保育行為，並記得當中所學的環保訊息。

- 美國國家科學教師協會（NSTA）認為，已獲認證的動物園及水族館擔當著很重要的教育角色，而且不斷有研究顯示，非傳統的學習體驗能引發遊人的好奇心及他們對科學的興趣。美國海洋政策委員會於二零零七年發表一項有關美國未來十年海洋研究（Charting the Course for Ocean Science for the United States for the Next Decade:An Ocean Research Priorities Plan and Implementation Strategy）的報告強調，水族館、博物館、海洋實驗室、科學館、動作園等非傳統的教育平台對於向大眾宣揚海洋知識擔當了很重要的角色。

- 國際科學雜誌 Journal Nature 於二零一零年四月刊登了一篇關於非傳統學習方法的文章（Learning in the Wild: Much of What People Know about Science Is Learned Informally. Education Policy-Makers Should Take Note）。該文章提及到，一般普羅大眾均是從學校以外的途徑獲取科學知識，如參觀動物園和博物館、瀏覽互聯網及閱讀雜誌文章。

海洋公園擁有超過六十名資深和經驗豐富的動物護理及獸醫人員，為園內海洋哺乳動物提供全面的身心發展護理，當中二十九名人員專責照顧海豚。公園亦是動物護理設施業界當中重要的一分子，參與及主辦多項國際會議，與同業交流保育及護理不同動物包括海豚的經驗。今年四月，海洋哺乳動物護理

的世界頂尖權威——海洋哺乳動物保育組織（The Alliance of Marine Mammal Parks and Aquariums）和動物園及水族館協會公布，海洋公園連續三年獲頒授為期五年之認可會員資格，表示公園一直以最高標準照顧其動物，進行保育及教育推廣工作。海洋公園是美洲以外唯一一個取得該會員資格之動物園設施。

然而海洋公園無法回應的基本事實是：我們沒有權利要求動物犧牲終生的自由，為人類肩負教育的工作。除了每年被數以百萬的遊客消費外，牠們更被勞役表演和強迫繁殖，代價實在不菲。真正的保育，就是還原動物的原生棲息地，讓牠們回歸自然，重獲自由。事實上，即使我們沒有親身遇見恐龍，也有其他途徑認識恐龍。同樣地，我們也可以透過書籍及互聯網去認識動物，而毋須困養及擁有牠們。沒有以尊重動物為基礎的保育和教育，是假保育、偽教育，動物解放運動勢在必行！BORN FREE，STAY FREE！

2016（上圖）及2017（下圖）年度「Empty the Tanks」國際反圈養活動，香港站由「豚聚一家」主辦，聯同約40位關注動物權益人士到香港海洋公園門前，要求實現「零表演、零囚禁」。

海豚在海洋，不在公園

註 釋

1 〈新春何處去郊遊玩意多〉,《大公報》,1963年1月23日;劉智鵬、黃君健:《黃竹坑故事:從河谷平原到創協坊》(香港:三聯書店香港有限公司,2015),頁94–96。

2 劉智鵬、黃君健:《黃竹坑故事》,頁94–96;〈我們的海洋公園〉,《東週網》,2010年7月27日,http://eastweek.my-magazine.me/main/7755。

3 Reimi E. Kinoshita, "Epidemiology of Melioidosis in an Oceanarium: A Clinical, Environmental and Molecular Study," (MPhil Thesis, University of Hong Kong, 2003), p. 75.

4 〈香港電台重點新聞:海洋公園內的中華鱘被襲擊死亡〉,2008年6月24日,https://www.youtube.com/watch?v=Up-j7FcYsE8。

5 〈海洋公園受壓棄養北極熊〉,《東方日報》,2011年2月15日。

6 〈日加3場騷　海豚抗令怠工〉,《蘋果日報》,2012年8月12日。

7 〈海洋公園認另有四鯊死亡〉,《蘋果日報》,2013年11月5日;〈海洋公園80條藍鰭吞拿全死〉,《東方日報》,2013年11月5日。

8 〈胎兒分解被母體吸收盈盈流產〉,《蘋果日報》,2015年10月8日。

9 〈海豚的辛酸:我可以罷工嗎?——海豚「撞牆」抗議直擊〉,香港獨立媒體網,2013年5月27日,http://www.inmediahk.net/pinky。

10 〈14團體轟海洋公園表演奴役動物,促訂取消海豚騷時間表〉,《蘋果日報》,2012年8月27日,http://hk.apple.nextmedia.com/news/art/20120827/18001297。

11 二元:〈除了國民教育,也談談海洋公園的洗腦問題〉,香港獨立媒體網,2012年8月24日,http://www.inmediahk.net/ 二元:除了國民教育,也談談海洋公園的洗腦問題。

12 〈藍鰭吞拿魚海洋公園有得睇〉,《東方日報》,2010年12月22日;〈海洋公園80條藍鰭吞拿全死〉,《東方日報》,2013年11月5日。

13 Sarah Karacs, "'Empty the Tanks': Hong Kong's Ocean Park at Centre of Activists' Battle to Stop Dolphin Captivity," *South China Morning Post*, 1 July 2015.

「牠」者再定義

從野生環境到大學社區

「嶺南貓」的身分建構和轉化

邱嘉露

餵貓的幕後功臣與博雅精神？

晚上8時，又到嶺南大學的貓咪們開餐的時間。好些貓咪慣性地走向「貓姨姨」（化名）身邊，發出「喵」、「喵」的叫聲，時而催促，時而撒嬌。亦有一些較為膽怯的貓咪在開餐時間仍瑟縮一角或未見蹤影。貓姨姨以尖細的聲線呼喊貓咪出來用膳，貓咪一聽見她那嘹亮而細軟的叫喊，便紛紛上前表示歡迎，隨即變身為纏人的小貓咪，恍如家貓般嬌嗲。齊藤慈子（Saito Atsuko）和篠塚一貴（Shinozuka Kazutaka）對家貓進行研究，發現貓隻能夠透過辨認人類的聲線，從而分辨親近和非親近的人類。(1) 在人貓互動之間，我們改變了牠們什麼，而牠們又改變了我們什麼？

貓姨姨是嶺南大學的一位員工，她每天晚上8時由校園內正門附近的東亞銀行門外開始餵貓，途經黃氏行政大樓、余近卿紀念園、何善衡樓、南面學生宿舍等等，最後以正門停車場為終點，為時近兩個多小時。(2) 貓姨姨餵貓的年資已有七年多，對於嶺南貓的生活習慣和性格特徵瞭如指掌。七年來，每晚兩個多小時無間斷的餵貓行程成為貓姨姨生活不可或缺的一部分。儘管貓姨姨偶爾有事未能餵貓，她也會囑咐學生及朋友分工合作，分派當晚貓咪的晚餐。(3) 對於貓姨姨而言，嶺南貓是她生命的一部分。當有嶺南貓生病或受傷，貓姨姨都緊張萬分地四出尋求辦法幫助貓咪，餵牠們吃藥，並轉換貓糧。貓姨姨

鮮有提及她為什麼對嶺南貓猶如至親。她只說：「我照顧貓咪們並非沽名釣譽，我對牠們好，純粹出於感情，希望牠們有兩餐溫飽，就是這麼簡單。」街坊 Welson 則說：「貓姨姨對嶺南貓的感情超越了一般人類和動物的關係。有一次 3 號風球，貓姨姨本身又身體不適，她仍堅持回來餵貓，餵完隨即於花叢旁嘔吐，然後自行乘坐計程車回家。你試想，有誰會那麼傻，每晚勞心勞力餵數十隻貓？」(4)

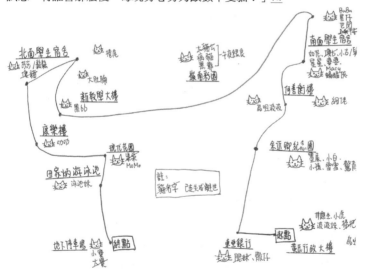

圖為嶺南貓的分佈及貓姨姨的餵貓路線。筆者繪於 2018 年 5 月 14 日。

現時校園內有三十多隻貓咪。一個月的貓糧開支達 2,000 多元，

從野生環境到大學社區

幾乎都是貓姨姨一力承擔。街坊 Welson 透露，有時會收到一些贊助，例如尖東忌廉哥那邊偶爾會對他們提供援助。(5) 不辭勞苦地照顧嶺南貓的還有其他校內教職員、學生和附近街坊，其中比較廣為人知的是前進修及研究事務主任吳桂華先生。他在 2011 年接受訪問時表示，他餵貓的年資已達十五年。他照顧嶺南貓的事蹟更於 2010 年的嶺大薈訊中被宣揚為「博雅精神」。(6) 2016 年 10 月，「嶺南貓關注組」和「虎地書室」策劃了「福袋企劃」，售賣福袋的收益，扣除成本後，全數用於補助嶺南貓的膳食和醫療。「福袋企劃」的反應不俗，被校內的刊物《嶺大脈搏》稱為「嶺南精神的實踐」。(7) 因此，原本屬於個人而低調的餵飼嶺南貓行為，被校方賦予另一層意義：嶺南「博雅精神」。

貓的象徵意義之演變

人類和貓的關係隨著歷史演變和城市發展，經歷了翻天覆地的變化。人類最早馴化貓的時期眾說紛紜，最新的考古發現指出貓的馴化始於 9,500 年前的近東。在賽普勒斯出土的墳墓中，考古學家發現貓的化石，確認作為陪葬品的貓是地位高尚的男性馴養的動物。在古埃及時期（約公元前 2890 年），芭絲特（Bastet，又稱 Bast）是埃及神話中的女神。最初芭絲特女神的形象為獅子，後來卻被另一位獅子女神所取代，芭絲特女神便與家貓扯上關係，成為貓女神。芭絲特女神在布巴斯提斯（Bubastis）受到人民的膜拜，她的廟宇也是貓兒聚集的地

「她」者再定義

方。考古學家在廟宇周邊挖掘出超過30萬具貓木乃伊（但當中有不少只是貓形木乃伊，內裏並沒有貓的屍骸）。(8) 由此可見，貓在古埃及是神聖而受人膜拜的動物。

後來，貓在西方世界被視為巫婆的同黨或與巫術有關，尤其是黑貓。中古時期的法國人為了制約貓的法力和保護家庭，把貓活封在牆壁裏。人們對貓的恐懼和憎恨，也表現於十四世紀黑死病肆虐的時期，人們把貓視為黑死病的元兇，而且大規模屠殺貓隻，帶有黑死病病源的老鼠因而大量繁殖，導致黑死病一發不可收拾，約四分之一的歐洲人口死亡。(9)

而在幕府時期的日本，貓則被賦予了招財的幸運形象。有一隻貓因保護和提醒主人——名為薄雲（Usugumo）的妓女身旁有蛇的威脅而枉死，薄雲因而悶悶不樂。一位愛慕薄雲的富翁便吩咐名匠根據死去貓兒的模樣製作一個雕木複製品。貓複製品舉起左手，賣相可愛自然。這不但使薄雲再次快樂起來，而且更為她帶來更多慕名而來的客人。其他妓女及商店爭相仿傚。此後，貓的複製品都被稱為「招財貓」（Maneki Neko），人們紛紛複製招財貓，希望「貓們」都能像薄雲的貓一樣招徠客人。(10) 由此可見，人類對貓的觀感並非固定的，而隨著人類歷史的進程和地方信仰而改變。

當貓走進人類的社區

　　貓的獨特之處是牠並沒有完全被人類馴化，即使牠與人類共居，接受穩定的食物來源，牠仍帶著祖先遺下的基因，保留著一定的捕獵技能，而且十分獨立。當人類開始發展農業社會和組織村莊時，農作物的儲存和剩餘的食物同時吸引了害蟲、老鼠和貓。作為捕食性動物的貓，經常光顧人類的居所捕食害蟲和老鼠，而人類也歡迎這位不速之客幫助控制鼠患。因此，貓的馴化是發生於牠和人類互利共生的環境中。在英格蘭布里斯托大學（University of Bristol）的人與動物學研究所裏，布雷蕭（John Bradshaw）發現貓兒並非天生與人類共處，而是牠們選擇和學習了如何與人類相處。牠有意識地進入人類的居所，而且自我馴化。[11]

　　貓本是屬於大自然的，而大自然也代表著一種「非人為」的價值觀，也是人類追求心靈深處的一種自然狀態，或再度成為自然的一部分、返回母體的渴望。在 1920 年代，盧卡奇（György Lukács）的《歷史與階級意識》（*History and Class Consciousness*）暗示理想的生命形態是不應受到任何壓抑，而野生動物的生命正是此一模範。[12]「動物應該回歸大自然」的觀念亦可見於佛教的放生習俗。信徒相信把被人類捕捉的動物放回大自然是好生積德的行為，透過對動物仁慈而提升自己的道德修養，亦為來世積福。然而，動物園、家禽業和寵物的出

現恰恰違背了這種「理想的生命形態」。牠們被局限於狹窄的空間，缺乏自然環境及其他動物作為反應對象，甚至失去生育或交配的能力。

長期居於高度城市化、終日與混凝土相處的人類，有時或會忘記人類本身也是大自然的一部分。在人類的心靈深處，人們亦不自覺地追求人為世界以外的自然心靈狀態。過去兩個世紀，人類不斷開發自然資源，使大量動物消失。若人們希望觀看動物，那得去動物園。在那裏，人們往往自相矛盾地期望在人為的環境中凝視「自然的」動物。我們與動物分享著相似，但又不盡相同的地方。人類透過與動物作對比，以及與動物互動，了解自身的存在和反省人類社會的道德秩序。(13)在人和動物互動過程中，人類賦予了各種動物不同的象徵意義，例如在中國社會裏，豬是愚蠢和懶惰的象徵，而牛是勤奮的代表。

那麼貓呢？在古埃及，貓是受人膜拜的神；在中古時期的歐洲，貓是妖魔；在日本的幕府時期，貓卻成為招財的符號。貓在我們今天的社會象徵著什麼呢？自貓進入人類社會至今，牠們仍遊走於我們生活的每個角落：老店或街市的店舖，大街小巷的隱蔽處，高聳的住宅單位內，以及各個愛護動物組織的收容所等等。牠們都被人類冠上不同的稱號和名字，而且都以人類為中心而被界定，沒有人照顧的貓，就是在流浪，所以被稱為「流浪貓」。與人類一起居住的，人類給了牠們一個「家」，所以稱為「家貓」。愛貓人士固然認為貓是可愛、性格獨

特的生物。可是，香港的城市發展以人和效益為中心，以達到「安全」和「潔淨」的居住環境，人們一般視流浪貓狗是「滋擾」和「問題」。根據官方文件，由 2011 至 2016 年間，「漁農自然護理署（漁護署）每年平均接獲 1 萬 2 千宗有關流浪動物造成滋擾的投訴，當中包括噪音滋擾、環境衛生問題，以及公眾衛生及安全的相關投訴。」(14) 從新加坡移居香港 20 多年的 Dominique Ke 表示：「我在香港餵貓，就總會受些白眼，香港人亦經常將垃圾問題歸咎餵飼動物的人。」(15) 市區裏的貓往往被視為「剩餘」，牠們是剩下來的，所以應該被清理掉。

以貓眾多而聞名的嶺南大學，也曾因為歐洲發現有貓隻染上禽流感而宣佈：「若校內有人感染禽流感，即要通知漁農署（編按：即漁護署）把所有貓隻捉走。」2006 年，嶺南大學有逾百隻貓居住，事件引起部分人士擔心禽流感會由貓傳人，貓隻隨即被視為病毒傳播的元兇。嶺南大學的對策引起師生的反對，有學生計劃成立愛貓組織，教育同學有關保育貓隻的知識，亦有職員反駁校方說：「如果發現禽流感會人傳人，是否要捉掉所有人？」(16)

在病毒爆發時期，動物往往是千夫所指。把病毒傳播的責任歸咎於動物的例子，可見於前文提到的歐洲中世紀時期的黑死病，以及 1997 年香港的禽流感（見本論文集 Frédéric Keck 的文章）。而香港愛護動物協會（下稱「愛協」）認為尚未有禽流感由貓傳人的個案，嶺南

大學根本毋須恐慌。嶺南大學管理層對嶺南貓向來採取不干預政策，然而，「禽流感」事件和校內貓隻數量激增，使校方關注嶺南貓數目過多的問題。校方於2007年主動聯絡愛協，而且接受愛協的建議，加入「貓隻領域護理計劃」（Cat Colony Care Programme, CCCP），採取「捕捉、絕育、放回」的措施控制嶺南貓的數量，經過數次大型的絕育行動後，嶺南貓的數目減至現時的30多隻。(17)

　　「捕捉、絕育、放回」比過去數十年「先捕後殺」的政策（2000年之前）更為人道及有效解決流浪動物過多的問題，而且亦提升了貓隻的生活質素。(18) 可是，此政策背後仍存有隱憂。當流浪動物在人類的干預下，都被迫絕育，失去繁殖下一代的能力，牠們一隻一隻逐漸老去，消失於我們的城市生活中。那麼貓會否終有一天，也成為動物園的展示品？

　　香港政府和愛護動物協會仍停留於把流浪動物視為「它者」的觀念，(19) 而民間關注流浪動物的組織和媒體近年興起，他們跳出把動物視為「它者」的思維，把在社區居住而又沒有特定主人的動物稱為「社區動物」，賦予牠們一個社區的身分。(20) 主流媒體如《蘋果日報》和《香港01》等也開始使用「社區動物」這個新發明的名詞。(21) 生活在校園的嶺南貓既非家貓，亦非流浪貓，牠們在校園的社區裏與師生一起生活，並不屬於任何人，接受愛貓人士的餵飼和照顧。「嶺南貓

關注組」創辦人之一的許謹穎接受訪問時表示：「嶺南貓是我們社區的一分子，我們照顧嶺南貓，除了出於愛貓之外，還希望在社區中實踐及發揮我們的才能。」(22) 自1995年嶺南大學遷入屯門虎地，已有貓隻定居於校園，20多個年頭過去，牠們被賦予了「嶺南貓」的社區身分。

嶺南貓和關注牠們的人

回到最初的問題，嶺南貓從何而來？據說1995年嶺南大學校舍遷入屯門虎地，虎地中村清拆後，村裏的家貓被遺棄，而街貓亦喪失棲息地，為了躲避校園附近地盤的野狗，村貓便溜進嶺南大學校園，因為愛貓師生的餵飼和學校管理層的默許延續至今。20多年來，嶺南貓的故事不乏傳媒報道，也成為教職員及學生的生活點滴。嶺南貓當中最為人熟悉的，非「小虎」莫屬，上至校長，下至工友都認識牠。據說，小虎是嶺南貓的始祖，在嶺南大學校舍遷入虎地時已經在校園生活，共住了十四個年頭。小虎於2010年壽終，終年13至15歲。(23)

小虎晚年百病叢生，廣受關注。〈嶺大之寶小虎兩度入院　身體虛弱昔日英姿不再〉，嶺南大學的校園刊物《嶺暉》內的標題如是說。2006年，有學生發現小虎的頭和左腳受了傷，走路時左拐右傾，於是發起「救救小虎行動」，發起人之一陳偉健說：「同學們視小虎為好

朋友，他們都很熱心支持是次的籌款活動，故我們短短兩日就籌得2,000元。」2009年，小虎被確診患上貓愛滋、腎病和貧血。照顧小虎晚年的貓義工阿婷說：「小虎的生命力很頑強，一般流浪貓而言，超過10歲已是奇蹟。」(24) 小虎在2010年去世後，在時任校長陳玉樹（1953–2017）出資支持下，嶺南貓社在2011年出版《嶺南貓集》懷念小虎，希望引起更多人關注身邊的動物。

人們對小虎的關注和情感的流露，在今天看來可能是理所當然，但若把小虎的個案放置於十九、二十世紀的香港社會，恐怕人們會有截然不同的反應。校內師生對小虎的關懷和懷念象徵著人們把小虎納入「我們」當中，牠並非一個不相關的「它」者或比人類低下的生物，而是晉級成為「我們」的一分子。校內員生對小虎的關注被傳媒廣泛報道，使嶺南貓成為嶺南大學的特色之一。小虎因討人喜愛的性格和威武的打鬥事跡，被冠上「嶺南之寶」和「嶺南貓王」的稱號。(25) 人們在建構小虎的身分時，小虎的故事也賦予嶺南大學「愛貓」的形象。

嶺南貓因小虎事跡廣傳而遠近馳名。早於2006年，學校宣佈若校內有人感染禽流感，便會把所有嶺南貓捉走時，已有學生計劃組織愛貓會社，可惜未能成事。直至2008年的夏天，管理學系助理教授侯德明透過嶺南大學的貓義工收養了兩隻流浪貓。他深感嶺南大學校園內的貓隻繁殖太快，而數量亦過多，高峰期達280多隻，因此他召集學

生成立「嶺南貓社」（下稱貓社），以照顧嶺南貓和提高嶺大師生對嶺南貓的關注。[26]

　　由學生組成的嶺南貓社於2009年成立，成為香港第一個為關注貓隻而成立的大學組織。貓社的成立旨在提高師生對貓隻的認識，而且也成為外界了解嶺南貓的一個渠道。貓社成員定期舉辦活動，幫助師生了解嶺南貓的習性及生活狀況，以及培養對貓隻應有的態度。貓社組織了「與貓義工同行」的餵貓活動，以培養更多貓義工學生照顧貓隻。活動由資深貓義工指導同學餵貓，並沿途講解每隻貓的生活習慣和健康情況等等。2010年，貓社收到電台的邀請，於校外宣揚愛護動物的信息，更為爭取動物權益而走上街頭。[27]

　　嶺南貓社是嶺南大學學生會屬會之一，雖然被賦予正名和權力管理嶺南貓，但同時亦受到學生會會章及行政上的限制。基於會章的要求，嶺南貓社所籌得的款項和會員的費用不得用於貓隻身上，只能用於學生身上。因此，貓社雖然宣稱有照顧貓隻日常飲食的責任，但貓糧的開支龐大，貓社成員實在未能滿足貓隻食物上的需求，而且貓社舉辦活動首要考慮是學生的需求。貓社基於行政上的限制而未能「以貓為本」而備受抨擊。[28] 嶺南貓的膳食仍得依靠教職員、學生和校董等的貓義工負責。嶺南貓社的運作只維持了3屆，在2012年因青黃不接而沒落，取而代之是嶺南貓關注組。

成立於2013年的嶺南貓關注組（下稱關注組），是現時較為人知的照顧嶺南貓的組織。關注組第一屆有4位核心成員，現時有6位，由舊生及學生組成。基於前車可鑑，為免受行政限制，他們並沒有成為學生會屬會之一，而是非校方的志願組織。(29) 關注組的主要工作與嶺南貓社大同小異，不過關注組更注重貓隻的絕育、醫療和善終服務，而且不厭其煩地多次提醒愛貓的學生需注意衛生，收拾剩餘的貓糧，以免滋生蚊蟲。(30) 關注組於2015年收到一筆數萬元的捐款，可支付嶺南貓的糧食和醫療開支，偶爾也收到物資捐助，包括貓乾糧。

　　現時關注組只餵飼從忠信逸民堂（南面學生宿舍C座）至何善衡樓的嶺南貓。關於為什麼只餵飼部分嶺南貓，關注組核心成員 Jordyn 表示：「因為其他範圍的嶺南貓已有其他貓義工餵食，所以我們只餵一部分的嶺南貓。」關注組另一位成員 Bruce 也透露，關注組只能餵南宿附近的貓，是因為人手和資金不足。然而事實上，截至2017年4月，關注組的財政總盈餘有2萬9千多元。(31) 而且，關注組的成員共有6位，亦有近70位同學報名希望成為關注組的貓義工。在關注組擁有較多的人力、物力，以及在全校嶺南貓都有貓義工餵食的情況下，關注組只餵食南宿附近的貓，難免令人懷疑關注組對嶺南貓欠缺足夠關懷和照顧。嶺南貓的膳食主要還是由幾位於校內工作的貓義工負責，他們並不屬於任何組織，純粹個人自發地每天餵飼全校的嶺南貓。一位男保安員負責嶺南貓早上的膳食，另一位女保安員（亦是本文的貓姨

姨）負責晚餐，而假日亦有另一位貓義工加入餵食行列。圖書館職員陳小姐（化名）每天都抽時間到北面的學生宿舍餵貓。(32)

關注組表示他們每日餵貓一次，於中午12時至下午3時之間進行，每月貓糧開支約300元。嶺南貓在貓義工們悉心照料下，一般只喜愛吃貓罐頭或乾濕糧混合（貓罐頭混合乾糧），如非飢腸轆轆，牠們甚少乾啃乾糧。(33) 嶺南貓進食的貓罐頭在超級市場的價格一般每罐由6.5元至10元不等，若關注組每個月的貓糧開支是300元，那麼每天的開支大約是一至兩罐的貓罐頭。現時由南宿至何善衡樓的貓為數十多隻，相信關注組所提供的貓食並非嶺南貓的主要糧食來源。照顧數十隻嶺南貓膳食的重擔一直由一班不願露面的貓義工照顧。貓義工並沒有特定的組織，餵貓全靠他們之間的默契。即使貓社和關注組都有安排學生義工餵貓，但是對風雨不改自發餵貓的貓義工而言，他們並不需要組織的安排，貓組織的出現並沒有減少他們餵貓的分量和次數。

非關注組的貓義工和關注組的關係甚為疏離，而且偶爾因為嶺南貓的問題產生矛盾。例如一隻名為「二世祖」的貓通過關注組被暫託，暫託家庭居於荃灣福來邨。(34) 後來「二世祖」在暫託家庭走失了，貓姨姨得知後，指責關注組辦事不力。(35) 嶺南貓本來是社區動物，理論上並不屬於任何人或組織。在關注組或貓社成立之前，嶺南貓的領養事宜一般由貓義工安排，2008年管理學系助理教授侯德明透過嶺南

大學的貓義工收養了兩隻嶺南貓是一例。然而，貓組織出現後，貓組織定期在網上發佈嶺南貓的資訊，成為大眾接收嶺南貓資訊的主要渠道，並且取代了貓義工在領養過程的角色，成為處理領養事宜的主理人。

若嶺南貓並不屬於任何人或組織，那麼誰有權帶走牠們，或為牠們安排領養呢？住在北面學生宿舍的嶺南貓小柑（又名「柑仔」、「小王」）被領養一事便引起學生、關注組和貓義工之間的爭執。小柑在2007年在愛協的「貓隻領域護理計劃」下被安排絕育及植上晶片。2015年6月，小柑誤墮屋苑裏漁護署的捕貓籠。漁護署捉到小柑後，轉送愛協，經獸醫判斷後認為條件合適送到領養部，最後柑仔被領養。(36) 喜愛小柑的嶺南學生胡淑雯不滿柑仔被領養而發起聯署，「要求嶺南貓關注組回應及檢討『北宿柑仔突然加入領養計劃』事件」。她接受媒體訪問時說：「學生、職員都喜歡小柑，北宿有水、有糧、有貓床，這裏就是牠的家。牠是住在我們社區當中。健康友善的貓就送去領養，老弱殘病卻送去人道毀滅，香港的動保是否走錯路？」(37)

姑勿論在領養過程中誰是誰非，嶺南貓關注組被認可為嶺南貓的主理人，在事件中成為漁護署、愛協和學生交涉的媒介，並且被期望為小柑被領養一事負責及解釋。在小柑於愛協逗留期間，貓姨姨曾致電愛協，要求把小柑接回校園。愛協職員回應說：「不可以，你接牠回去，都是讓牠做回流浪貓。」貓姨姨無言以對。 由此看來，「社區貓」

的概念在愛護動物機構中似乎並不流行，而主流意見對貓的界定仍然停流於簡單的二元分野——「沒有主人的貓是流浪貓；有主人的貓是家貓」，而且認為人類的家才是貓的理想生活居所，只有在「潔淨」而「安全」的居所中生活，加上穩定的食物來源，貓才能得到最好的生活保障，健康地成長、老去。

在領養事件中，關注組和貓義工一致認為小柑被領養是好事，牠終於有一個「家」，免受風吹雨打和傳染病的威脅。(38) 為了不讓牠受到野外的威脅，所以牠的活動範圍只限於一個以混凝土建成的居所。在這居所中，牠的反應和互動的對象只剩下領養人及其家人，以及一些沒有生命跡象的「貓玩具」。也許，這是牠的理想居所。然而，動物在人類管理制度下，牠們並沒有選擇居所和生活方式的自由。在城市極速發展下，牠們的生命仍只能以人類為軸心而轉動。

一隻名為肥妹的嶺南貓於 2017 年 4 月病重，貓義工向關注組求助。當時關注組的醫療盈餘是 2 萬 2 千多。關注組卻以肥妹並不是急病，以及資源有限為由，拒絕為肥妹求醫。(39) 肥妹最後由非關注組的資深貓義工帶同前往診症，牠被確診染上貓免疫缺陷病毒（俗稱貓愛滋）、牙肉嚴重發炎和貧血。關注組成員 Jordyn 和 Bruce 向筆者透露，他們的醫療支出是以一個財政年度作計算，4 月是新一個財政年度剛開始不久。他們生怕在一個財政年度的早期就花光醫療資金，而

未能救助後來生病的嶺南貓。在關注組成員的這種擔憂下，嶺南貓需要病得逢時才有機會接受關注組的醫療援助。關注組如何分配及使用善心人的捐款仍然欠缺清晰的準則。

香港的動物組織或機構，他們往往因為資源不足、制度僵化，以及缺乏監察機制的問題，以致未能實踐其愛護動物的宗旨。全港最大型的愛護動物機構——愛協亦曾多次被揭發在有領養家庭的情況下，仍然濫殺無辜，而機構事後仍可安然運作。(40) 由於香港現時並沒有相關的法例能有效監管動物組織或機構的運作，動物一旦落入其管理範圍，他們可以持有資源而置之不理，或者全權決定動物的生活方式和生死。當動物組織或機構以「愛」之名對動物進行管理，動物的生命很容易被局限於一系列的僵化管理模式。

香港社會對動物權益的議題越趨關注，以致近年香港的特首選舉，立法會選舉，區議會選舉均有候選人提出有關動物權益的政綱，以爭取愛護動物人士的支持。(41) 在香港特首選戰在即，候選人曾俊華更到訪嶺南大學，探訪嶺南貓，以回應其有關動物權益的政綱和「休養生息」的政治論調。(42) 動物議題能走進選舉政治之中，這是候選人對民間關注動物權益的回應，使動物議題在公共事務佔一席位。以往，人類以施捨的姿態給予動物福利，而非動物本身具有若干權利。近年候選人們的政綱反映香港社會正從「動物福利」走向「動物權益」

的過程。

結語

　　嶺南貓分散於校園不同角落。有的圍繞著余近卿涼亭及其小山丘定居，有的落腳於泳池和永安廣場之間的現代花園，有的則與學生同居，在宿舍舍堂樓下生活。貓社群中有幫派和輩分高低之分，由地緣視角來看，近宿舍舍堂的貓較親近人，而親近人的貓咪一般都是貓老大，牠們的糧食供應都是最好、最充足的。相反，一些遠離人群而又處於弱勢的貓往往孤立無援，牠們活動範圍小，而且又不敢走進其他貓老大的地盤，即使有人餵飼也未必能取得足夠的食物，不時要捱餓。那些親近人的貓老大特別懂得討人類歡心，從而常常獲得「大餐」和「美食」。(43) 居於南宿的貓老大 bubu 特別討得貓姨姨歡心，牠吃的是最上等的金裝吞拿魚，吃過魚後還有貓湯享用，這都是貓姨姨對牠的優待。攝取充足的營養使 bubu 身壯力健，有助進一步穩固作為老大之江湖地位。因此，在人類的干預下，討好人類似乎也成為了貓社群中力爭上游及鞏固地位的一種手段。

　　人類的行為不但影響著貓社群中的階級流動，而且更主宰著牠們的生活方式和性情。把視角放遠至其他動物，在以「人」為本的城市發展，動物的原居地經常被急速的城市發展移除，牠們沒有獲得搬遷

賠償，只能散落於街角或垃圾站，甚至被視為城市的「剩餘」或民居的「滋擾」問題，命運大多凶多吉少。嶺南貓也是因土地發展而落入校園，幸得愛貓人士的餵飼及校方的默許而延續至今，成為「社區貓」。部分人士和嶺南大學的員生更把「它」者納入到「我們」當中。由「流浪動物」到「社區動物」，由「動物福利」到「動物權益」，這無不反映人們對動物的觀感之改變，以及動物保護運動的演進。

　　關於嶺南貓領養的問題，人們爭辯不休。那麼，甚麼樣的環境才是貓的理想生活形態？這問題恐怕連貓咪們也無法解答。由野生環境到人類居所，人們抱著家長式的保護心態，認為只有在人類的居所裏，貓兒才可免受自然的威脅，這才是貓的理想生命形態。這似乎仍未脫離人類中心主義的框架。那麼，在人為的城市環境生活的貓群體，在人類干預下，還剩下多少「自然」和「野性」呢？嶺南貓作為半馴化又半野性的動物，經常成為被凝視的對象，又代表什麼呢？我們也許可以借用臺灣作家劉克襄對「虎地貓」（嶺南貓）的話語作一小結：「牠們把大自然又帶回來，把我們的情感退還。」(44)

貓姨姨每晚帶備的貓糧食和南面學生宿舍正在進食的嶺南貓，筆者攝於2016年10月11日。

圖中為居住於北面學生宿舍的褐色貓莎莎（圖左，又名「鬆鬆」）和橘黃色貓小柑（圖右，又名「柑仔」、「小王」）。圖片由周怡玲提供，攝於2014年5月5日。

居住於南面學生宿舍的貓老大bubu，筆者攝於2017年1月30日。

註　釋

1　Saito Atsuko and Shinozuka Kazutaka, "Vocal Recognition of Owners by Domestic Cats (Felis catus)," *Animal Cognition* 16, issue 4 (July 2013), pp. 685–690.

2　筆者跟隨貓姨姨餵貓的觀察，嶺南校園，2016年10月至12月。2017年4月，因為有另一保安同事每晚負責餵停車場的貓——小寶，而筆者則負責餵食北面學生宿舍的貓兒們，所以貓姨姨的餵貓路線此後亦有所改變，北面的學生宿舍不再在路線圖上，而餵貓的終點則轉為校園的泳池。

3　2016年10月22日和11月6日，貓姨姨因有事回鄉，她把餵貓的工作以地域作分工，分配給朋友和學生。筆者被分配至餵食現代花園和停車場的貓。貓姨姨事前把貓糧分好，囑咐我們餵貓的程序和需要注意的事項，如某隻貓需要用紙兜盛載A類混合B類的貓糧，然後再放上C類貓糧；某隻貓則一定要進食金裝吞拿魚及貓湯；餵食過後要先把容器清洗乾淨方可用以餵飼其他貓隻等等。

4　筆者與貓姨姨的對話，嶺南校園，2016年10月11日；筆者與Welson的對話，嶺南校園，2016年10月10日。

5　筆者與貓姨姨的對話，嶺南校園，2016年10月10日；筆者與Welson的對話，嶺南校園，2016年10月10日。

6　獨角秀：〈貓咪殖民地〉，香港獨立媒體網，2011年10月13日，https://www.youtube.com/watch?v=_jsJ1B3-Q98；〈嶺南人——吳桂華先生：廿七年濃情與奉獻〉，《嶺大薈訊》34期（2010年9月），頁10–11。吳桂華先生已退休，亦未能兼顧每天的餵貓工作，但他仍在金錢上支持嶺南貓每月的糧食開支，並拜託一位在校內工作的保安員每天清晨餵食全校的嶺南貓。

7　〈嶺大視角：「福袋企劃」——嶺南精神的實踐〉，《嶺大脈搏》第62期（2016年12月）。

8　Eric Chaline, *Fifty Animals That Changed the Course of History* (New York: Firefly Books, 2011), p. 86; Isabella Merola et al., "Social Referencing and Cat-human Communication," *Animal Cognition* 18, issue 3 (May 2015): 639.

9   Robert Darnton, "Workers Revolt: The Great Cat Massacre of the Rue Saint-Severin," in *The Great Cat Massacre and Other Episodes in French Cultural History* (New York: Perseus Books Group, 1984), pp. 92–94; Donald W. Engels, *Classical Cats: The Rise and Fall of the Sacred Cat* (New York: Routledge, 1999), pp. 160–162.

10 U. A. Casal, "The Goblin Fox and Badger and Other Witch Animals of Japan," *Folklore Studies* 18 (1959): 65–66.

11 Chaline, *Fifty Animals*, p. 85 ; Georgina Mills, "Cats: Their History and Our Evolving Relationship with Them," *Veterinary Record* 179, issue 2 (2016): 37 ; Merola et al., "Social Referencing and Cat-human Communication," pp. 639–640 ; John Bradshaw, *Cat Sense: How the New Feline Science Can Make You a Better Friend to Your Pet* (New York: Basic Books, 2013), pp. 76–101.

12 John Berger, "Why Look at Animals," in *About Looking* (New York: Pantheon Books, 1980), p. 17.

13 Berger, "Why Look at Animals," pp. 5–14; 16–22; 潘淑華:〈「護生」與「禁屠」: 1930年代上海的動物保護與佛教運動〉,康豹、高萬桑編:《改變中國宗教的五十年,1898–1948》(臺灣:中央研究院近代史研究所,2015),頁400。

14 〈政府在管理流浪動物方面的工作〉,立法會 CB(2)1425/15–16(05) 號文件。

15 〈新加坡沒有流浪貓:牠們叫社區貓〉,《蘋果日報》,2016年8月25日。

16 〈嶺大師生力保「嶺南貓」〉,《頭條日報》,2006年4月16日;〈嶺大嚴打出貓〉,《東方日報》,2006年4月8日。

17 〈嶺大師生力保「嶺南貓」〉,《頭條日報》,2006年4月16日;〈嶺南貓天堂?〉,《香港動物報》,2015年9月2日;〈獨角秀:貓咪殖民地〉。

18 〈香港現行的措施:「先捕後殺」〉,https://www.spca.org.hk/ch/animal-birth-control/tnr-trap-neuter-return/current-practice-catch-kill。

「牠」者再定義

19　所謂「它者」往往處於人類的對立面，是相對於人類的「我」而言。人類把賦予動物的各種意象，旨在為人類和動物之間作出一個明顯的階級分野，突出人類的優越性。

20　「動物地球」的幹事及「動物公民」的創辦人張婉雯，早於2006年已強調動物是城市的一分子，希望人類別因為城市發展而把動物趕盡殺絕。張婉雯：〈流浪動物是剩餘，還是城市使用者？〉，香港獨立媒體網，2006年12月5日，http://www.inmediahk.net/node/171064；張婉雯：〈棲息地難得　港人動物同哀〉，原刊《信報財經新聞》，2015年9月5日，另見香港獨立媒體網，2015年9月20日，http://www.inmediahk.net/node/1037553。野豬多次走進市區覓食後，野豬關注組於2014年成立，並發表文章強調「野豬是城市的一分子」。見謝曉陽：〈城市人，別讓野豬太驚嚇〉，香港獨立媒體網，2015年，5月11日，http://www.inmediahk.net/node/10341744；Doris Wong：〈「妖魔化」的野豬是怎樣煉成的？〉，香港獨立媒體網，2015年5月18日，http://www.inmediahk.net/node/10343861。

21　許政：〈【愛動物】新加坡沒有流浪貓：牠們叫社區貓〉，《蘋果日報》，2016年8月25日；溫劍榆：〈【社區動物】長洲試行TNR兩年　狗義工冀可擴至全島〉，《香港01》，2016年11月29日；溫劍榆：〈【社區貓·家在哪？】嶺南地的小虎　仍受飢餓疾病威脅〉，《香港01》，2016年10月6日；溫劍榆：〈【社區貓·家在哪？】衙前圍村面臨清拆　重建中被遺忘的流浪貓〉，《香港01》，2016年10月6日。

22　〈嶺大視角：「福袋企劃」──嶺南精神的實踐〉。

23　〈嶺大之寶「小虎」傷了　學生兩天籌款2000〉，《明報》，2006年3月14日；嶺南大學貓社：《嶺南貓集》，（香港：嶺南 大學貓社，2011年），頁11–20。

24　〈沒落貓王告別嶺南〉，《蘋果日報》，2009年9月30日；第三十九屆嶺南人編輯委員會：《嶺暉》第76期（2006年4月），頁5。

25　《嶺暉》第76期，頁5。

26　〈嶺大師生力保「嶺南貓」〉；〈嶺大出貓記〉，《東方日報》，2011年8月4日；

從野生環境到大學社區

〈貓出沒校園注意！〉,《太陽報》, 2011 年 07 月 28 日；嶺南大學貓社；《嶺南貓集》, 頁 56。

27　嶺南貓社於 2010 年 5 月和 7 月分別參加了「動物要救不要殺」和「動物無辜、尊重生命」的動物權益遊行。嶺南大學貓社：《嶺南貓集》, 頁 56。

28　筆者與現任嶺南貓關注組成員 Jordyn 的會談, 2016 年 12 月 2 日；筆者與前任嶺南貓關注組成員 Kenny 的對話, 2016 年 12 月 28 日；〈貓出沒校園注意！〉；筆者與貓姨姨的對話, 嶺南校園, 2016 年 10 月至 12 月；筆者與 Welson 的對話, 嶺南校園, 2016 年 10 月 10 日。

29　筆者與現任嶺南貓關注組成員 Jordyn 的會談, 2016 年 12 月 2 日；筆者與關注組成員 Bruce 的對話, 2017 年 4 月 30 日。

30　於 2016 年 12 月獲得的嶺南貓關注組宣傳單張。嶺南貓關注組臉書上的動向, 多次提醒及教導同學餵貓應注意的事項。

31　嶺南貓關注組臉書上的「聲明」, 2017 年 4 月 9 日。

32　筆者與關注組成員 Bruce 的對話, 2017 年 4 月 30 日；筆者與現任嶺南貓關注組成員 Jordyn 的會談, 2016 年 12 月 2 日；筆者與圖書館職員陳小姐的對話, 2016 年 10 月 17 日。

33　筆者與現任嶺南貓關注組成員 Jordyn 的會談, 2016 年 12 月 2 日；筆者跟隨貓姨姨餵貓的觀察, 2016 年 10 月至 2017 年 5 月。

34　此乃公共屋邨, 根據香港房屋署扣分制條例, 公共屋邨內嚴禁飼養寵物,「惟容許租戶飼養不會危害健康及造成滋擾的細小家庭寵物……如欲養貓的租戶, 必須安排貓兒預先接受絕育手術。」即使貓兒已絕育, 一旦貓兒被投訴造成滋擾, 租戶仍需承受被扣分的風險。

35　筆者與貓姨姨的對話, 嶺南校園, 2016 年 11 月 7 日。

36　吳韻菁：〈嶺南貓爭奪戰　流浪貓一定唔好？〉,《壹週 Plus》, 2015 年 8 月 30 日；〈關於嶺南貓關注組與小王事件的澄清〉, 嶺南關注組, 嶺南貓關注組臉書專頁, 2015 年 7 月 31 日, https://www.facebook.com/permalink.php?story_fbid=1645674582313356&id=1605032856377529。

37 胡淑雯：〈聯署要求嶺南貓關注組回應及檢討「北宿柑仔突然加入領養計劃」事件〉，輔仁媒體，2015年7月29日；吳韻菁：〈嶺南貓爭奪戰　流浪貓一定唔好？〉）。

38 媒體報導嶺南貓的事跡不乏提及嶺南貓關注組，見〈嶺南貓天堂？〉，《香港動物報》，2015年9月2日；〈如何正確餵嶺南貓〉，《香港動物報》，2015年9月3日；溫劍榆：〈【社區貓・家在哪？】嶺南地的小虎　仍受飢餓疾病威脅〉。另外，2016年11月中左右，報讀嶺南大學服務研習課程的四位學生以嶺南貓作題目，製作了精美的壁報和貓卡片，介紹嶺南貓的習性和教導同學與牠們相處需要注意的事項。他們平日會與南宿的貓打招呼及偶爾餵牠們零食，因此啟發他們以嶺南貓為題目。而壁報板和卡片上介紹貓的資訊大多由嶺南貓關注組提供。

39 筆者與 Welson 的對話，嶺南校園，2016年10月10日；筆者與貓姨姨的對話，嶺南校園，2016年10月10日；嶺南貓關注組臉書上的「聲明」，2017年4月9日。

40 〈3/2 殺害動物協會？〉，《星期三港案》，毛記電視，http://www.tvmost.com.hk/201602031414 _video_wedreport_society_for_the_invention_of_cruelty_to_animals；〈市民願領養棄狗　愛協堅持人道毀滅〉，香港動物報，2015年1月30日；〈稱「唔夠人餵奶」愛協人道毀滅狗 BB〉，《蘋果日報》，2013年9月26日。

41 2016年，立法會選舉在即，各候選人紛紛提出有關動物權益的政綱。見立法會選舉候選人：〈我的動物政綱〉，立場新聞，https://thestandnews.com/society/ 立法會選舉候選人 – 我的動物政綱 /；〈59張候選名單回覆動物政綱問卷　大多數反對人道毀滅〉，香港動物報，2016年8月30日；楊岳橋，〈競選政綱 | 民生篇 1—— 動物保護法〉，楊岳橋競選單張，筆者於2016年8月15日取得；黃樂文，〈動保特首？候選人高調談動保　團體提8點回應　要求更多細節〉，香港01，2017年2月8日。

42 曾俊華，〈嶺南貓社〉，臉書上的個人日誌，2017年1月21日，見 https://

www.facebook.com/notes/john-tsang-曾俊華/嶺南貓社/1841085289497448/。

43　靠近宿舍舍堂的貓比較黏人，每逢貓姨姨或相熟的學生經過，又遇上牠們心情好的時候，都會上前「喵」、「喵」地打招呼，圍繞著人們的雙腿磨蹭，留下氣味，以宣示「這個人是我的。」英國林肯大學（University of Lincoln）和薩塞克斯大學（University of Sussex）的研究指出，即使貓是純粹因為心情佳而示好撒嬌，但是對牠們而言，這是一種操控人類的方式。牠們意識到「磨蹭」和發出「喵」、「喵」的聲音是一種讓親近牠們的人類高興，從而使人類提供更多更豐富的食物。筆者跟隨貓姨姨餵貓的觀察，嶺南校園，2016年10月至12月。

44　劉克襄，《虎地貓》（臺北：遠流出版事業有限公司，2016），頁28。劉克襄在2012年擔任嶺南大學駐校作家，長時間觀察嶺南大學校園內的貓群，而寫成《虎地貓》一書。

「牠」者再定義

12

以絕育放回工作協助香港社區動物走出困境

張婉麗

本文將綜觀世界各地社區動物（以貓狗為例）的情況，繼而探討香港社區動物的處境，及提供改善其生活質素的一些建議。從一些歐亞洲國家的經驗看來，「絕育放回」是最有效控制社區動物數量的方法，而此方法對社區動物的傷害亦最小。

　　香港政府沒有正式統計過社區貓狗的數目，但估計多達10萬隻。2012年，被人道毀滅的動物超過1萬3千隻，其中超過1萬1千隻為貓狗。(1) 究竟社區裏的動物，是不是應該以毀滅的方式處理？讓我們看看世界各地社區動物的情況。

中國——大規模捕殺流浪狗

　　在中國內地，對於流浪狗的管理，大規模捕殺是首選措施。有關中國大規模捕殺社區狗隻的報道屢見不鮮。陝西、麗江和浙江分別在2009、2011和2013年大量捕殺社區狗，而且手段非常殘忍，包括投毒、淹死、電死、打死等。(2) 中國內地以大規模捕殺為減低狂犬病傳播的手段，但事實上，國際愛護動物基金會（International Fund for Animal Welfare，簡稱IFAW）指出，大量捕殺反而會增加狂犬病的風險，(3) 而這種捕殺也不是控制社區動物數字的有效方法。由於一個地方對社區動物有一定的「承載力」，即只要有足夠資源，如食物、水源及棲息地，就能讓固定數目的動物在該處生活；大型捕殺後，令動物

「地」者再定義

的數目下降，倖存者在享有大量資源的情況下，會迅速繁殖下一代，其他地方的動物亦會加入，填補空間，假以時日動物的數字便會回升到承載力的極限。[4] 可見殺滅並不是有效控制社區動物數字的方法。

意大利——狗隻絕育放回

意大利南部的社區動物非常多。1994年，動物福利團體 Lega Pro Animale（LPA）用了4個半月的時間，在塔蘭多（Taranto）一所佔地70平方千米、僱有大約2萬5千名員工的鋼鐵公司為278頭狗（佔總數八成）進行絕育放回工作，並在接著數年繼續一些跟進措施，先後處理超過500頭狗。到了1999年，該地的狗隻數字大幅下降到80隻。1997年11月，該團體在馬拉諾迪那利（Marano di Napoli）又展開狗隻絕育放回計劃，所捕獲的狗隻數目，由1999年最高峰的300多隻，下降到3年後的100多隻。[5] 絕育放回這種方法，能以較人道的手段控制動物數字。當社區動物接受絕育手術後，會被放回原居地，不會出現「空間」讓額外的動物填補。

此外，這種控制動物數字的方法還能減少不必要的開支。在 LPA 介入處理鋼鐵公司的狗隻前，公司每年花費不少金錢去捕捉及殺滅狗隻，然而問題卻一直沒有解決。1991年，意大利政府頒佈了新令，禁止捕殺健康友善的狗隻。因此，如不以絕育的手段控制狗隻數量，但

又不能把狗隻人道毀滅，公司需要花龐大的金錢將這些動物送往收容所。[6] 動物保育團體和獸醫都認為，動物在絕育後身體會比較健康，生活質素亦會提高。

土耳其——廢物回收養貓狗

土耳其亦在 2004 年通過動物保護條例（Animal Protection Law），以保護社區貓狗不被殺滅。根據此條例，人們不能以「人道毀滅」方法控制貓狗數目，而應採取絕育放回的措施。[7] 事實上，當地人對社區貓狗的存在並不反感，貓隻經常在伊斯坦堡的古蹟裏穿梭，狗隻亦能與市民和平共處。[8] 2014 年，一所當地公司在伊斯坦堡街頭設置回收器，當有市民投進膠樽或金屬罐等物料回收，機器底部就會掉出乾糧給社區動物食用，此措施以回收資源的收入來繳付餵飼動物的開支。[9]

德國——立憲法保障動物權益

德國是少數把動物權利寫進憲法的國家。2002 年，德國憲法訂明「國家理解到其對當代以至下一代的責任，定必……保護生物的自然資源和動物」。[10] 而不少人已指出，在德國街頭很難碰見流浪狗。人們希望養狗，通常會去收容所領養而不是到寵物店購買，領養申請經

批核後還得替狗隻絕育。如果想替狗隻配種，必須申請牌照。由於買狗的需求很低，德國只有一所名為 Zoo Zajac 的寵物店有狗隻出售。(11) 此外，所有狗隻都植有晶片，棄養須罰款。德國政府並無花錢去把動物進行安樂死。當地動物收容所甚至有空間收留其他國家的動物。(12) 至於貓隻方面，德國個別城市，例如帕特伯恩，會為所有社區貓進行絕育。(13) 為了控制社區貓隻數字大幅增長的問題，德國政府現正研究強制所有家貓接受絕育手術。(14)

荷蘭——從小教育、宣傳愛護動物

荷蘭一個名為「動物黨」（Partij voor de Dieren, The Party for the Animals）的政黨於 2002 年組成，旨在關注及推動動物權益，於 2006 年更在國會選舉中贏取兩個議席，是全球第一個以動物權益為宗旨而得以進入國會的政黨。(15) 該國設有動物警察，專責虐待動物及疏忽照顧等問題。人們自小就接受教育，要尊重動物，相信動物本身有其價值，而這價值不是人類所賜的。荷蘭跟德國一樣，沒有流浪狗的問題。雖然荷蘭的狗主人不一定要為狗隻絕育，但主人皆自覺地為寵物絕育，而且荷蘭有不少動物組織，宣揚愛護動物的訊息及開設動物收容所，流浪狗問題得以解決。至於貓隻方面，荷蘭保護動物協會（非政府資助組織）除了有貓隻絕育放回計劃外，還推行農場貓計劃，呼籲農場領養貓隻，一方面讓貓兒有安居之所，另一方面又能協助解決

鼠患問題，達致互惠作用。在荷蘭，販賣寵物是合法的，但由於要求嚴格，如對動物的生活空間、動物外出活動的時間等都有不少限制，全國只有大概10所寵物店售賣寵物。(16)

香港——政府態度消極

香港的情況又怎樣？香港社區貓狗的數目超過10萬隻。除了因社區動物自然繁殖外，不負責任的主人棄養，(17) 或繁殖場在動物不再適合生育時將之遺棄，(18) 也是做成這個龐大數字的原因。

隨著社會城市化，四處都是建築物，社區動物往往只能生活在惡劣的環境，例如後巷、天台或垃圾站，食物、食水不足之餘，衛生條件還很差。這些動物除了會因為求偶或覓食而打架，或因交通意外受傷之外，還很有可能染病。如果得不到適當的照顧，生命則危在旦夕。同時，近年虐待動物問題有上升之勢，令社區動物面對更多困難。(19) 社區貓的平均壽命只有兩年，社區狗的壽命甚至乎少於兩年。(20)

除了因生活環境問題過著不安的生活外，香港的社區貓狗還要面對人道毀滅的威脅。正如上文所指，香港每年遭人道毀滅的貓狗超過一萬隻，當中有不少是健康良好的。人們對社區貓狗的包容（尊重）不足，經常出現要求有關部門把社區動物「移除」的情況。漁農自然護理

「牠」者再定義

署（下稱漁護署）在2010到2014年間捕獲或從其他途徑接收的貓狗平均每年達9,000多隻。(21) 所有進入動物管理中心的社區動物「會於四天後處理或供領養」(22)。但很可惜，由於領養人士數目不多，而4個動物管理中心長期處於高飼養量，故此大部分動物都因未被領回，於4天後遭人道毀滅。(23)

香港的動物福利組織如香港愛護動物協會、NPV非牟利獸醫服務協會和保護遺棄動物協會等，都開展了社區貓狗絕育放回計劃。貓隻的有關計劃早於2000年開始推行，而狗隻方面，則在數年前開始，但執行的地點不多。例如愛護動物協會，在2013年間為約6,000隻社區貓絕育，(24) 然而社區狗隻絕育計劃，基本上還在試驗階段。(25)

不容忽視的是，這些動物福利組織的絕育行動，一般由義工執行。以愛護動物協會的「貓隻領域護理計劃」（Cat Colony Care Programme，簡稱CCCP）為例，協會提供的主要是絕育服務，而貓隻捕捉、運送及絕育後休養的環節皆由義工負責。有志者在申請當義工時，要指出自己打算在哪一區捕捉貓隻，協會則會視乎該區的動物數字、義工人數等情況，審批有關人士的申請，之後會不定期致電義工，了解負責區域的貓隻數目。義工大部分都有正職在身，絕育行動的節奏只能配合個人時間，也即是說，難以有規劃地按該區貓隻數目進行絕育，只可以「捉得一隻得一隻」（而且每次行動不一定等於能成

功捉到貓兒，幾小時的等候得不到任何成果，這一點也令義工非常苦惱）。有些地方義工數目不足，社區貓就只好繼續繁殖。這種依賴義工的絕育工作，規模小而且規劃不足，往往成為絕育放回被批評無實際作用的原因。

以香港有超過10萬隻社區貓狗的數字看來，絕育放回的工作實在不足，難以有效減少這些動物的數字。要知道，貓狗的繁衍能力相當驚人，例如，一頭母狗一胎大概可以生8隻，一年可以生兩胎，小狗出生後6個月即有生育能力，假設一胎裏有4隻是母狗，一頭母狗於兩年內便能繁衍出過千頭狗。因此，絕育放回的行動必須更大規模，才能趕上社區動物的繁殖速度。換言之，香港的動物政策必須更有計劃，我們的社區才能成為人與動物和諧共處的地方。現時的絕育放回行動全都由志願團體進行，進行期間還遇到市民及區議會的反對。例如有些市民不反對絕育，但反對同區放回，說到底，他們只是希望社區動物「消失」在他們居住的地方。[26]

香港借鏡方法

綜合世界各地有關社區動物的處理方法，要讓香港社區動物走出困境，讓人與動物共融生活，政府應該認真研究如何落實以下政策：

一、停止捕捉殺滅、推行絕育放回

傳統的捕捉殺滅不但殘忍，剝奪動物的生存權利，而且只能暫時減少社區動物的數字，只是浪費金錢之舉。關於社區動物數字的控制，政府現時幾乎沒有相關的措施，只被動地在收到市民投訴時捕捉動物。這種態度實在無法改善社區動物面對的困難及其引起的問題。不少實例證明，絕育放回工作能有效控制社區動物數字，所需的開支較捕捉殺滅為低。此外，動物在絕育後身體會更健康，性格會較溫馴，對附近民居的影響亦較低。政府應正式統計各區社區動物的數字，參考外國例子，研究香港絕育放回的策略，而不應把責任落在動物福利機構及義工身上。

二、禁止買賣寵物、執行寵物登記

寵物買賣牽涉大量動物繁殖，而不適合買賣的動物也有可能遭遺棄。禁止買賣寵物一方面可以停止繁殖商繁殖本來已過多的動物、根絕他們棄養動物的機會，另一方面又可以鼓勵希望飼養動物的市民領養動物。政府於 2017 年 3 月修訂法例，其中一項是發繁殖及買賣牌照給包括住家私人繁殖商。(27) 此舉有可能促進寵物繁殖業的發展、增加寵物被遺棄的機會，與動物福利的理念背道而馳。同時，政府應規定寵物主人為每隻所飼養的動物植入晶片登記，萬一動物走失亦方便主人尋回。此外，政府亦應懲治遺棄動物的主人，以動物登記杜絕主人這些不負責任的行為，而不是協助他們把動物滅殺。

三、教育

在香港，絕育放回的工作遇到不少困難。很多人遇到社區動物就動輒投訴，有些人甚至連絕育放回的工作都加以阻撓，他們不願意看到社區動物出現在自己的社區，希望只有「捕捉、絕育」，沒有「放回」；也有些人因為怕麻煩，「多一事不如少一事」，拒絕「外人」進入其管理的範圍進行任何活動。即使是政府也沒有起帶頭作用，例如康樂及文化事務署轄下的設施一般都不做絕育放回工作，接到市民有關社區動物的投訴，就請漁護署把動物「移除」。同樣地，不少學校也經常以衛生為理由，請漁護署把社區動物「移除」。有部分區議員亦將「移除」動物寫成其「政績」，以「消滅」作為解決社區動物問題的方法。他們關心的只是「寵物」（例如興建狗公園），而不是「動物」，可見香港在愛護動物和尊重生命方面的教育工作，實在不足。也有些人把「義務工作」與自己劃清界線，遇到需要絕育（或其他協助）的動物，就找義工幫忙，沒想過自己也可以出一分力。

另一方面，由於香港的主要公共交通工具都禁止乘客攜帶動物，義工在運送動物接受手術時，得使用計程車或貨車運送，以致經濟負擔龐大。政府以鐵路及巴士個別時段擠迫為理由，一直拖延動物乘搭公共交通工具的問題。(28) 可見官員沒有把動物視為社會一分子。社會整體上對動物權益的思想落後，教育不足，不但令絕育放回工作難以前進，亦令其他與動物福利有關的政策難以獲得推動。政府官員必

須了解有關動物權益的思想及發展，才能制定造福動物的政策與措施。

結語

絕育放回的工作能有效控制社區動物的數字。以香港現時的生活環境看來，這是暫時最人道並最有效率的管理動物方法。但我希望，終有一天，我們的社區能讓動物與人和諧共處，人類不會再用什麼手段去干擾其他動物的生活，因為地球本來就是屬於大家的。

經香港愛護動物協會貓隻領域護理計劃絕育的貓兒，耳朵會被剪去，作為記認。雄性貓的記號在右耳，雌性貓的記號在左耳。

沒有危機感的動物在街上比較容易遇到凶險。圖中小貓在2017年年初懷疑因躲避途人的襲擊，掉進兩米深的引水道，腳部受傷，幸好獲義工發現，將之救起。

流浪動物有的住在坑渠中、有的生病缺乏照顧。義工在捕捉行動時倘若遇上年幼或溫馴的貓狗，往往會嘗試暫時照顧，並為這些小生命物色領養家庭。牠們被領養後有家庭照顧，不用再在街上生活。圖中兩隻幼貓被發現時大概只有兩、三個月大，經過一段暫託的日子，才踏上尋家之路。

註　釋

1　綜合立法會文件及香港愛護動物協會數字所得結果。漁護署在 2012 年分別為 5,675 及 1,950 頭狗及貓進行人道毀滅（其他動物則有 1,160 頭），而香港愛護動物協會在 2011/2012 年分別為 1,112 及 2,495 頭狗及貓進行人道毀滅（其他動物則有 853 頭）。〈立法會十六題：領養動物，附件三〉，政府新聞公佈，2014 年 1 月 22 日，http://gia.info.gov.hk/general/201401 /22 / P201401220673_0673_123841.pdf；香港愛護動物協會網頁：http://www. spca.org.hk/ch/animal-welfare/what-is-animal-welfare/animal-welfare-in-hong-kong，檢索日期：2016 年 1 月 13 日。

2　〈盤點各國如何對待流浪動物：美國靠收容、中國靠棍棒〉，檢索日期：2016 年 1 月 13 日，http://www.weixinyidu.com/n_2036845。

3　國際愛護動物基金會 1969 年在加拿大成立，總部現設於美國。基金會指出，為狗隻注射疫苗本是防止狂犬病傳播的最有效方法。經注射疫苗的犬隻，成為未經注射疫苗犬隻的緩衝物（buffer），防止狂犬病擴散。但「無差別」的獵殺狗隻行動，把原來的緩衝物移除，令狂犬病得以在未經注射疫苗的犬隻間傳播。Kate Nattrass Atema, "World Rabies Day: Culling is Not the Answer," IFAW, 28 September 2015，http://www.ifaw.org/united-states/news/world-rabies-day-culling-not-answer.

4　有關「承載力」的情況，不少關注動物福利的團體都有討論過，例如香港愛護動物協會就有有關的說明。見〈香港現行的措施：「先捕後殺」〉，香港愛護動物協會，檢索日期：2017 年 5 月 7 日，https://www.spca.org.hk/ch/animal-birth-control/tnr-trap-neuter-return/current-practice-catch-kill。

5　Dorothea Friz, "The Problem of Stray Animals: Practical and Effective Management Methods," (Italy: The Foundation Mondo Animale Onlus, 2003) http://www.fondazionemondoanimale.com/veroeffent-Dateien/TOO%20MANY%20DOGS%20inglese.pdf.

6　Friz, "The Problem of Stray Animals."

7　"Animal Protection Bill Law no 5199," article 6, HAYTAP–Hayvan Hakları

Federasyonu, http://www.haytap.org/index.php/20070528133 /mevzuat/ animal-protection-bill-law-no-5199。原文為 "It is forbidden to kill ownerless or incapacitated animals...Ownerless and incapacitated animals must be brought as quickly as possible to animal shelters established or permitted by the local authorities. These animals will first be held in the observation areas established in these centres. It is a principle that animals that have been sterilised, vaccinated and rehabilitated will be registered and released into the environment that they were taken from." 另可參 "Managing Street Dogs and Cats in Turkey," Animal Behavior Associates.com， http://animalbehaviorassociates.com/blog/managing-street-dogs-cats-turkey/，檢索日期：2016 年 1 月 13 日。

8　　Moonbooger：〈土耳其 7：伊斯坦堡街頭考察〉，流浪者的流浪狗之歌。此網誌上的文章由三位臺灣的流浪動物義工書寫，他們曾探訪不同國家的流浪動物，以了解牠們的處境及各國的動物政策，並將見聞發表於網誌上。https://tnrvolunteerbeyondborder.wordpress.com/category/ 土耳其 /，檢索日期：2016 年 1 月 13 日。

9　　"An Idea That's a Dog's Dinner!" *MailOnline*，檢索日期：2016 年 1 月 13 日，http://www.dailymail.co.uk/news/article-2730872 /An-idea-s-dog-s-dinner-Company-creates-vending-machine-feeds-stray-animals-return-people-recycling-bottles.html。

10　　原文為 "The state, aware of its responsibility for present and future generations, shall protect the natural resources of life and the animals within the framework of the constitutional order through the legislature and, in accordance with the law and principles of justice, the executive and judiciary." Joan E. Schaffner, *An Introduction to Animals and the Law* (New York: Palgrave Macmillan, 2011), pp. 158–159.

11　　Ben Crair, "Animal Haus," *Bloomberg Businessweek* issue 4439 (24

August 2015), p. 65.

12 蔡丹喬：〈為什麼德國沒有流浪狗？〉，http://cn.hkfreezone.com/thread-349906-1-1. html 及 "Pets and Animals in Germany," http://berlin.angloinfo.com/ information/family/pets/，檢索日期：2016年1月13日。

13 "German officials order all stray cats to be neutered," *The Guardian*, 檢索 日期：2016年1月13日，http://www.theguardian.com/world/2011/mar/24/ stray-cats-neutered-germany-bremen.

14 "Neuter Your Cat or Put It on a Leash, Says German Government," *The Telegraph*, 檢索日期：2016年1月13日，http://www.telegraph.co.uk/news/ worldnews/europe/germany/12006529 /Neuter-your-cat-or-put-it-on-a-leash-says-German-government.html。

15 Simon Otjes, "The Hobbyhorse of the Party for the Animals," *Society & Animals* 24, issue 4 (2016): 383–402.

16 Isabelle Sternheim, "How Holland Became Free of Stray Dogs," (Amsterdam: Isis, 2012), pp. 4–5; Sylvana Wenderhold, "A Different Perspective – A Report from the Netherlands," 檢索日期：2016年1月13日，http://www.deathrowpets.net/ PDFs/Update_5/A%20Different%20Perspective.pdf。

17 2010到2014年間，由主人交往該署的貓狗數目達平均每年2,000多隻。見〈立法會八題：保障和促進動物福利，附表〉，政府新聞公佈，2015年10月28日，http://gia.info.gov.hk/general/201510 /28 /P201510280534 _0534 _154210. pdf。在回答議員有關遺棄動物的問題時，食物及衛生局局長高永文指出，「難以向涉嫌（棄掉動物）人士提出檢控」，並引例稱漁護署曾於2013年根據《狂犬病條例》成功檢控一名無合理解釋而棄掉動物的人。http://www.info.gov. hk/gia/general/201510/28/P201510280534.htm，檢索日期：2016年1月13日。

18 18區動物保護專員自2010年至今從繁殖場拯救過大約20頭貓狗。這些動物往往因被灌食荷爾蒙而乳房腫脹至畸型。另外，網上也不時有從繁殖場棄養

出來的動物有待拯救，例如臉書就有一個名為「從繁殖場救出來的3隻藏獒B」的群組，3隻藏獒因有傷病被繁殖場棄養。https://www.facebook.com/groups/526018570909399/，檢索日期：2016年1月13日。

19　警方接獲虐待動物個案的數字有上升之勢，由2011及2012年的60多宗，增加至2013年的120宗。資料來源：〈香港淪為「虐貓之都」〉，《東網》，2015年4月6日，檢索日期：2016年1月13日，http://hk.on.cc/hk/bkn/cnt/news/20150406/bkn-20150406191947685-0406_00822_001.html。

20　〈貓隻領域護理計劃〉，香港愛護動物協會，http://www.spca.org.hk/ch/animal-birth-control/cat-colony-care-programme；〈社區狗隻計劃〉，香港愛護動物協會，http://www.spca.org.hk/ch/animal-birth-control/community-dog-programme，檢索日期：2016年1月13日。

21　〈立法會八題：保障和促進動物福利，附表〉。

22　「處理」是漁護署字眼，即下文的「人道毀滅」。漁農自然護理署，〈動植物檢疫及除害劑〉，檢索日期：2016年1月13日，https://www.afcd.gov.hk/tc_chi/faq/faq_qua/faq_qua.html。

23　〈立法會八題：保障和促進動物福利，附表〉；漁農自然護理署，〈動植物檢疫及除害劑〉。

24　〈貓隻領域護理計劃〉，香港愛護動物協會。

25　NPV非牟利獸醫服務協會在2009年開始於黃大仙獅子山頭一帶進行絕育計劃，至2015年為大約200頭狗進行絕育。香港愛護動物協會和保護遺棄動物協會則在2015年取得政府同意，在合共3個地點推行絕育放回試點計劃，http://www.npv.org.hk/saf/tnr.html，http://pets.feel.hk/article/detail?conCatID=382 &contentID=12641 及 http://www.spca.org.hk/ch/animal-birth-control/tnr-trap-neuter-return/tnr-trial-for-dogs，檢索日期：2016年1月13日。

26　〈流浪狗絕育終試行　長洲元朗首試　冀半年達八成〉，《仁聞報》，2015年4月18日，檢索日期：2016年1月13日，http://jmc.hksyu.edu/ourvoice/?m=201504。

27　　修訂的規例為香港法例第 139B 章《公眾衛生（動物及禽鳥）（動物售賣商）規例》。

28　　〈立法會：食物及衛生局副局長就「維護動物權益」議案開場發言全文〉，政府新聞公佈，2017 年 6 月 29 日，檢檢索日期：2017 年 8 月 14 日，http://www.info.gov.hk/gia/general/201706/29/P2017062900663.htm。

13

環保、保育，和動物權益

黃繼仁

在一次朋友聚餐中，余先生（小余）把我介紹給他從事環保的朋友認識，小余說：「這是黃繼仁先生（David），都是環保的熱心人士……」

轉過背來，我急忙跟小余澄清：「小余，我不是熱心環保啊，是你記錯了嗎？」

小余：「啊，不是嗎？我看過你的 Facebook，你不是很關心動物和保育之類的東西嗎？」

「我是熱心動物權益，不是熱心環保啊！」

小余：「都是那些東西吧，有何分別？都是大自然的……」

類似小余的說法，似曾相識嗎？

近年，人類殘害野生動物，例如象牙業大量殘殺非洲大象、富豪往非洲草原消閒狩獵、犀牛被捕殺取角造藥、養殖黑熊取膽汁等，都引來批評與撻伐。世界各地亦不時有公眾示威及宣傳活動反對這些殘暴行為，在這些活動中，發言嘉賓往往都會說類似以下的話：「小朋友，如果大家不保護大象，那你們長大後，大象便會絕種，大家以後就沒機會親眼見到大象了！」「如果繼續容許捕獵野生老虎，牠們很快便會絕種了。」

另一方面，經過動保人士十多年的努力，2017年1月1日起，中

歐國家克羅地亞終於正式全面禁止國內所有皮草養殖場。<u>(1)</u> 消息傳來，一則報章報道有這樣的標題：「克羅地亞終禁皮草動物養飼場，南美野生龍貓近乎絕種」。

回應類似以上的說法，筆者希望提出一個問題：站在倡議動物權益的角度，保護動物（如反皮草、不吃肉等）的動機是為了防止某些動物絕種，還是有其他理由？

「環保」與「動保」的分別

坊間常常把維護動物權益和保護瀕危物種混為一談，把防止動物絕種說成保護動物的理由，這難免令人產生錯覺，以為只要不令動物絕種便不違反環保原則。那麼，一些數量極多、並未「瀕危」的動物（例如澳洲的袋鼠和紐西蘭的羊、英國的狐狸、香港的野豬、中東的駱駝等）便可任由人類殺戮？我猜想，當大家得知有人虐待貓狗時感到氣憤，並非因憂慮貓狗絕種，而是出於對每一個生靈的真摯和直接的同理心和對公義的信念。

為何不少人習慣用環境保育（下稱「環保」）去包裝動物保護（下稱「動保」）運動？基於同理心和公義而提倡動物權益，又有何不妥？

環保運動發展至今，標榜物料「純天然、可於大自然分解、循環再用」等已成為「潮語」。其實，所有動植物的身體組織都是純天然、可於大自然分解及循環。這些生物共通的固有特質，卻往往被商人利用偷換概念的手法，把利用動物說成是環保。例如毛皮業商人為了美化違反動物本性、殘害動物的毛皮工業，就用上了上面的環保潮語，聲稱自己是環保工業。香港毛皮業協會在該會網站內就有以下的表述：

> 毛皮業……不但在促進國際貿易的過程中為很多國家創造職位和帶來經濟效益，亦在環保和生態管理中擔演重要的角色。
>
> 動物毛皮是一種純天然的可持續資源，既是潮流服裝的超凡象徵，亦合乎環保及經濟原則。動物毛皮持久耐用又可於大自然分解，同時為維持部落社群及大自然棲息地帶來珍貴的裨益。
>
> 毛皮業是一個盡責、守法及富專業道德的行業，受到嚴格監管，亦致力保護環境，決不涉及瀕臨絕種動物。(2)

普羅大眾看了上述文字，很容易會墮入其陷阱，以為毛皮業是一個對保護環境有貢獻的工業。有人甚至指出人造纖維不能自然分解，而得出以動物毛皮製衣比用人造纖維更「環保」的結論。皮草時裝商人的推銷策略就是利用人們對「環保」與「動保」概念的混淆，把皮草業包裝成環保工業，搭環保潮流的順風車，掩飾他們在生產毛皮時裝過程中對動物施加的暴行。

單看「自然分解」的話，人造纖維的確比生物組織對自然環境做成更大的「生態足跡」（ecological footprint），因而對環境有較大的影響。我們因而面對兩個抉擇：（一）人類是否真的需要現今的物質消費量？（二）即使不能調節人類的消費量，要作出犧牲的是長遠的自然環境，還是眼前眾多動物的生存權利？（討論到這裏，腦海裏是否不自覺地出現了一把天秤，一邊是人類利益，另一邊是動物權利？）

　　以上問題的答案，因個人價值觀而異，對自我中心的人來說，會傾向把自己和自己族群的利益放在首位，把其他人的利益放在次要位置。但若站在公義的角度考慮，我們又應該如何抉擇？

　　除了基本價值觀的差異外，把環保與動保劃出明確界線有何實際意義？讓我們看看以下事例。全球的皮革供應業，在生產過程中不但殺害大量動物取其毛皮，[3] 在取皮過程中往往因生產成本和效益理由而在動物清醒下以暴力進行（俗稱「生剝」），令動物受到極大的痛苦，同時亦用上大量有毒漂染化學品，嚴重污染土壤、空氣及水源。由於種種污染問題，類似的行業，一向受環保人士大力抨擊。2017年，「亞太區皮革展」主辦機構通過網站發放一則會員通訊，題為「皮革行業可持續發展：探索巴斯夫合成材料系列如何令日用產品重煥新生」。[4] 文中便用上非常巧妙的文字偽術，借助環保潮語，把皮革業的主角──被殘害的動物──完全掩蓋，動物「被消失」得無影無縱：

皮革行業的未來在於可持續發展。這是目前大部分消費者的觀點。他們更喜歡環保材質，注重節約資源和減少污染物排放，期望企業增強社會責任。

……

皮革在汽車行業，特別是豪華／高端品牌的應用前景非常樂觀。2016年在巴黎舉行的ILM汽車皮革供應鏈大會即就此進行了討論。未來趨勢還包括：減少用水量；皮革生產的能源和化學品使用；汽車報廢時皮革的回收利用和升級再造；降低車內的揮發性有機化合物（VOC）；使用更多生物基化學品；通過自動化提高產量等等。(5)

文章集中推銷現代皮革業如何使用最新技術，減低皮革製造過程對環境做成的污染，但對被殘殺的動物卻隻字不提。文中甚至用「非合成材料」一詞來掩飾動物皮毛的事實。問題是，用了新的無毒、無污染的漂染技術，就可以改變皮革業殘殺動物的事實嗎？

且看另一個截然不同的例子：電能汽車製造商Tesla最近公佈了一項重大的政策轉變：該公司日後推出的高檔次汽車，均不會再用動物皮革坐椅。其網站坦言：「Tesla公司遠離殘酷，捨棄皮革座椅」。而該公司經傳媒發佈的文稿均直接用「非動物材質（non-animal seating material）、全無皮革成分（completely leather-free）等字眼。

Tesla 汽車一向標榜低排放、環保，但該公司亦同時清晰明確地分辨環保和動保兩項政策，是現今企業中少見的，可說是企業關注動物權益的典範。

　　以上兩個例子清楚說明「環保」和「動保」運動關注點非常不同，但卻常常被混為一談，環保更常被用作藉口，以達到商業目的，或掩蓋對動物的傷害。再看以下一個例子。

　　曾聽過一位動保朋友說：「我不完全反對動物園困養動物，如果某些動物如黑猩猩、大象等面臨絕種，把牠們養在動物園進行保育，可防止牠們絕種啊。」也許很多人都跟我這位朋友有相近的想法，為保育而困養動物，這幾乎是所有動物園和水族館使用的口號。但大家不妨想想：假如某種膚色的人種全球只剩下 10 人，瀕臨絕種，我們把這 10 人立即關起來困養在籠內，讓他們在「安全」的環境下繁殖，以擺脫絕種的命運，你會贊成嗎？

　　你的答案視乎「你」是誰，若「你」屬於大多數人類，你可能不會反對把這 10 個「瀕危人種」困起來吧；但若你是這 10 個人之一，你一定不會願意為了拯救你的「人種」而斷送寶貴的自由。你這樣決定是錯嗎？是自私嗎？若你為了同類得以延續，而選擇放棄個人自由，可以說是很偉大的，但反之卻不能說是自私，因為每一個人都擁有天賦的

權利——人權，一個開明的社會不應該以「人類整體利益」（或「大我」）之名而強迫任何人犧牲他／她的基本人權。[6]

從上述例子可見，動保和環保除了在一般大方向上相輔相成外，在某些情況下會產生衝突，以至需要在「大我」與「小我」之間作出取捨，「大我」是物種和自然環境的延續，「小我」則是生命個體的權利。

「環保」、「自然保育」和「動保」運動比較

為了讓我們在適當的時候，能夠作出合理的取捨，以下再從起源、動機、參與者和過程幾個不同角度，去檢視和比較「環保」、「自然保育」和「動保」運動。

一、環保

環保、綠色運動、低碳生活等概念，大概始於十九世紀歐洲工業革命後。由於高度工業化及資本主義為社會帶來空氣和水源污染問題，令一些人開始憂慮地球是否可以持續承受工業發展的壓力，他們擔憂無止境的工業化和消費行為帶來的污染，將會令下一代失去潔淨的空氣和飲用水。科研學者亦陸續提出工業化和消費主義帶來地球暖化和氣候危機的證據，令人類對環保有更確切的認知和前所未有的國際共識。一場綠色運動就這樣展開了。為了人類未來居所的「持續發

展」，倡議者提倡一系列「綠色生活」概念和實踐，以舒緩城市化發展對人類長遠在地球存活的威脅。

「環保」的其中一項實踐是素食。繼工業排放、交通排放和化石能源的禍害後，人們進一步認識到畜牧業的二氧化碳排放，才是全球總碳排放的主要源頭，其結果是加劇地球溫室效應，引致極端氣候和頻密的天災。同時，現代醫學研究亦大量引證了進食動物脂肪和加工食品對健康的不良影響，人們因而開始提倡「多菜少肉」，以至素食習慣，作為著重健康和環保的一種雙重實踐。有趣的是，現今大部分素食者未必留意到素食對動保的意義。

換言之，現今主流文化提倡綠色運動的主要動機，是為了人類下一代能夠持續享用地球天然資源，擁有美好的生存環境，健康和長壽。

二、自然保育

除了極力遏止工業化帶來的環境污染和極端氣候等惡果外，生態學家同時提出生物物種之間的密切存活關係，以及所有物種在整個生物圈（biosphere）內的重要性。即使表面上看似毫不相關的物種，在食物鏈和其他生態力量的互動影響下，亦可能有著微妙的相互依賴關係，也可以影響到其他生態因素如水源、細菌繁衍等；歷史也證明某

些物種的滅絕，有可能帶來連鎖反應和生態失衡，甚至難以預計的生態災難。

因為這個認知，人類開始認識到環保工作不僅需要減低污染，更重要的是保持自然生態平衡。人類於是開始保護「瀕危物種」，不少國家及國際組織陸續制定保護瀕危物種的約章和法例，以確保人類對地球的開發不會危害其他物種的存活，帶來生態災難，影響人類的居住環境。

以這種動機之名所制定的自然保育政策，出現了大量被合理化的殺戮，例如澳洲曾以「控制數量」等「人道」理由，大量屠殺野生袋鼠和貓，英國也曾以類似理由大量捕殺狐狸。(7) 這些動物都不是「瀕危動物」，未有出現絕種的危機，所以即使當地政府任意殺戮，以達至方便人類管轄空間的所謂「平衡」，也沒有觸犯任何瀕危物種公約和法例。可見所謂「生態保育」，其出發點是以人類為中心的。

三、動物權益運動

數千年來，人類對其他動物進行大規模的剝削和殺戮，以滿足人類慾望，近代更有人把達爾文的演化論斷章取義，以「弱肉強食、適者生存」的說法把人類殺戮行為合理化。直至近數十年來，人類開始意識到動物的權益，進而反思人與動物的關係，展開動保運動。但無

論在認知及實踐方面，推行動保比推行綠色運動困難千倍，原因是：綠色運動的最終受惠者是人類；而動保的受惠者則是動物，而且動保的成功必須依賴人類放棄很多既得利益（例如放棄肉食習慣、不穿動物的毛皮、不在動物身上進行科研實驗等）。換言之，在本質上，前者是利己運動，後者是利他的公義運動，二者有天壤之別。推動動物權益可稱得上是一場「革命」運動──在思想上固然需要推翻種種以人類為中心的基本價值，而在實踐上亦無可避免地挑戰牽涉衣食住行等行業的既得利益集團，這些集團因而被迫放棄巨大的商業利益，又或需要進行產業模式的轉型。此過程往往引發嚴重衝突，動保人士因而要面對人身自由及安全的威脅（在美國一些州分，動保人士披露屠房內的實況有可能被判入獄）。

表一　三個運動的綜合比較

	環保運動	自然保育	動物權益
起因	工業革命、消費主義、污染、地球暖化、氣候危機。	物種之間存活關係、生態失衡。	「動物權」被人類掠奪。
動機	人類持續享用地球資源、改善自己的生存環境。	物種多樣化、保持人類以外的生態平衡。	替沒能力申訴的動物，拿回「權」(公義)。
現時參與人數	人數較多。	人數較多。	人數較多。
過程	綠色生活、環保、健康素食、多菜少肉。	保護瀕危物種、數量控制。	揭示真相、反省、放棄侵略、教育大眾、對抗甚至推倒既得利益集團(革命)。

結語

生活在現代繁忙都市，很多人未必有空深入思考媒體常用的詞彙，他們只憑直覺，把印象當作知識，再加上既得利益者（例如商人、掌權者等）的故意歪曲、避重就輕、偷換概念，群眾很容易不自覺地成為各種暴力剝削的支持者和幫兇，尤其當暴力剝削是以不同形式、不同糖衣包裝，通過龐大、複雜、無孔不入的經濟和消費機器散播時，更多人淪為間接兇手也不自知。

本文希望讀者對動保、環保、自然保育的區別有更根本的了解，這種理解在某些需要作出道德判斷的情況下是非常重要的。例如上文提到的皮草商人的說法，若大眾能了解動保和環保的分別，皮草商人的「環保」歪論便難以得逞；以科技糖衣所包裝的殘害動物的工業，其謊言亦不會再有市場。

一般情況下，動保、自然保育和環保運動的大方向並沒有重大衝突，然而，在某些情況，這幾個議題之間可能出現利害關係或輕重先後，以致有取捨或排序的必要。此時，清楚了解每一個議題的起源、根本論述和背景便變得非常重要。運動先行者若只是人云亦云，便容易墮進陷阱，損害運動的對象和進程。

後記

　　最近，我到過日本北海道的稚內觀光，在宗谷岬風力發電場（又稱「宗谷丘陵」）
欣賞到超過 50 台 40 米高的巨型風車，宏偉地聳立在綠油油、連綿數公里的起伏山巒
上，景色令人心曠神怡。(8) 雖然有人會覺得一座座巨型風車豎立在草原上有點兒煞
風景，但這樣的美景襯托象徵綠色環保的建設，感覺尚算良好。可是，當我再仔細看
清楚，連綿的綠色山丘上，卻散佈著一排排貨式的建築物：肉牛牧場，養的是日本
著名「美食」宗谷黑牛。對動物來說，現代工廠農場都是地獄和鬼門關，這是動保人
的基本認知，在這裏不加詳解了。(9) 絕世美景、環保科技和血腥殺戮，偏偏在這個
旅遊勝地共冶一爐。一瞬間，映入眼簾的雖然盡是如畫風景，思緒卻飄浮於鬼域中，
感覺矛盾、「鬼」異。讀畢本文，你可領略我當時的感受？

註　釋

1 　"Ban on Breeding Animals for Fur in Croatia–2006," Animal Friends Croatia, 2006，http://www.prijatelji-zivotinja.hr/index.en.php?id=547 ;Zachary Toliver,"Croatia Starts 2017 Off Right by Abolishing Fur Farms," PETA, January 4，2017，https://www.peta.org/blog/croatia-starts-2017 -off-right-abolishing-fur-farms/.

2 　〈現代毛皮業〉，香港毛皮業協會，資料來源：國際毛皮業協會 (IFTF)，http://www.hkff.org/furFacts1.php?lang=3。

3 　包括牛、羊、豬、狗、貓、及各種哺乳類動物、爬蟲類、鳥類等。

4 　BASF, "Leathering Sustainability: Discover How BASF's Range of Synthetic Material is Breathing New Life in Everyday Products," APLF, 9 August 2017, http://www.aplf.com/en-US/leather-fashion-news-and-blog/blog/36544 / leathering-sustainability-discover-how-basf-s-range-of-synthetic-material-is-breathing-new-life-in-everyday-products.

5 　BASF, "Leathering Sustainability."

6 　美國阿拉巴馬州在 1932 至 1972 年間進行的塔斯基吉梅毒試驗（Tuskegee Syphilis Experiment），對 400 名非洲裔男子進行未經同意的人體試驗，就是以「人類整體利益」為理由剝奪人權的經典案例。

7 　Rachel Feltman, "Why Australia Has to Kill 2 Million Cats," *The Washington Post*, October 14，2015，https://www.washingtonpost.com/news/speaking-of-science/wp/2015 /10 /14 /australia-defends-decision-to-put-down-2 -million-feral-cats/; "Kangaroo killing in Canberra," Animals Australia, last updated: September 23，2015，http://www.animalsaustralia.org/features/kangaroo-killing-canberra.php; Sarah Knapton, "Londoners Call in Snipers to Shoot Dangerous Urban Foxes," *The Telegraph*, Dec 8, 2014, http://www.telegraph.co.uk/news/newstopics/howaboutthat/11281064 /Londoners-call-in-snipers-to-shoot-dangerous-urban-foxes.html.

8 　有關宗谷岬的介紹可參考佐藤敏幸：〈日本最北端「宗谷岬」巡禮〉，圈圈旅，

2016年10月17日，https://hokkaido.looptravel.com.tw/summary/2782/。

9 　如希望進一步了解工廠農場的實況，可在互聯網搜尋關鍵字「工廠農場、factory farm cruelty」等。

環保、保育，和動物權益

14

作為公民運動板塊的香港動物權益運動

張婉雯

在香港，提到「公民運動」，多數人會想起爭取普選、保育、環保等議題，而未必想到「動物權益」。社會上合資格的「公民」，似乎只有人類；動物既不懂人類的語言，也不懂為自己爭取權益，便被忽視，被排除在「公民」以外；連帶從事動物保護工作的朋友，也或自覺或被動地與其他的公民議題保持一定距離。香港的教育，雖有各種關於政治政制、社會文化的課程與學科，但動物議題的課堂或講座卻不多；主流傳媒對動物新聞的報道，只以讀者的口味為採訪視角，缺乏一貫的價值觀。例如2008年4月22日，《太陽報》（現已停刊）以「一屍兩命的慘劇」為標題，報道懷孕黃鸝被殺事件；數日後（28日），同一份報章，卻以「城市獵人三槍除害」為題，報道黃大仙野豬遭槍殺的新聞。在學術界的冷淡，與傳媒的矛盾中，香港動物保護運動仍能發展成為日漸受關注的社會議題，並與香港社會整體的公民運動發展互相呼應，也算是一眾動物保護（下稱「動保」）人士艱苦經營的成果。本文嘗試探討香港動物權益運動的演變，整理動保工作與公民運動的關係，藉此梳理動物議題發酵與發展，作為讀者的參考。

香港動物福利團體和義工

頗長的時間以來，香港只有「防止虐畜會」一個動物福利機構。「防止虐畜會」成立於1903年英屬香港，1921年會由時任港督司徒拔爵士任會長與贊助人；1923年獲何東夫人捐款成立「狗兒之家」；

作為公民運動板塊的香港動物權益運動

315

1953年及1964年分別於皇后大道中與夏愨道成立辦公室與動物診所；
1978年易名為「皇家香港防止虐畜會」，及後改為「皇家香港愛護動物
協會」，再改成現時的「香港愛護動物協會」。而香港愛護動物協會（下
稱「愛協」）的名譽主席和贊助人一職，一直按傳統由香港政府的最高
領導的夫人出任，如回歸前的歷任香港總督夫人，以及回歸後的歷任
行政長官夫人。「皇家」等字眼，以及其與首領夫人的關係，令「防止
虐畜會」或「愛護動物協會」無可避免地沾上親建制的色彩；愛協每年
均獲漁農自然護理署（下稱「漁護署」）提名，得到何東慈善基金的贊
助等，也可說是因其親建制立場而得到的實惠。然而，實惠的另一面
便是放棄對建制的批判；在這一點上，愛協近年頗受批評。香港虐待
動物案件破案率僅得三成，[1] 民間爭取成立「動物警察」，立法會議員
亦於立法會上作出建議，但愛協卻以現行「動物守護計劃」（由香港警
方、愛協與漁護署合作）行之有效為由，認為毋須成立「動物警察」，
這個立場，令市民感到驚訝。此外，協會每年處死相當數量的動物，
亦引人詬病。[2]

　　即使不論政治立場，隨著香港社會的變化，一方面關注動物權益
的市民人數上升，另一方面動物福利與權益的議題轉趨複雜，單憑愛
護動物協會一個組織，亦不能回應社會的變遷。因此，近十多年，大
大小小的民間動物團體相繼成立，如「保護遺棄動物協會」（Society
for Abandoned Animals，簡稱 SAA）成立於 1997 年；「香港救狗會」

(Hong Kong Dog Rescue，簡稱 HKDR）成立於 2003 年；「非牟利獸醫服務協會」（Non-Profit making Veterinary Services Society，簡稱 NPV）成立於 2005 年；「動物地球」成立於 2006 年；「尊善會」與「香港群貓會」均成立於 2007 年；「動物朋友」成立於 2010 年；「基督教關愛動物中心」成立於 2013 年等。這些獨立的機構有大有小，一些小規模的組織（如尊善會、群貓會等）在資源與人手上均難與愛協相提並論；但組織既小，參與決策的人數不多，義工之間更能緊密合作；又仗賴互聯網、社交網站發佈消息或發起行動，亦逐漸在社會產生影響力。雖然他們中的大部分仍以「動物福利」部分為主要工作（如絕育放回、領養暫託等），但在支持成立動物警察、反對住宅繁殖發牌等動物議題上，這些民間團體的立場比愛協更為進步。(3) 他們沒有政府資助，一切費用均自行籌得。資源缺乏自然局限了發展，但同時也令這些不依靠政府的團體更敢言，敢於就動物議題表態。

除了這些正式註冊為非牟利或慈善社團的團體外，我們也不能忽視那些不屬於任何機構的獨立義工；他們沒有接受任何組織長期或有系統的支援，只憑個人力量承擔動保前線工作，照料、拯救街頭的社區動物。他們對於何謂「公民社會」、「公民運動」也許沒有清晰的概念，但憑藉日復一日的餵食、救援，這些義工確實在改變與影響社區。前線義工承受極大壓力，包括經濟上的壓力（香港沒有公立動物醫療機構，動物的醫療費用隨時是天文數字）；還有社區上那些視街頭動物

為「滋擾」的市民，常常會干擾義工的行動；政府對街頭動物與餵飼工作也採取「污名」的手段。(4)

　　然而，若沒有這些義工，社區動物的處境會更不堪，社區的動物數字可能更多（因為許多義工都參與動物絕育的工作）。甚至可以說，前線獨立義工不但沒有接受任何機構的支援，卻反過來支援機構的某些工作。例如愛協的「貓隻領域護理計劃」，若沒有前線義工，根本沒法運作。(5) 而上文提到的眾多民間團體，往往就是由數名獨立義工所組成的。也有某些彼此相熟的義工，雖沒有成立、註冊成為組織或社團，但彼此照應，有事商討，甚至一起約見區議員等，已儼然具有公民組織的雛型。

動保工作與公民運動

　　2006年部分動保人士組隊參加七一遊行，進一步令動保議題走進公眾目光。自那年起，每年都有動保隊伍加入遊行行列，或自備橫額沿途展示，或設立街站接觸市民，在爭取民主的框架中，宣傳保護動物的信息。至少，在理念上，參加七一遊行的動保義工都同意，只有爭取有效的民主政制，才能真正令動物政策作出改變。同樣，在反高鐵事件，甚至是反國教事件、佔領運動中，都有動保人士的身影。這些表態的朋友，不一定能代表香港整個動保界，但至少他們嘗試把動

保和其他議題連結，突出動保議題的公共性，擴展議題的廣度與深度。在這個過程中，香港人對動物的關注，由「寵物」（貓狗）擴展至「社區動物」、「野生動物」的範疇，也由個人慈惠工作，發展成公民運動的模式。動保人士亦認識到動物議題與其他社會議題的連結處。具體來說，包括下面幾個方面：

一、動保議題與經濟發展主義

香港一向以「國際金融城市」自居，奉行資本主義，視經濟發展為最重要的社會方向。但這種單一的發展模式，是以市民與動物的生存環境和生活質素作代價的，以興建機場第三條跑道為例，民間的反對意見中，除了經濟效益與環境污染等理由外，「保護中華白海豚」也是相當有力的聲音；當中，我們便見到動保運動與環保運動之間的扣連，從而延伸至動保論述與經濟發展論述之間的論爭。

又例如香港海洋公園的海豚表演、動物展出等，一直大受遊客歡迎；海洋公園也經常強調園方在保育方面的工作和貢獻。但團體「豚聚一家」卻揭露了海豚受訓時所受的虐待（例如「豚聚一家」藉採訪前公園員工得知，園方會以「連坐法」懲罰不合作的海豚）；人工環境對海洋生物造成的壓力；公園內的動物死亡數字及原因等。這些資訊，揭示了海洋公園的本質，就是一個以旅客為收入來源，並圈禁動物的「動物園」。「豚聚一家」亦以示威、教育講座等方式，推動「零表演、

零囚禁」，扭轉市民過往對海洋公園的印象，讓社會關注海洋生物的福祉。

　　還有就是「反皮草遊行」。每年2月，毛皮業協會均於香港會議展覽中心舉行皮草展；自2013年起，動保組織「厭惡皮草公民」便於該段時間以遊行、登報聲明等方式，向協會發出抗議，向市民揭露製造皮草的殘忍過程。這些行為迫使毛皮業協會回應；相關的報道、訪問等，也促使大眾反思製作、穿著皮草的問題。以2016年為例，團體「厭惡皮草公民」於皮草展進行期間，刊登全版廣告譴責，又於2月28日舉行示威活動。但同時，時任商務及經濟發展局局長蘇錦樑，卻去信毛皮業協商會，讚揚會方對皮草業的「貢獻」；新民黨主席、立法會議員葉劉淑儀更身穿皮草出席立法會，表示香港是皮草出入口重要地區，香港人應以「做生意」為大前提。葉劉淑儀的言論，導致19個動物團體聯署抗議。以上種種，其實正是「尊重生命」與「經貿效益」孰重孰輕的爭論。

二、動保議題與城市發展

　　「土地不足」是歷屆政府開發土地時的說法，但隨著新界土地「被發展」的情況愈來愈多，社會各界開始留意當地居民與社區動物的去向。例如2006年菜園村與2010年屯門紫田村，分別因興建高鐵與公屋而收地，但當地動物居民卻未獲任何安置。這些社區動物並非城市

人所理解的「寵物」，而是在公共領域中自由生活的「村貓」、「村狗」；在土地發展的過程中，牠們成為「地產難民」，四處流徙；較幸運的由義工救走，安排領養，但這意味著動物要由「社區動物居民」轉為「寵物」，方取得城市合法居住的資格。

2016年1月，市區重建局收回衙前圍村土地，令人留意到圍村歷史與居民意願問題；與此同時，一班動物義工亦自發捕捉當地社區貓，以免牠們被困工地或流離失所。義工除了為該批貓隻安排暫託領養外，更自資出版《衙前圍喵報》，於土瓜灣生活墟（土墟）派發，並舉辦講座，以聯繫區內餵貓人士，商討如何幫助未來重建區內的社區動物。同樣，石硤尾街市將於2018年拆卸，社交網站上亦已有義工團隊未雨綢繆，開始籌募物資與人手，以應付屆時出現的「街市貓」棄養潮。

與菜園村、紫田村的情況相比，衙前圍村動物義工除了拯救工作外，更把「土地發展」、「市區重建」對動物的影響，提升至公眾層面。土地問題從來不等於賠償買賣，更是「由誰使用」、「如何使用」等權力問題。當許多香港人苦候公屋或捱貴租時，社區動物早已用生命替地產商埋單。市民與動物，同是「發展主義」的受害者。

三、動保議題與環境保護

過往談論「素食」，人們多從環保角度出發，探討飼養牲畜所造成的溫室效應、耗水量、砍伐森林等環境問題，卻少有從動物權益角度出發：被當成食材的動物，在農場的待遇到底如何？屠宰的方式給牠們帶來多少驚惶傷害？最重要的是：人類有權吃動物嗎？

趁著素食文化在香港起步，一些關心動物權益的朋友，亦相繼在社交群組成立專頁，如「食物知情權」、「班女講素」、「素食青年」等。這些組織除了在網絡發表文章外，也曾到屠房錄得豬隻在運送過程中的遭遇：豬群被趕進屠房中，其中有一隻不支倒地，另一隻停下來，用鼻子哄嗅地上的同伴；但工作人員未有理會，繼續揮動棒條催促。這些場面，與我們日常在超級市場、餐廳所見到的「豬肉」相去甚遠。此外，組織成員也曾以鯊魚造型，「突擊」出售魚翅的酒樓，勸籲食客停食魚翅等。

上述團體的示威、拯救、教育活動，涉及較多人手與籌備工作。近一兩年，社交網絡上也出現了不少 Facebook 專頁，以較低的成本，傳遞動物權益的資訊，例如「平價皮草關注小組」專門針對大眾化商品中的皮毛來源；「班女講素」由一群推動素食的女士組成；「My Fair Lady」搜羅了許多拒絕動物測試及不含動物成分的化妝品、護膚品資訊等。這些專頁針對動物權益中的個別議題，提供消費資訊、建立論

述，加深市民對日常生活的反省；也反映了動保運動趨向更多元化，由傳統的抗爭模式（遊行、集會等），轉化成網絡、社區與生活上的自主行動。

四、動物議題走進立法會

關注動物議題的公民社會日漸成熟，便開始由下而上地影響議會。立法會議員留意到這個現象，便會投放時間、資源，探討動物權益和相關政策。2008年1月，在多次與民間團體溝通後，民主黨的何俊仁議員提出「維護動物權益」議案；2010年11月，民建聯的陳克勤議員提出「制訂動物友善政策」議案。兩個議案大抵包括檢討《防止殘酷對待動物條例》、成立「動物警察」、增加漁護署運作透明度、進一步監管繁殖動物等內容，並均獲得通過。一方面，動物議題總算進入議會，獲紀錄在案；另一方面，我們也看到，議案欠實際約束力，官方只作為參考，並非必須按議案內容採取具體檢討或修訂法行動。而且動物議題仍然受到次等對待——在陳克勤議員提出動議的同一日，另一個議案「釋放劉曉波」被否決，便有議員與某些媒體以動物議案作比較，得出「人不如狗」的結論。[6] 所謂「人不如狗」，可能只是議員抨擊建制派無視人權公義的修辭，並不表示「人必然優於狗」；但我們亦應指出，「釋放劉曉波」的議案與動物議案之間並沒有矛盾；提倡動物保護，與支持言論自由和民主發展，同樣是文明社會的表現。事實上，「人類議題優先於動物議題」的看法，而這個看法在香港社會上仍

屬主流。從事動物福利工作的人，大概都聽過「人類問題還未解決，幾時輪到貓狗？」這種話。在一個動物政策相對落後的社會中，人類中心主義仍是主旋律。

　　雖然政府在實際上並沒有積極檢討動物政策，但自此以後，動物議題確實成為立法會的討論項目。從2011年起，民主黨與公民黨便先後在每年財政預算案審議提出「削減漁護署人道毀滅費用」的動議，動議議員及其所屬政黨議員在議會發表意見，說明理念；藉著互聯網的傳播，這些言論得以流傳，充實了動保議題的論述，因此市民也更能看清楚各相關人士的取態。「削減漁護署人道毀滅費用」的動議至今已五度提出，但從未通過，原因是建制派議員為確保整份財政預算案得以通過立法會，必然全力護航；事情的性質，已由議員或政黨是否支持個別議案，變成是否加入「保皇」行列。同時，民間團體中也有反對的，其理由是「如果一刀切刪除漁農自然護理署130萬元人道毀滅費用及廢除人道毀滅，只會增加那些藥石無靈、嚴重受傷至沒法救治動物的痛苦」；(7) 義工之間對於動物議題進入議會也有爭論，原因是部分義工覺得應該「避免事情政治化」，或者認為「議員只係想抽水，靠唔住」。民間的分化，反映的是香港人政治態度的轉變與掙扎；也可以說，這是動物權益運動在「慈惠工作」與「公民運動」之間的抉擇：政策若不改變，慈惠工作再怎麼做，對受苦的動物而言只是杯水車薪。而要政策改變，介入政治就不可避免。

建制陣營的反應

多年來，動物議題似乎與其他社會議題互不干涉；許多從事街頭工作的動物義工，往往是老年人、家庭主婦，他們對什麼是「公民意識」不太認識，有些甚至不懂上網。而傳媒則把他們形容為「貓癡狗癡」，好聽一點的便「愛心爆棚」。無論是哪一種說法，都是把動保工作看成個人興趣與同情，而不是公義或權益問題。但隨著動保運動進入公眾視野，近幾年香港政治爭議日趨激烈，以特定的政治角度詮釋動保工作的情況開始出現。上文提及的反皮草活動，本是民間組織之間的爭論，但官方與親建制派議員的反應，已教人意識到政治的介入（儘管只是言論上介入）。更明顯的是「未雪」事件：2014年8月20日，港鐵列車上水與粉嶺站之間的路軌上，輾斃了唐狗「未雪」，引起社會上極大迴響，關注事件的市民到港鐵九龍灣總部集會示威，主流媒體亦有報道。同年8月31日，「831」公佈，引起後來的大專罷課與為期79天的佔領運動。對一般人來說，「未雪」事件與佔領運動之先後，純粹是時間上的巧合；但耐人尋味的是，被視為中國「官媒」的《環球時報》，於8月24日發表文章，指為「未雪」抗議者是「狗粹主義」，是受西方觀念影響的「小題大做」。然後在2015年1月出版的《雨傘之殤——冷眼看佔中》，在名為「反對派陣營毫無章法」的一章中，指大眾在「未雪」事件上對港鐵的指責有欠公允，而部分傳媒的報道誤導煽動。[8] 親建制派專欄作家屈穎妍，於2015年9月5日《晴報》專欄中，

質疑反對圈養海豚的動保人士為什麼不反對養狗。由此可見，在建制派眼中，動保運動已是公民運動中的一道不可忽視的支流，即使未致於打壓，也得嚴加防範。

而當動物政策施政遇上爭議，政府亦有其一套處理手法，以消解反對聲音，使其行政工作更便利。我們可以「動物售賣及繁殖條條例修訂草案」（下稱139b）為例。漁護署於2012年起就139b修訂草案諮詢，但後來推出的草案內容，卻是建議發牌予住宅繁殖商。民間關注動物團體對此反應不一：有認為發牌可有效監管繁殖商，也有認為香港的住宅環境不適合作繁殖動物用，發牌的建議於理不合。民間團體對方案有不同意見，本屬正常情況，但漁護署在後來的諮詢會中，只選擇性地邀請支持方案的團體出席，以此製造「民間團體支持」的假象。團體與義工之間亦由「分歧」演變至「分化」，互相指責。139b方案已於2016年5月刊憲，內容幾乎原封不動。漁護署面對不同意見的團體，如何「親疏有別」，可見一斑。

結語

若從社運角度看，香港的動保運動，開展至今約十年。十年，對一般動保人士來說不是短時間，但對社會運動而言，十年只是播種、耕耘期，尚未談得上收穫。香港動保工作要面對的，是一個沒有民主

的政制、官民對立、社會的主流意見仍以人類議題為先。相對於金融成就與文明水平，香港的動物政策實在太落後。前線的照料拯救工作吃重繁多，但從理論層面入手建立論述也是重要的，否則無法動搖「以人為先」的傳統觀念。社交網站興起，方便了資訊傳播，但有時亦犧牲了深入的討論和思考。動保運動在官與民、主流與異見、論述與前線之間，如何進退、如何壯大，往往令從事者有「荷戟獨彷徨」之嘆。然而公民意識既已覺醒，民心思變便不可逆轉。香港人在爭取民主政制的路上已花了數十年光陰，但「民主」這個概念本身卻不斷在演化與自我調整。美國式的民主，其「選舉面罩」已被逐漸揭開，露出底下金權勾結的面目；香港的議會選舉，在「一人一票」的背後，何嘗沒有政府、商界、保皇黨、原居民等集團千絲萬縷的利益關係？誠如格雷伯（David Graeber）所說：

> 顯然，當美國人擁抱民主時，他們腦子裏所想的，一定是比單純參與選舉（其中泰半的人根本就懶得去投票）更為廣大而且深刻的事情；那必定是個人自由的理想，與某種迄今未曾實現的觀念的結合。而那個觀念就是，自由的人必須能夠像講理的成年人一同坐下來談，並且管理他們自己的事務。(9)

說到底，公民運動從來不只是介入狹義的政治（如選舉），而更多是文化的質變；動保工作既要進入政策範疇（因此不可免於政治角力），也可繞過政治議題而多作社區工作，甚至純粹由個人做起（素

食，罷買皮草皮革等）。對動物議題的思考，其實也就是對生命的尊重，對社區環境發展的思考，對生活節奏、人文精神、文明的再定義。當每個人都能平等地坐下來講理，那場面必然是眾聲喧嘩、混沌一片的。然而也只有混沌，才是希望的開端。

註　釋

1　按《蘋果日報》於 2012 年 12 月 26 日報道，愛協每年接獲 900 宗有關虐待動物投訴，當中 3% 轉介予警方；破案率為 33%。

2　愛協 13/14 年度人道毀滅了 3,018 隻動物，送往漁護署的有 926 隻動物。12/13 年度人道毀滅了 3,930 隻動物，送往漁護署的有 927 隻動物。見愛協 2014 年年報：http://issuu.com/spcahk/docs/ar2014。

3　例如「尊善會」、「動物朋友」、「動物地球」等均是「爭取成立動物警察大聯盟」和「139B 關注組」成員。

4　漁護署於 2014 年中製作一張以「不要餵飼流浪動物」為標題的海報，圖像設計把流浪狗比喻為鬼怪，引起爭議。可參考「熱血貓民」（Kwan Chi Hang）：〈漁護署海報鼓勵滅絕流浪動物〉，《熱血時報》，2014 年 9 月 8 日，http://www.passiontimes.hk/article/08-09-2014/18268。

5　「貓隻領域護理計劃」即社區貓絕育放回。前線義工在愛協登記後，負責捕捉與運送貓隻（義工自行負責運輸費用），愛協則於灣仔總部為貓施行免費絕育手術。

6　黃毓民議員於 2010 年 11 月 4 日《信報》專欄中提到：「亦有一種人他們會在今日稍後的『制訂動物友善政策』動議辯論中，侈言愛護動物，對動物友善，但對於人的尊嚴，他們默不作聲，或者像某些人冷冷的一聲『不願置評』（不敢置評）、『沒有補充』，原來對生命的尊重，只適用於動物身上而不適用於在人的身上，人權比不上動物權益，他們就是議事堂上萬歲不離口所謂『愛國人士』。上帝賜予他們萬物之靈的身體，竟然是靈魂與軀殼錯配。」上文亦是黃在立法會會議上的發言，全文見立法會《會議過程正式紀錄》，2010 年 11 月 3 日，http://www.legco.gov.hk/yr10-11/chinese/counmtg/hansard/cm1103-translate-c.pdf。

7　保護遺棄動物協會 2011 年 4 月 15 日聲明，見《香港動物政策網誌》，2011 年 4 月 15 日，http://hkanimalpolicy.blogspot.hk/2011/04/130.html。

8　唐文：《雨傘之殤——冷眼看佔中》（香港：美加出版社，2015），頁 77。

9　大衛·格雷伯著，湯淑君、李尚遠、陳雅馨譯：《為甚麼上街頭？——新公民運動的歷史、危機和進程》（臺北：商周出版，2014），頁 63。

作為公民運動板塊的香港動物權益運動

作者簡介 （按篇章次序）

巢立仁　　　　　香港中文大學中國語言及文學系博士，現職香港中文大學高級講師。研究興趣包括中國古典文學、中國語文教育及語文自學方法，曾任教育局中文科普教師培訓課程講者多年。

陳燕遐　　　　　香港中文大學高級講師，研究香港文學，關注動物權益，「動物公民」成員，從動物身上經驗豐富的情感世界，體會信任、守候與寬恕。編著《反叛與對話：論西西的小說》、《二十一世紀中大的一日》、《西西研究資料》等書。現正研究香港後殖民文學寫作與教育，以及兒童文學與教科書裏的動物呈現。

盧淑櫻　　　　　現職香港中文大學歷史系，研究興趣為近代中國社會文化史。

潘淑華　　　　　香港中文大學歷史系副教授，研究興趣包括香港史及近代中國社會文化史。著有 *Negotiating Religion in Modern China: State and Common People in Guangzhou* 及《閒暇、海濱與海浴：香江游泳史》等書，現正進行民國時期耕牛的研究。

Frédéric Keck　　法國「社會人類學實驗室」（Laboratoire d'anthropologie sociale）研究員，巴黎布朗利河岸博物館（Musée du quai Branly）研究部主管。

盧玉珍　　　　　嶺南大學視覺研究系畢業。相信藝術和文字是種子，往人們心坎播種，點滴改變社會。現於 NGO 界遊走，默默耕耘；亦開展了「紙上城市 illustrate the city」，以繪畫和紙品刻劃及訴說動物與我城的故事。Facebook & Instagram@ 紙上城市 illustrate the city

謝曉陽　　　　　香港野豬關注組幹事。法國巴黎第八大學哲學系博士。主張動物平權。相信跨越不同學科及社會位置，才能真正理解動物和人關係之演變。長

期撰寫動物文章，散見於《明報》、《信報》、《新生代》等刊物。

鄭家泰　　香港海洋保育學會會長，在主題樂園工作時見盡動物慘況，於心不忍，辭職後遇上大海中的鯨豚，踏上保育鯨豚之路。自此一直將水族館和海洋裏海豚受的苦銘記於心，不敢稍忘。

黃豪賢　　「豚聚一家」及「香港野豬關注組」幹事，動物解放主義者。追求公義、普世平等價值。認為動物不屬於我們，厭惡動物表演，反對任何形式動物圈養。一生虧欠動物，無懼與海洋公園結怨，對民間野豬狩獵隊「千刀萬里追」。主張純素，每天清早起來，相信這一天終會來臨。

邱嘉露　　嶺南大學歷史文學士及哲學碩士。生於鄉土，成長於城市，喜愛觀察生命與生命之間的故事。就讀哲學碩士期間，有幸獲得「嶺南貓」的准許，進入牠們的生活圈子，成為「貓分子」。在人貓互動的過程中，牠們教懂人類反省自身的角色。

張婉麗　　香港中文大學翻譯哲學碩士，幾年前起充當貓義工，同時也是城鄉動物隊成員，關注社會裡各動物（包括人）的角色。

黃繼仁　　「動物地球」創辦人，被一則虐畜新聞喚醒對動物的關懷，繼而再被紀錄片 Earthlings 一夜轉化為拒肉者，展開了追求公義和宣揚眾生平等的旅程，更把質疑和抗衡傳統價值和習俗融為血液裡的一部分。

張婉雯　　動物權益關注團體「動物地球」與「動物公民」成員，語文導師，香港作家。

| 責任編輯 | 周怡玲 |
| 書籍設計 | 陳偉 |

書名	「牠」者再定義：人與動物關係的轉變
策劃	陳燕遐、潘淑華
封面及扉頁插畫	葉曉文

出版	三聯書店（香港）有限公司
	香港北角英皇道四九九號北角工業大廈二十樓
	Joint Publishing (H.K.) Co., Ltd.
	20/F., North Point Industrial Building,
	499 King's Road, North Point, Hong Kong
香港發行	香港聯合書刊物流有限公司
	香港新界大埔汀麗路三十六號三字樓
印刷	美雅印刷製本有限公司
	香港九龍觀塘榮業街六號四樓 A 室
版次	二〇一八年六月香港第一版第一次印刷
規格	二十四開（145mm x 185mm）三三六面
國際書號	ISBN 978-962-04-4340-4

三聯書店
http://jointpublishing.com

JPBooks.Plus
http://jpbooks.plus